도로시
죽이기

DOROTHY GOROSHI (THE MURDER OF DOROTHY)
by Yasumi KOBAYASHI

Copyright ⓒ 2018 by Yasumi KOBAYASHI
All rights reserved.

Originally published in Japan by TOKYO SOGENSHA Co., Ltd., Tokyo.
Korean Translation Copyright ⓒ 2018 by Sigongsa Co., Ltd.
This Korean translation edition is published by arrangement with
TOKYO SOGENSHA Co., Ltd., Japan through Shinwon Agency.

이 책의 한국어판 저작권은 신원 에이전시를 통해
TOKYO SOGENSHA Co., Ltd.,과 독점 계약한 ㈜시공사에 있습니다.
저작권법에 의해 한국 내에서 보호를 받는 저작물이므로
무단 전재와 무단 복제를 금합니다.

고바야시 야스미 지음
김은모 옮김

차례

도로시 죽이기 • 7

《오즈의 마법사》 간단한 가이드 • 355

역자 후기 • 364

1

"저건 뭘까?" 도로시가 사막 가장자리를 가리켰다.

"어디 보자." 허수아비는 손바닥을 눈 위에 대고 도로시가 가리킨 방향을 보았다. "사막 같은데. 아니면 모래. 오즈의 나라에서 가장 지혜로운 내 말이니까 틀림없어."

"아니야." 도로시는 노골적으로 실망하는 기색을 내비쳤다.

도로시는 갈색 머리를 양 갈래로 땋아 내리고 하얀 블라우스와 파란 멜빵 치마 차림에 하얀 양말과 빨간 구두를 신은 쾌활한 소녀였다.

"아니긴, 뭐가 아니야." 허수아비는 우겨댔다.

"흐음." 양철로 된 나무꾼 닉 초퍼가 따분한 듯 도끼를 휘둘렀다. "좀 더 유연한 시점을 기를 필요가 있겠군. 마침 네 눈에 모래가 제일 먼저 보였다고 해서 도로시가 모래를 가리켰다는 보장이 어디 있어?"

"당연히 있지. 죽음의 사막에는 당연히 모래밖에 없으니까. 아니면 '죽음의 사막'이라는 이름이 붙을 리가 없잖아."

"윙키의 황제인 나한테 대드는 거냐?"

닉은 도끼를 들어 올렸다. "살짝 한 번 휘두르기만 해도 네 몸을 세로로 두 토막 내는 건 일도 아니야. 오즈의 나라에서 제일 자비로운 나도 인내심에 한계가 있어."

"내 의견을 말해도 될까?" 사자가 머뭇머뭇 말을 꺼냈다.

"뭐? 목소리가 작아서 하나도 안 들려."

닉은 도끼를 사자에게 향했다.

"악! 그러지 마!" 사자는 도끼 공격을 막으려고 두 앞발을 얼굴 앞으로 쳐들었다. 너무 힘차게 쳐든 탓에 발끝이 허수아비와 닉에게 부딪혔다.

나무꾼은 1미터쯤 튕겨 나갔다. 허수아비는 10미터도 넘게 날아가서 흐느적흐느적 떨어졌다.

"해보자는 거냐?" 나무꾼이 도끼를 잡고 자세를 갖추었다.

"와아. 그러지 마!" 사자는 두 앞발을 붕붕 휘둘렀다.

"둘 다 그만둬. 오즈의 나라에서 서로 죽이는 싸움은 금지야. 오즈마 여왕의 명령이라고!" 도로시가 외쳤다.

닉은 혀를 차며 도끼를 내렸다.

사자는 안심했는지 한숨을 내쉬었다.

"그리고 아무 의미 없는 말다툼도 그만해. 내가 뭘 가리켰는지는 나한테 물어보면 되잖아. 아무튼 나는 여기, 모두의 바로 옆에 있으니까."

"그렇군. 그거 좋은 생각이야." 허수아비가 일어서면서 말했다.

"물론 나도 아까부터 그러려고 했었어."

"그래서 네가 가리킨 건 뭔데?" 닉이 물었다.

"저거야. 약간 녹색 빛이 도는 더러운 회색 물체. 말라비틀어진 것처럼 보이네."

"정말이네." 사자가 말했다. "왜 저런 게 죽음의 사막 가장자리에 있는 거지? 사막 너머에서 온 걸까?"

"죽음의 사막은 못 건너." 닉이 대꾸했다. "아마도 오즈의 나라에서 나가려다가 힘이 다한 것 아닐까?"

"힘이 다한 것치고는 오즈의 나라에 너무 가깝지 않아?" 사자가 말했다. "오즈의 나라에서 고작 30센티미터 정도 떨어진 곳인걸."

"아하. 알았다." 허수아비가 팔짱을 끼며 입을 열었다. "분명 죽음의 사막이라서 그런 거야."

"그게 무슨 소리냐?" 닉이 물었다.

"'죽음의 사막'이니까 죽음의 힘이 생생하게 넘쳐나는 게 틀림없어."

"죽음의 힘인데 생생하다고?"

"아마도. '죽음의 힘'이 생명체를 죽이는 힘이라고 해서 그 자체가 죽어 있는 건 아닐 테니까."

"뭐야, 추측이었냐?"

"확실히 지금 시점에서는 가설에 지나지 않지만 간단히 검증할 수 있어. 요컨대 살아 있는 걸 사막에 밀어 넣어서 사는지 죽는지 확인하면 돼."

"그러지 마!" 사자가 말했다. "날 사막에 밀어 넣다니, 절대로 안 돼!"

"아무도 널 죽음의 사막에 밀어 넣겠다고 한 적 없어." 닉이 어이없다는 듯이 말했다.

"으앗! 앗, 앗, 앗!"

"그러니까 겁낼 필요 없대도."

"도, 도로시가!"

"응?"

돌아보자 도로시가 말라비틀어진 물체에 다가가려는지 사막에 발을 들여놓았다.

"큰일 났다! 도로시가 죽었어!" 허수아비가 꺼이꺼이 울기 시작했다.

"진정해." 닉이 달랬다. "도로시는 아직 안 죽었어."

"엇?" 허수아비는 울음을 그쳤다. "별 신기한 일도 다 있군."

"신기하다니, 뭐가?"

"그게, 죽음의 힘이 생생하게 넘쳐나는 사막에 들어갔는데 안 죽었잖아."

"그러니까 죽음의 힘이 넘쳐나지 않는다는 뜻이지."

"하지만 누군가 그렇게 말했는걸."

"그래. 누군가 그랬지."

주변에서 소란을 떨든 말든 개의치 않고 도로시는 쪼그리고 앉아 말라비틀어진 물체를 관찰했다.

"도로시, 그거 뭐야? 무서운 거 아니지?" 사자가 반쯤 도망칠

자세를 취하며 물었다.

"아마도 무서운 건 아닌 것 같아." 도로시는 엄지손가락과 집게손가락으로 말라비틀어진 물체를 집어 들었다.

"히익!" 사자는 단숨에 10미터쯤 물러섰다.

"뭐냐, 그건?" 닉이 물었다.

"모르겠어. 무슨 동물이 말라비틀어진 모양인데."

"알았다!" 허수아비가 외쳤다.

"저게 뭔지 알아냈어?" 사자가 멀리서 물었다.

"응. 내 생각에 저건 분명 무슨 동물이 말라비틀어진 거야."

도로시는 냄새를 킁킁 맡았다. "건어물인가?"

"알았다!" 허수아비가 외쳤다.

"저게 뭔지 알아냈어?" 사자가 멀리서 물었다.

"응. 내 생각에 저건 분명 건어물이야."

"건어물이라면 먹을 수 있을지도 모르겠네." 사자는 입맛을 다셨다.

"음식이라. 음식에는 흥미 없어." 닉은 시시하다는 듯이 말했다. "도로시랑 사자가 먹으면 되겠네."

"확실히 우리는 밥을 먹을 필요도 없고 숨도 안 쉬어도 되니까 효율적이야." 허수아비가 동의했다.

"먹을 수 있을 것 같으면 여기로 갖다줘." 모두가 있는 곳으로 사자가 천천히 돌아왔다.

도로시는 말라비틀어진 물체를 흔들흔들 들고 와서 초원에 휙 던졌다.

사자가 냄새를 킁킁 맡았다. "확실히 말린 고기 냄새가 나긴 해."

"역시 누군가 오즈의 나라에서 나가려다가 사막에서 말라비틀어진 거야." 닉이 다시 주장했다.

"고작 30센티미터를 걷고서? 물고기도 그 정도는 끄떡없이 걸어갈걸." 도로시가 반박했다.

"물고기가 걷는다고?" 사자가 놀라서 목소리를 높였다.

"그래. 물고기는 걸어. 그런 것도 모르냐?" 허수아비는 의기양양하게 말했다.

"물고기가 걷는다는 건 비유 표현이야." 도로시가 설명했다.

"물고기가 걷는다는 건 비유 표현이야. 그런 것도 모르냐?" 허수아비는 의기양양하게 말했다.

"물론 물고기 중에는 걷는 종류도 있지만."

"물론 물고기 중에는 걷는 종류도 있어. 그런 것도 모르냐?"

"그래도 뭐, 대부분의 물고기는 안 걷지만."

"대부분의 물고기는 안 걸어. 그런 것도……."

"하지만 이건 물고기가 아닌 것 같은데." 닉이 허수아비의 말을 막았다.

"분명 죽음의 사막을 걸어서 건너와 오즈를 눈앞에 두고 힘이 다한 거야." 도로시가 말했다.

"죽음의 사막을 걸어서 건넜다고? 그런 녀석은 여태 한 명도 없었어." 허수아비가 반박했다.

"뭐, 이 녀석이 사막 저편에서 왔다고 쳐도 오즈의 나라에 도착하기 전에 힘이 다했으니 결국은 죽음의 사막을 못 건넌 셈 아닌가?" 닉이 말했다.

"으음. 그게 무슨 소리야?" 허수아비는 고개를 기웃했다. "내 말이 옳다는 뜻?"

"그렇다고 치자."

"저기, 오즈의 나라에서 여간해서는 사람이 안 죽지?"

"응. 넌 이 나라에 와서 벌써 한 명 죽였지만. 그다음에 한 명 더 죽였고." 닉은 거침없이 지적했다.

"둘 다 사고였어. 게다가 죽이고 칭찬을 받았다고." 도로시는 기분이 상한 모양이었다.

"뭐, 칭찬받을 만한 살인도 있기는 해." 사자가 분위기를 수습하려고 했다.

"됐어, 그런 자잘한 일은 넘어가자. 내가 하고 싶은 말은 이 말라비틀어진 동물이 실은 죽지 않았을지도 모른다는 거야."

"안타깝지만 원래 생명이 있었다고 해도 일단 말라비틀어지고 나면 생명은 사라지는 법이야, 도로시." 허수아비는 자신만만하게 말했다. "이건 기본적인 지식이지."

"네 몸은 말린 짚 아니야? 물론 바깥쪽도 말린 식물섬유고."

"엇? 그랬나?" 허수아비는 한순간 놀란 표정을 지었다가 황급히 진지한 표정을 되찾았다. "물론 몰랐던 건 아니야. 웃기려고 몰랐던 척한 거지."

"누구 물 없니?" 도로시는 허수아비의 말을 한 귀로 흘린 것 같았다. "이 말라비틀어진 동물에게 끼얹으면 살아날지도 몰라."

"아쉽게도 나랑 허수아비는 무생물이라서 침도 소변도 안 나와. 사자는 생물이니까 소변 정도는 뿌릴 수 있지 않겠어?" 닉이 매정하게 대꾸했다.

"살아 있을지도 모르는데 그런 짓을 하면 너무 가엾잖아. 개울물을 떠올 테니까 좀 기다려봐."

도로시는 근처 개울로 향했다. 구두를 벗어서 물을 담았다.

바로 물이 새어 나왔지만 원래 있던 곳으로 돌아가도 아직 절반은 남아 있었다.

도로시는 말라비틀어진 동물에게 물을 끼얹었다.

당장은 아무 일도 일어나지 않았지만, 몇 분 지나자 동물은 물을 조금씩 흡수하며 부풀어 오르기 시작했다.

"도로시 말이 맞았어. 이제 원래 모습으로 되돌아오려나봐." 사자는 기쁜 듯이 말했다.

"건어물이 물에 불었을 뿐인지도 몰라. 그럼 그냥 놔두면 상하겠군." 허수아비가 말했다.

"그럼 큰일인데. 상하기 전에 먹어 치워야겠어." 사자가 동물을 덥석 물었다.

"아야." 동물이 말했다.

"지금 누가 말했어?" 사자가 물었다.

"너잖아." 허수아비가 대답했다. "네 입가에서 목소리가 들렸어."

"아니야. 난 아무 말도 안 했어."

"야, 너 입에서 피난다."

"정말이네. 하지만 하나도 안 아픈데."

"아까 그 동물은 어디 있어?" 도로시가 물었다.

"사자가 먹는 걸 봤어." 닉이 대답했다.

"벌써 삼켰니? 아니면 아직 입안에 있어?"

"물론 아직 입안에 있지. 난 뭐든지 꼭꼭 잘 씹어서 먹거든. 그래야 소화가 잘 돼." 사자는 입을 우물우물 움직였다.

"아직 붙어 있으니까 얼른 뱉으렴."

"뭐가 붙어 있는데?"

"네 입안에 있는 동물의 목숨. 그건 아직 살아 있어."

"엇? 진짜로? 어떻게 알았어?" 허수아비가 놀라서 물었다.

"말을 했으니까. 아까 '아야'라고 말한 건 그 동물이야."

사자는 입안에 든 걸 땅에 뱉어냈다.

피투성이가 된 동물이 몸을 꿈틀거렸다.

"역겨워라." 사자는 불쾌한 듯이 피가 섞인 침을 뱉었다.

"뭉개졌네." 허수아비가 인상을 찌푸렸다. "안락사 시켜주는 편이 인도적이겠어."

"그럼 내가 처리하지." 닉이 도끼를 쳐들었다.

"잠깐!" 도로시가 말했다. "피로 범벅이 된 탓에 뭉개진 것처럼 보이지만 상처는 그렇게 심하지 않을지도 몰라. 잠깐만 있어봐."

도로시는 다시 개울로 달려가서 물을 떠 왔다. 그리고 동물 위에 물을 줄줄 부었다.

"악! 차가워! 그리고 아파!" 동물이 소리쳤다.

"괜찮니?" 도로시가 물었다.

"응? 잠깐만. ······안 괜찮아. 목이 바싹 마른 데다 마치 뭔가가 깨문 것처럼 온몸이 아파."

"다친 건 좀 어때? 몸을 움직일 수 있겠어?"

동물은 일어서서 몸 여기저기를 움직였다.

"피는 철철 나지만 몸은 잘 움직여."

"그럼 뼈는 무사한가보네. 말을 하는 걸 보니 머리도 괜찮은 것 같고. 내장은 어떠려나? 배는 안 아파?"

"배뿐만 아니라 온몸이 다 아파."

"그럼 상태를 좀 두고 보는 수밖에 없겠다."

"내장이 파열됐을 가능성이 있어. 귀찮으니까 역시 안락사 시키자." 닉이 도끼를 쳐들었다.

"악! 살인 로봇이다!" 동물이 고함을 꽥 질렀다.

"난 로봇이 아니야."

"그럼 뭐야? 오토마타?"

"그런 말은 처음 들어보는데. 난 양철 나무꾼이야. 이름은 닉 초퍼."

"양철로 된 나무꾼인데 로봇도 오토마타도 아니라니, 그게 말이 돼?"

"난 인간이야. 그냥 양철로 되어 있을 뿐이지."

"그럼 이쪽도 인간이야?" 동물은 허수아비를 가리켰다.

"난 인간이 아니야, 허수아비지. 인간으로 보여?" 허수아비가 대답했다.

"그럼 생명체가 아니야?"

"으음……. 글쎄 그건…….." 허수아비는 고민에 빠졌다.

"넌 누구니?" 도로시가 물었다.

"난 빌이야. 도마뱀 빌." 동물이 대답했다.

"역시 도마뱀이었구나?"

"혹시 도마뱀이 말해서 놀랐어?"

"만약 여기가 캔자스였다면 놀랐을지도 몰라. 하지만 여기는 오즈의 나라거든. 말하는 동물은 드물지 않게 눈에 띄어. 게다가." 도로시는 닉과 허수아비를 힐끗 보았다. "말하는 허수아비와 양철 나무꾼도 있을 정도니까."

"그럼 안 놀랄 만도 하네. 저 두 명에 비하면 나는 아주 멀쩡한 것 같아." 빌은 뒤를 돌아보았다. "으악! 사자다!"

"만나서 반가워." 사자가 말했다.

"사자가 말을 한다!"

"그렇게 일일이 놀랄 것 없다니까 그러네." 도로시가 타일렀다.

"아아. 듣고 보니 그렇군. 이제 안 놀랄게."

"너, 허수아비랑 좀 비슷해."

"엇? 그럼 너도 지혜로운 존재야?" 허수아비가 빌에게 물었다.

"글쎄? 그런 말은 한 번도 못 들어봐서 잘 모르겠어."

"그렇구나. 난 오즈의 나라에서 가장 지혜로운 존재야. 그런 말을 자주 듣지."

"누가 그러는데?"

"뭐, 대개는 내가 그러지." 허수아비는 가슴을 폈다. "어쨌거나 나는 특별한 뇌를 가지고 있으니까."

"특별하다니?"

"위대한 오즈의 마법사가 특별히 제작해준 뇌야."

"그 사람이 오즈의 나라에서 제일 강한 마법사야?"

"으음. 과연 어떨까? 제일 강한 건 남쪽 마녀 글린다 아닐까?"

"그럼 오즈의 마법사는 두 번째?"

"그것도 좀 애매한데. 핍 박사도 꽤 대단하고, 몸비랑 북쪽 마녀도 어디 가서 빠지지 않는 실력이거든."

"그럼 오즈의 마법사는 순위가 저 아래인 거네."

"그럴지도 모르지."

"그럼 오즈의 마법사 말고 다른 마법사한테 뇌를 만들어달라고 부탁하는 편이 낫지 않을까?"

"그런데 그게 또 그렇게는 안 돼. 오즈마 여왕님이 나라 전체에 마법 금지령을 내렸거든. 마법을 사용해도 되는 사람은 오즈마 여왕님과 그 측근인 글린다, 그리고 글린다의 제자인 오즈의 마법사뿐이야."

"오즈의 마법사는 제자였어? 그런 것치고는 이름이 참 거창하네."

"거기에는 이유가 있어. 오즈의 마법사는 오즈의 나라 전체의 대왕이었거든."

"그렇게 대단한 사람이 왜 제자가 됐는데?"

"사실은 전혀 대단하지 않았어. 오즈의 마법사는 평범한 사기꾼이었지. 하지만 뭐 이런저런 일을 겪고 지금은 글린다의 제자가 되어 진짜 마법을 한창 공부하고 있어."

"즉 아직 마법을 공부하는 중이라는 뜻이야?"

"그런 셈이지."

"그렇다면 그 뇌는 연습 삼아 만든 거?"

"내 뇌가 연습용이라는 거야?" 허수아비는 기분이 좀 상한 것 같았다.

"그런 뜻으로 한 말은 아니지만, 만약 그 사람이 제자라면……."

"내 뇌는 결코 오즈의 마법사가 제자 시절에 만든 게 아니야."

"하지만 그 사람은 지금도 제자잖아?"

"지금은 제자지. 하지만 내내 제자였던 건 아니라고. 제자가 되기 전에는 사기꾼이었으니까. 내 뇌는 그가 사기꾼이었을 때 만든 거야. 그러니까 절대로 연습용일 리 없어."

빌은 허수아비의 말에 담긴 뜻을 잠시 곱씹다가 문득 뭔가 알아차린 듯한 표정을 지었다.

그 모습을 보고 있던 도로시가 황급히 빌에게 눈짓을 보내며 고개를 저었다.

"알았다. 그 윙크는 분명 허수아비에게 '사기꾼이 뇌를 만들었으니 사기를 친 게 뻔하다'라는 말을 해서는 안 된다는 뜻이야." 빌이 큰 소리로 말했다.

"야, 도대체 누구랑 이야기하는 거야?" 허수아비가 이상하다는 듯이 물었다.

"저 여자애가 나한테 신호를 보냈어. 사기꾼이 만든 가짜 뇌가 네 머릿속에 있다는 걸 알려주지 말라고. 네가 상처 입을까봐 그런 것 같아."

"그렇구나. 도로시는 착해. 덕분에 상처를 안 입고 넘어갔네."

"나도 허수아비를 상처 입히지 않고 넘어가서 기뻐."

닉은 대화를 나누는 두 명을 짜증 난다는 듯이 지켜보았다. "둘 다 안락사 시키는 편이 본인들을 위해서 좋을 것 같은데."

"놔둬, 닉. 어차피 소용없어. 허수아비는 목을 잘라도 안 죽으니까. 원래 생명체가 아닌걸." 도로시가 말했다.

"하지만 도마뱀은 죽일 수 있지? 허수아비도 짚을 풀어서 불태우면 죽은 거나 마찬가지야."

"살인은 오즈마가 금지했어."

"살인? 이놈들, 사람이야?"

"캔자스에서는 분명 아니지. 하지만 여기에서는 사람으로 봐도 되지 않을까? 이 사람들이 사람이 아니라면 사람이 아닌 사람들이 다수파가 될 것 같으니까."

"넌 어디서 왔어?" 사자가 빌에게 물었다.

"난 호프만 우주에서 왔어." 빌이 대답했다.

"처음 들어보는 곳이네. 하지만 요정의 땅의 일부겠지."

"요정의 땅이 뭐야?"

"이 세계야. 오즈의 나라 주변에 펼쳐진 세계."

"그 세계는 어디까지 펼쳐져 있는데? 한없이 뻗어 나가?"

"글쎄? 한없지는 않을 것 같은데."

"그럼 어디선가 끝나는 거야?"

"그럴지도 모르겠다."

"하지만 그 끝부분 너머에도 뭔가 있지 않겠어?"

"있을지도 모르지."

"그렇다면 세계는 한없이 계속되는 것 아닐까?"

"한없는 세계. 그 안에 내가 홀로 우두커니 서 있다……." 사자는 몸을 부들부들 떨었다. "무서워. 무서워. 그런 생각을 하니까 무서워서 못 견디겠어."

"넌 호프만 우주 태생이로구나." 도로시가 빌에게 말했다.

"어디서 태어났는지는 기억나지 않지만, 호프만 우주에 있기 전에는 이상한 나라에 있었어."

"호프만 우주랑 이상한 나라는 여기랑 비슷한 세계니?"

빌은 주변을 두리번두리번 둘러보았다. "그러네. 굳이 따지자면 여기는 이상한 나라와 비슷한 것 같아. 호프만 우주는 사람과 건물이 좀 더 많아."

"오즈의 나라도 에메랄드 시에는 여기보다 사람과 건물이 많아." 도로시는 말했다. "호프만 우주와 이상한 나라에는 너처럼 말하는 동물이 많니?"

"응, 아주 많지."

도로시는 생각에 잠겼다. "그럼 이상한 나라와 호프만 우주는 요정의 땅의 일부일 거야."

"여기는 오즈의 나라야, 아니면 요정의 땅이야?"

"오즈의 나라는 요정의 땅의 일부야. 주변에는 아무도 건널 수 없는 죽음의 사막이 펼쳐져 있지. 하지만 그 너머에는 에브의 나라와 놈의 나라 같은 다른 영역이 존재해."

"여기 사람들은 명확한 세계관을 가지고 있네."

"너, 가끔 어려운 말을 쓰는구나."

"이건 내 말씨라기보다 이모리의 말씨야. 사실 나는 무슨 뜻인지 잘 몰라." 빌은 서글픈 표정으로 말했다.

"걱정할 것 없어. 세계관을 이해하는 사람은 오즈의 나라에서도 몇 명 안 되니까."

"손쉽게 다른 나라로 갈 수 있다면 날 이상한 나라에 데려다줬으면 하는데……."

"손쉽게는 못 가. 오즈의 나라에서 나가는 건 자살행위지. ……그런데 이모리는 누구니?"

"이모리 겐이야. 내 아바타라지."

"아바타라?"

"꿈을 통해서 내 기억을 공유하는 존재야. 내가 죽으면 이모리도 죽어."

"즉 이모리는 지구에 있는 거구나?"

"지금 '지구'라고 했어?"

"응, 내 아바타라도 지구에 있어. 빌, 에메랄드 시에 가서 이 나라의 지배자인 오즈마 여왕을 만나보는 게 좋겠다."

2

 이모리는 생각을 하고 있었다.

 빌에 관한 생각이다. 이모리는 요 며칠 내내 빌을 구출할 작전을 세우고 있었다. 그 불쌍한 도마뱀은 어째서인지 원래 자기가 서식해야 할 영역인 이상한 나라에서 길을 잃고 호프만 우주라는 전혀 다른 영역으로 들어갔다. 갔던 길을 거꾸로 돌아 나오면 될 것도 같지만, 물론 빌은 그런 발상을 하지 못하고 애당초 갔던 길을 기억하지도 못한다.

 빌은 이모리와 기억을 공유하지만 통찰력은 극히 한정된다. 물론 도마뱀이니까 어쩔 수 없다고 할 수도 있겠지만, 이상한 나라에서는 벌레와 풀, 꽃조차 좀 더 똑똑하게 행동한다. 이모리는 빌이 머리를 조금만 더 쓰면 좋겠다고 늘 생각했다.

 만에 하나 빌이 죽으면 이모리도 목숨을 잃는다. 어떻게든 그를 지금 처해 있는 상황에서 구해내 이상한 나라로 돌려보내야 한다. 그러려면 뭘 어떻게 해야 할까?

이거다 싶은 방안은 아직 없지만 이상한 나라에서 다른 세계로 넘어갔으니 돌아갈 방법도 반드시 있을 것이다. 다만 빌이 폭주할까봐 걱정이다. 이상한 나라로 돌아가려고 무모한 행동을 취할지도 모른다. 그만큼 덜떨어진 도마뱀은 처음 본다.

  곰곰이 그런 생각을 하며 산책을 하다가 생각에 너무 깊이 빠지는 바람에 지금이 한여름 대낮이라는 사실을 완전히 잊어버리고 말았던 모양이다.

  이모리는 정신을 차리자 정신을 잃은 상태였다.

  몹시 역설적인 표현이지만 이것 말고 달리 좋은 표현 방법이 없다. 분명 빌을 생각하고 있었는데 정신을 차리자 잔디밭 같은 곳에 누워 있었다. 빠져들 것처럼 새파란 하늘을 배경으로 무성하게 우거진 나뭇가지가 위쪽에 보였다.

  아무래도 잔디밭의 나무 그늘에 누워 있는 모양이다. 방금 전까지 걷고 있었을 텐데 도대체 어떻게 된 걸까?

  이모리는 정황상 열중증*으로 쓰러진 것 같다고 추정했다.

  내 힘으로 여기까지 온 걸까? 그런 기억은 없지만 무의식중에 시원한 곳을 찾아서 여기에 다다랐을지도 모른다.

  그렇게 생각했을 때 이마에 젖은 수건이 얹혀 있는 것을 알아차렸다.

  이모리는 수건을 들어서 확인했다.

  아무래도 누가 여기까시 옮겨준 모양이다.

---

*더운 환경에 오래 노출되었을 때 체온 조절 기능에 이상이 생겨 발생하는 증상.

과연 누구일까 궁금해하고 있는데 목소리가 들렸다.

"괜찮아?" 젊은 여자 목소리다.

이모리는 목소리가 들린 방향을 보았다.

거기에는 갈색 머리를 양 갈래로 땋아 내리고 살결이 뽀얀 미소녀가 있었다. 하얀 블라우스에 파란 멜빵 치마.

이모리는 이 모습을 어디서 본 것 같은 느낌이 들었다.

그리고 다음 순간 이름이 떠올랐다.

"도로시?" 이모리는 엉겁결에 소리를 내어 말했다.

"응, 맞아." 도로시가 대답했다. "혹시 당신은 이모리 씨?"

"어떻게 내 이름을?"

"당신이 내 이름을 알고 있었으니까 그렇지 않을까 했지. 난 오랜 지인의 아바타라 얼굴은 전부 기억하고 있어. 그러니까 생판 처음 보는 당신이 내 이름을 알고 있다면 최근에 오즈의 나라에서 만난 인물의 아바타라는 뜻이야. 최근에 오즈의 나라에서 만난 인물은 빌밖에 없어. 그리고 빌은 이모리라는 대학원생이 자기 아바타라라고 했어."

"추리력이 대단하구나." 이모리는 일어서려고 하다가 휘청거렸다.

"조심해. 일단 수분부터 좀 보충해." 도로시는 스포츠음료가 든 500밀리리터짜리 페트병을 내밀었다.

"고마워. 잘 마실게." 이모리는 뚜껑을 열고 음료수를 꿀꺽꿀꺽 다 마셨다. "나, 열중증으로 쓰러진 모양이야."

"뭔가 진지하게 생각하며 땡볕이 내리쬐는 캠퍼스를 돌아다니다가 갑자기 비틀비틀 쓰러졌으니까 아마 열중증이겠지."

"내가 뭔가 생각하는 중이었다고? 어떻게 알았어?"

"당신이 뭐라고 중얼중얼하면서 돌아다녔으니까. 그리고 정신을 잃는 와중에도 잠꼬대하듯이 뭐라고 중얼중얼했어."

"빌을 구출할 방법을 궁리하고 있었어."

"빌은 오즈의 나라에 있는데."

"응, 알아. 아까 쓰러졌을 때 꿈에 나왔어."

"그럼 이제 빌의 문제는 해결됐네."

"어째서?"

"빌이 위험한 상황에서 벗어났으니까."

"위험한 상황이라면 사막에서 말라비틀어질 뻔한 거?"

"그것 말고 또 있어?"

"물론 그것도 문제지만 난 좀 더 큰 문제를 고민하고 있었어."

"죽을 위기에 처한 것보다 더 큰 문제가 있다고?"

"그냥 말이 그렇다는 거지. 죽을 위기에 처한 것보다 중요한 문제는 없을지도 모르겠다. 하지만 빌은 사막에서 말라비틀어지기 전부터 문제를 안고 있었어. 길을 잃어버렸지. 이대로 있다가는 이상한 나라로 못 돌아가."

"그게 그렇게 중요한 일이야?"

"뭐?"

"빌이 어디에 가든 당신은 쭉 지구에 있잖아."

"뭐, 그렇지."

"그리고 빌은 어디에 있든 속 편하게 지내지 않을까?"

"뭐, 그렇겠지."

"그럼 굳이 빌을 원래 있던 세계로 돌려보낼 필요가 있을까?"

"하지만 그건······." 이모리는 말문이 막혔다.

어디 보자. 왜 돌려보내야 할까?

"이상한 나라는 빌이 태어난 고향이니까. 거기에는 빌의 친구가 아주 많아."

"걔들이 그렇게 소중한 친구야? 빌이 없으면 못 산대?"

이모리는 미치광이 모자 장수와 3월 토끼, 흰토끼, 붉은 여왕, 체셔 고양이를 떠올렸다.

돌아갈 필요는 없을지도······.

"이건 이유를 따질 문제가 아니야. 누구든 고향에는 돌아가고 싶은 법이거든."

"오즈의 나라를 새로운 고향으로 삼으면 되겠네."

확실히 일리 있는 말이다. 빌이 본 바에 따르면 오즈의 나라는 호프만 우주보다 훨씬 이상한 나라와 비슷하다. 하나 이상한 나라처럼 여기저기서 늘 기묘한 현상이 일어나는 것도 아니고, 마법 같은 힘은 어느 정도 관리되고 있는 듯하다. 게다가 거기 사는 사람들은 이상한 나라 사람들만큼 머리가 이상하지도 않다. 이를테면 순화된 이상한 나라 같은 곳이다.

다만 마음에 걸리는 점도 있다.

이모리는 상체를 일으켰다.

"아직 누워 있는 게 낫지 않을까?"

"이제 많이 좋아졌어. ······오즈의 나라에 대해 좀 더 물어봐도 될까?"

"응. 뭐든지 물어봐."

"오즈의 나라에는 지배자가 있다고 했지?"

"응. 양철 나무꾼 닉도 지배자 중 하나야. 그는 윙키 제국의 황제지. 우리는 그의 제국 영토 안에서 만났어."

"'지배자 중 하나'라면 다른 지배자도 있다는 뜻?"

"응. 쿼들링의 왕, 뭉크킨의 군주, 길리킨의 원수가 있어. 그 외에 변경의 조그마한 촌락에도 왕을 자칭하는 사람들이 있고. 공식적으로 인정받지는 못하지만."

"즉 오즈의 나라는 그 네 지배자가 통치하는 곳이다?"

"그렇다고 할 수도 있지만 오즈의 나라 전체를 통괄하여 지배하는 사람은 에메랄드 시에 사는 오즈마 여왕이야."

"여왕이라……."

"왜?"

"이상한 나라에도 여왕이 있는데, 평판이 그다지 좋지 않은 독재자야. 걸핏하면 목을 치라고 명령하지."

"오즈마 여왕은 자비로운 독재자라서 사람의 목을 치라는 명령은 안 해."

"에메랄드 시와 주변 나라가 어떤 관계인지 잘 모르겠는데, 지구에 비유하면 어떤 느낌이야? 기독교를 믿는 나라와 로마 교황청 같은 느낌이려나?"

"단순히 정신적인 버팀목이라기보다는 좀 더 정치적으로 직접 관여해. 오즈마 여왕이 제정하는 법률이 오즈의 나라 전 국토에서 시행되지."

"나머지 네 나라의 지배자는 법률을 안 만들어?"

"물론 법률을 만들고 명령을 내리지만 오즈마 여왕의 법률과 명령이 우선이야. 그러니까 아무 혼란도 없지."

"그렇다면 네 지배자는 명목뿐인 지배자라는 뜻이야?"

"그렇지는 않아. 에도시대의 번주*나 현대의 도지사 정도의 권한은 가지고 있을걸."

"오즈의 나라는 인구가 얼마나 돼?"

"50만 명 정도라고 들은 적 있어."

"주변은 사막으로 둘러싸여 있던가?"

"죽음의 사막이지."

"너희는 오즈의 나라 말고 다른 곳에 대해서도 알고 있었어."

"요정의 땅에는 에브의 나라와 놈의 나라, 장미의 나라, 모의 나라 등 내가 알고 있는 것만 해도 나라가 열 몇 개나 돼."

"그중에 이상한 나라와 호프만 우주도 있어?"

"아니." 도로시는 고개를 저었다. "하지만 나라고 모든 나라를 다 아는 건 아니야. 요정의 땅에 네가 말한 나라가 있어도 이상할 건 없겠지."

"하지만 빌은 이상한 나라에 있었을 때도, 호프만 우주에 있었을 때도 오즈의 나라에 대해서는 들은 적이 없는데."

"너무 멀리 떨어져 있어서 그런 것 아닐까? 오즈의 나라 사람들

---

*에도시대에 각 영지를 맡아 다스리던 봉건 영주를 가리키는 말.

도 멀리 떨어진 곳의 사정은 잘 모르거든."

"오즈의 나라는 건널 수 없는 죽음의 사막으로 둘러싸여 있다고 했지."

"응, 맞아."

"그런데 오즈의 나라 외부의 정보를 어떻게 알고 있는 거야?"

"그야 마법의 힘이 있으니까."

"그렇군. 그리고 마법을 사용해도 되는 사람은 오즈마 본인과 글린다라는 마녀, 그리고 오즈의 마법사 세 명뿐이고."

"맞아."

"그들이 쓰는 마법은 강력해?"

"물론이지. 마음만 먹으면 전 세계를 지배할 수도 있지 않을까."

"오즈의 나라에서 권력 기구가 안정을 유지하는 이유를 알겠군. 하지만 반대로 보면 불안정 요소가 내재되어 있다고도 할 수 있어."

"그게 무슨 뜻이야?"

"그 세 명 말고 다른 사람이 마법의 힘을 손에 넣어 반란을 일으켰을 때, 혹은 외국에서 침략했을 때 그 세 명의 힘으로만 대응해야 하니까."

"그게 불안정 요소라고? 동의 못 하겠어. 그 세 명의 마법은 엄청 강력하단 말이야."

"그 부분은 검토의 여지가 있겠군. 어, 도로시라고 부르면 될까?"

"응."

"도로시, 빌과는 이미 인사를 나누었겠지만 지구에서 인간의 모습으로는 처음 만났으니 양쪽을 구분하기 위해 제대로 자기소개를 할게. 나는 이모리 겐이야. 잘 부탁해." 이모리는 손을 내밀었다.

"나야말로 잘 부탁해." 도로시는 이모리의 손을 잡았다.

"간호해주었는데 고맙다는 말도 안 했구나. 고마워, 도로시."

"당연한 일을 했을 뿐이야."

"도로시!" 멀리서 어떤 여자가 손을 흔들었다. 도로시와 또래로 보였다.

"친구?"

"응. 줄리아라고 해. 안 줄리아. 쟤도 오즈의 나라에 사는 사람의 아바타라야."

이모리는 일어섰다.

"괜찮겠어?" 도로시가 걱정해주었다.

"응. 이제 완전히 말짱해졌어."

줄리아가 다가왔다.

"이쪽에서는 초면이네." 이모리는 말을 걸었다. "넌 저쪽에서 양철 나무꾼이니? 아니면 허수아비? 설마 사자라든가."

줄리아는 의아하다는 표정을 지었다.

"어, 그러니까." 도로시의 얼굴에 난처한 듯한 표정이 맺혔다. "줄리아, 이쪽은 이모리 씨라고 해. 이 사람도 요정의 땅에 사는 사람의 아바타라야."

"어머, 그랬구나." 줄리아는 웃음을 지었다. "이쪽에서도 처음 보네, 만나서 반가워. 이모리 씨."

"어? 오즈의 나라에서 내가 아는 사람이 아니었어?"

"그래. 얘의 본체는 에메랄드 시 궁전에서 시녀로 일하는 젤리아 잼이야. 길리킨의 나라 출신으로 통역도 해."

"미안합니다. 이미 안면을 튼 사람의 아바타라인 줄 알고 그만." 이모리는 겸연쩍어서 얼굴이 새빨개졌다.

"괜찮아. 본체와 아바타라의 모습에는 규칙성이 없으니까. 서로 비슷하기도 하고 완전히 다르기도 하지. 도로시는 비슷한 쪽이야. 뭐, 굳이 따지자면 나도 비슷한 쪽이라고 할까. 젊은 인간 여자의 모습이라는 점에서는. 하지만 겉모습이 장난 아닌 사람도 있어. 아까 당신이 말했듯이 허수아비나 사자였다면 엄청 서운했을 거야."

"서운하다고요?" 이모리는 서운한 기분이 들었다.

"그럼. 자기가 동물이라니 암만 해도 믿기지가 않잖아."

도로시가 헛기침을 했다.

"어머. 도로시, 감기 걸렸어?" 줄리아가 물었다.

"저쪽에서 저는 도마뱀인데요."

"응?" 줄리아는 굳어버렸다.

"빌이라는 이름의 도마뱀." 도로시가 설명했다.

"그랬구나. 그럴 가능성도 염두에 두어야 했는데." 줄리아가 말했다. "앞으로는 이런 실언을 하지 않도록 마음에 새길게."

"그렇게까지 반성할 일은 아닌데." 이모리는 위로할 생각으로 말했다.

"아니. 나는 반성 같은 거 안 해. 그저 학습할 뿐이지. 같은 실수를 되풀이하지 않으면 나는 점점 완벽한 인간이 될 거야."

"응, 그렇겠지." 이모리는 줄리아가 자신과는 다른 유형의 인간이라 겸연쩍어하지 않는다는 사실을 깨달았다. "그런데 도로시 말로는 통역을 한다면서. 어느 나라 말과 어느 나라 말을 통역해?"

"오즈의 나라에서 사용되는 말이라면 어느 나라 말이든지 문제없어. 예를 들면 길리킨어와 윙키어라든가."

"대단하네. 어학이 특기라니 부럽다."

"그런데 어학은 완전히 젬병이야. 모국어 말고는 거의 할 줄 몰라."

"그럼 어떻게 통역을 하는 거지?"

"오즈의 나라에서 사용되는 말은 전부 똑같거든. 길리킨어, 윙키어, 뭉크킨어 전부 다 같은 어휘와 같은 문법으로 구성되어 있어."

"아하. 그렇다면 어학이 특기가 아니라도 통역하는 데는 지장이 없겠네." 이모리는 일단 납득한 척했다. "그런데 모든 말이 똑같다면 애당초 통역은 필요 없지 않나?"

"논리상으로는 그렇지. 하지만 왜, 논리가 통하지 않는 사람도 있잖아. 지구에도 오즈의 나라에도. 그래서 내 일이 성립되는 거야."

이모리는 턱에 손을 대고 생각에 잠겼다.

"왜 그래?" 도로시가 물었다.

"이야기를 들어보니 오즈의 나라는 지구보다 이상한 나라와 훨씬 비슷한 세계구나 싶어서."

"그렇다면 빌이 오즈의 나라에서 살아도 안심이겠네."

"아니. 오히려 걱정돼."

"뭐가 걱정인데?"

"여왕이 존재한다는 거. 이상한 나라에 있던 여왕은 폭정을 펼쳤어."

"오즈마 여왕은 만백성에게 사랑받는 자비로운 지배자야."

"하지만 독재자지."

"좋은 독재자도 있어."

"모두에게 사랑받는다는 점이 마음에 걸려. 이상한 나라의 붉은 여왕은 독재자이기는 했지만 머리가 그다지 좋지 않았어. 게다가 백성들에게는 미움을 받았지."

"오즈마 여왕이랑은 정반대네. 그쪽 여왕이 최악인 것 같은데."

"오즈마 여왕은 머리가 좋고 백성들에게 사랑받는 독재자야."

"맞아."

"그거야말로 몹시 위험하게 느껴지는데. 카리스마란 본인의 눈은 물론이고 국민의 눈도 흐리게 만드니까."

"오즈마 여왕은 달라. 걱정 붙들어 매라고."

"그 말을 들으니 더더욱 불안해지는걸."

"알았어. 그럼 한시라도 빨리 빌을 오즈마 여왕과 만나도록 해야겠네." 줄리아가 끼어들었다. "백문이 불여일견이라고 하잖아. 오즈마 여왕을 직접 만나면 걱정거리가 싹 다 날아갈 거야."

3

 오즈의 나라는 상상 이상으로 넓었다.
 빌과 도로시 일행이 만난 윙키의 나라 서쪽 끄트머리에서 벌써 며칠이나 걸었지만 에메랄드 시에 도착할 낌새는 조금도 보이지 않았다.
 윙키의 나라는 모든 것이 노란색으로 칠해져 있다. 처음에는 눈이 따끔따끔했지만 이제는 노란색이 보통으로 보일 만큼 익숙해졌다.
 여행을 하는 동안 식사와 숙소는 전혀 걱정이 없었다.
 밥을 먹거나 잠을 잘 시간이 되면 근처 민가에 들러서 밥을 차려달라거나 잠자리를 준비해달라고 부탁하면 그만이었다. 대개는 어서 오시라면서 식사와 잠자리를 제공해주었다. 아주 가끔 싫은 내색을 하는 주민도 있었다. 마침 먹을거리가 부족하다거나 집안사람이 나가고 없어서 일손이 부족하다거나 환자가 생겨서 남을 챙길 상황이 아니라는 식으로 나왔다. 그럴 때도 닉 초퍼가 도끼로 테이블이나 기둥을 내리치며 누구 덕에 너희들이 안심하고 살 수 있느냐고 물으면, 다 윙키 황제 폐하와 오즈마 여왕 폐하 덕분이라고 머리를 숙이며 자신들의 식사와 환자의 간호를 뒤로 미루고 그들의 식사를 준비해주었다.

"어쩐지 미안하네." 빌이 솔직하게 말했다.

"미안하기는 뭐가?" 닉 초퍼가 고압적으로 말했다.

"이 사람들도 나름대로 사정이 있을 텐데 우리를 먼저 챙겨줬는걸."

"그게 왜 미안한데?"

"완전히 민폐잖아."

"민폐는 무슨. 황제를 환대하는 건 명예로운 일이야. 그리고 여행자에게는 무상으로 식사와 숙소를 제공해야 해. 오즈의 나라에서는 법률로 그렇게 정해져 있어."

"그래?"

"그럼. 그러니까 우리도 그들도 법률에 따라 행동하는 셈이지. 고로 이건 당연한 일이야. 그러니까 조금도 미안해할 것 없어."

"그런 거였어?"

"그런 거야."

"하지만 난 어쩐지 미안한 기분이 드는데."

"그건 네가 상황을 이해하지 못해서 그래." 닉은 귀찮다는 듯이 말했다. "야, 허수아비. 지능이 탁월한 네가 이 도마뱀한테 설명 좀 해주면 안 되겠냐?"

"어쩔 수 없군." 허수아비는 헛기침을 했다. "만약 이 법률이 없다면 이 나라를 찾아온 여행자는 어떻게 될까? 밥이고 숙소고 없다면. 근처의 나무 열매를 따 먹거나 물고기와 작은 동물을 잡아먹어야겠지. 그리고 노숙을 해야 해. 노숙을 하다 보면 야생동물한테 잡아먹힐지도 몰라."

"야생동물이라니?" 빌이 물었다.

"육식동물 말이야. 사자 같은 거."

빌은 사자를 보았다.

"아아. 내가 널 잡아먹지는 않을까 걱정이로구나. 안심해, 난 친구는 안 먹으니까." 사자가 말했다.

"하나 물어볼게. 만약 친구가 아닌 도마뱀과 마주치면 어떻게 할 거야?"

"그 질문에는 별로 대답하고 싶지 않은데." 사자는 말했다. "하지만 나라고 아무것도 안 먹고 살 수는 없어. 그리고 오즈의 법률상 먹는 건 죄가 아니라고. 뭐, 그걸로 대답을 대신할게."

빌은 몸을 바들바들 떨기 시작했다.

"에이, 친구는 안 먹으니까 걱정하지 마." 허수아비가 말했다. "도로시를 봐. 살집이 적당하고 보들보들하니 너보다 훨씬 먹음직스러워. 그런데도 안 잡아먹었으니 당연히 너도 안 잡아먹겠지."

"사자야, 도로시도 먹고 싶어?"

"그런 질문에는 대답 못 해." 사자는 입맛을 다셨다. "경솔하게 대답했다가는 우정을 유지하기가 힘들어질 테니까."

"그렇구나. 그럼 안 물을게. 그런데 나는 먹고 싶어?"

"대답을 듣고 싶니?" 사자는 빌을 물끄러미 바라보며 침을 질 질 흘렸다. "꼭 들어야겠어?"

"너만 괜찮다면."

"하지만 대답을 들으면 우리 우정에 금이 갈지도 모르는데."

"괜찮아. 우리는 아직 그 정도로 친밀하지는 않으니까."

"그리고 대답을 들으면 계속 의심에 사로잡혀 지내야 할 거야."

"그건 싫은데. 언제 잡아먹힐지 몰라서 늘 조마조마한 마음으로 지내는 건 사양이야."

"정말로?"

"정말이야."

"그럼 대답 안 할래. 네가 늘 조마조마한 마음으로 지내면 미안 하니까."

"고마워. 그럼 대답은 안 듣기로 할게. 덕분에 조마조마해하지 않아도 되겠네. 한시름 놨다." 빌은 사자의 입 바로 옆에 드러누 웠다. "대답을 들으면 겁이 나서 이런 짓도 못 할 테지."

"아무렴, 그렇고말고." 사자는 빌을 응시하며 입맛을 다셨다.

"음. 둘 사이의 갈등은 해결됐다고 봐도 될까?" 허수아비가 물 었다.

"우리 사이에 갈등은 없어." 사자는 허둥지둥 대답했다. "갈등 이 생긴다면 지금부터겠지."

"그럼 내 이야기를 계속할게." 허수아비가 말했다.

"무슨 이야기?" 빌이 물었다.

"우리가 공짜로 윙키의 나라 사람들의 집에 묵거나 식사를 제공

받아도 아무 문제 없다는 이야기. 만약 그러지 못한다면 대참사가 벌어질지도 몰라." 허수아비는 사자를 쳐다보았다.

"그건 알겠지만 사례 정도는 해도 되지 않을까?"

"사례?"

"돈을 내는 거야. 그럼 나도 부담스러운 마음이 가실 텐데."

"들었어, 닉? 돈이래." 허수아비가 껄껄 웃었다.

"웃기는군." 닉도 껄껄 웃었다.

"저어. 뭐가 그렇게 우스워? 나한테도 가르쳐줘. 난 웃기는 이야기를 아주 좋아해."

"네가 돈이라고 했잖아. 오즈의 나라에는 돈이 없어. 그런 개념조차 존재하지 않지." 허수아비가 대답했다.

"돈이 없다니 못 믿겠어. 그게, 돈이 없으면 저금을 못 하잖아."

"왜 저금이 필요한데?"

"그야 비싼 물건을 구입할 때 큰돈이 필요하니까. 그래서 저금을 하는 거야."

"오즈의 나라에서는 물건을 구입 안 해."

"그럼 물건이 필요하면 어떻게 하는데?"

"받아 오지."

"누구한테?"

"물건을 만드는 사람한테. 예를 들어 빵이 필요하면 빵집에 가서 받아 와. 옷이 필요하면 옷집에 가서 받아 오고. 집이 필요하면 목수한테 지어달라고 하면 돼."

"그 사람들이 공짜로 줘?"

"그럼."

"그렇게 되면 그 사람들이 손해를 보잖아. 돈을 제대로 받지 않으면."

"돈을 받아서 어디다 쓰는데?"

"돈이 있으면 여러 가지를 살 수 있어."

"그러니까 오즈의 나라에서는 물건을 안 사도 된대도. 뭔가 필요할 때는 받으면 돼."

"무슨 소린지 전혀 모르겠어."

"네 머릿속에 돈이라는 개념이 단단히 박혀 있어서 이해를 못하는 거야. 오즈의 나라는 원시공산제*라고."

"아아. 원시공산제로구나. 알았어." 빌이 말했다. "하지만 그거, 게으름을 피우려고 하면 얼마든지 피울 수 있지 않을까?"

"그렇지. 일하기 싫은 사람은 안 해도 돼. 얼마나 멋져."

"하지만 모두들 일하지 않으면 어떻게 해?"

"그럴 일은 없어."

"어째서?"

"모두 다 일을 하지 않으면 오즈의 나라가 붕괴될 테니까. 이렇게 멋진 나라가 붕괴되기를 바라는 사람은 아무도 없을 거야."

"과연, 잘 알았어. 허수아비는 설명을 참 잘하는구나."

다섯 명의 여행은 계속되어 어느 날 마침내 에메랄드 시의 입구에 도착했다.

---

*생산 수단을 사회적으로 공유하고 공동으로 노동하여 그 성과를 평등하게 배분하는 제도.

높은 성벽으로 둘러싸인 에메랄드 시의 거대한 문은 활짝 열려 있었다.

 "문은 늘 열어놔?" 빌이 물었다.

 "응. 아니면 자유롭게 드나들 수 없으니까." 도로시가 대답했다.

 다섯 명은 곧장 궁전으로 향했다. 궁전 입구에서 소녀가 다섯 명을 맞이했다.

 "어서 와, 도로시." 소녀가 말했다. "슬슬 도착할 때가 된 것 같아서 기다리고 있었어."

 "이 사람이 오즈마 여왕이야?" 빌이 물었다.

 "아니, 빌. 이 사람은 젤리아 잼이야." 도로시가 대답했다.

 "젤리아 잼?" 빌이 다시 물었다.

 "이쪽에서도 만나서 반가워, 빌." 젤리아가 말했다. "지구에 있는 내 아바타라는 줄리아야."

 "그랬구나. 이쪽에서도 만나서 반가워, 젤리아 잼."

 "너, 지구에 있을 때와는 달리 요정의 땅에서는 꽤나 허술한 느낌이 드는걸."

 "이모리하고는 반대지. 하지만 자기가 허술하지 않다는 걸 알고 이모리가 실망하지는 않을까?"

 "그건 분명 쓸데없는 걱정일 거야, 빌." 젤리아가 대답했다.

 "우리가 오늘 올 줄 어떻게 알았어?"

 "오즈마 여왕님이 가르쳐주셨어."

 "누가 오즈마 여왕한테 휴대전화로 연락했나?"

"빌, 오즈의 나라에는 전화가 없단다."
"그럼 오즈마 여왕은 우리가 도착할지 어떻게 알았담?"
도로시는 미소를 지었다. "그건 오즈마에게 직접 물어보는 게 낫겠다. 자, 여왕의 방으로 가자."

오즈마는 도로시와 비슷한 나이로 보이는 아름다운 소녀였다. 다만 옷차림에서 위엄이 느껴졌고, 시원스러운 시선에는 뭐든지 다 꿰뚫어 볼 것만 같은 강한 의지가 깃들어 있었다.
"만나서 반가워, 오즈마 여왕." 빌이 말했다.
"만나서 반가워요, 빌. 그냥 오즈마라고 불러요."
"알았어, 오즈마. 그런데 깜짝 놀랐어. 난 오즈마가 좀 더 나이 많고 심술궂어 보이는 사람일 줄 알았거든."
"대개 왕위는 이전 왕이 죽었을 때 물려받으니까 국왕이나 여왕은 확실히 나이를 먹은 사람이 많죠. 그러니 내가 노인인 줄 알았다고 해도 이상할 건 없어요. 하지만 내가 왜 심술궂을 거라고 생각했죠, 빌?"
"그야 온 나라에 마법을 사용하는 걸 금지했으니까."
"마법 사용을 금지하는 게 왜 심술궂은 건가요?"
"마법을 사용하면 편리하잖아. 단숨에 저 멀리 가거나 많은 짐을 옮기고 괴수를 퇴치할 수도 있을 텐데."
"그렇겠죠. 하지만 마법을 악용하면 오즈의 나라를 정복하거나 국민을 노예로 삼을 수도 있어요. 즉 마법에는 선과 악, 두 가지 측면이 있어요. 아무나 마법을 멋대로 사용하면 좋은 일뿐만 아니라 나쁜 일이 일어날지도 몰라요. 그래서 마법 사용을 금지한 거랍니다."

"하지만 세 사람은 사용할 수 있잖아. 그 세 명이 나쁜 일에 마법을 쓰면 어떻게 해?"

도로시는 도마뱀의 옆구리를 쿡 찔렀다.

하지만 빌은 어리둥절한 표정으로 말했다. "도로시, 왜 내 옆구리를 찔렀어?"

도로시는 한숨을 쉬었다. "빌, 무례한 소리 좀 하지 마. 마법을 쓸 줄 아는 세 사람이 나쁜 짓을 할 리 없잖아."

"그걸 어떻게 장담해?"

"마법을 쓸 줄 아는 세 사람은." 오즈마가 말을 꺼냈다. "저랑 글린다, 그리고 오즈의 마법사예요. 우리 세 명은 마법을 올바르게 쓴답니다."

"그러니까 그걸 어떻게 아느냐고?"

"제가 그렇게 판단했으니까요. 저는 이 나라의 지배자예요. 모든 일은 제 판단에 따라 결정됩니다."

"오즈마는 틀리지 않아?" 빌은 끈질기게 물었다.

도로시는 빌의 옆구리를 다시 쿡 찌르려고 하다가 오즈마가 고개를 저었으므로 도중에 그만두었다.

"그건 내가 설명하지." 갑자기 솟아오른 것처럼 초로 남자가 나타났다.

"누구야?" 빌이 물었다. "어디서 왔어?"

"나는 오즈의 마법사로 알려진 사람이야. 너희들이 들어오기 전부터 이 방에 있었지. 마법으로 모습을 감추고 말이야."

"왜 그런 짓을 했는데?"

"네가 해롭지는 않은지 관찰하려고. 그 결과 네가 무해한 작은 동물인 걸 알았기 때문에 모습을 나타낸 거다."

"나는 내가 무해한 작은 동물이라는 걸 오래전부터 어렴풋이 감잡고 있었어."

"넌 오즈마 여왕님의 판단이 왜 올바르냐고 의심했다."

"의심하지는 않았어. 이유를 알고 싶을 뿐이지."

"이유는 간단해. 오즈마 여왕님은 결코 틀리지 않으니까."

"그래?"

"암. 그러므로 오즈마 여왕님은 국민들에게 신뢰받아 여왕의 자리에 오른 거야. 만약 오즈마 여왕님이 실수를 저지른다면 왕좌에 앉아 있을 수 없을 테지." 마법사는 당당하게 말했다. "오즈마는 절대로 틀리지 않으니까 여왕님이 됐다. 그리고 오즈마는 여왕님이니까 절대로 틀리지 않는다. 봐. 아무 모순도 없잖아?"

"오즈마는 여왕…… 오즈마는 틀리지 않는다……." 빌은 입속으로 계속 중얼중얼했다.

"빌, 괜찮니?" 도로시가 걱정스럽게 물었다.

"생각을 너무 많이 해서 머리가 어지러워."

"그럴 때는 생각을 그만해야 해." 허수아비가 말했다. "옛말에 '생각하는 바보보다 쉬는 바보가 이득이나'라고 했어."

"알았어. 그만 생각할게. 원래부터 생각하는 건 서투르니까." 빌은 제안을 받아들였다.

오즈마는 미소를 지었다.

"하지만 이 나라에 나쁜 사람이 많으면 조심해야겠네." 빌이 말했다.

오즈마의 표정이 흐려졌다.

"빌, 이 나라에 나쁜 사람은 없어." 마법사가 말했다.

"그럼 모두 마법을 쓸 수 있도록 해도 되잖아." 빌이 반박했다.

"우리 말고 다른 사람도 마법을 사용하면 악용하는 사람이 나타날지도 몰라."

"그건, 이 나라에 나쁜 사람이 있다는 뜻이잖아?"

"……." 마법사는 말문이 막혔다.

"빌, 무슨 일에든 이치를 내세워 따지고 드는 게 과연 현명한 행동일까요?" 오즈마가 상냥하게 물었다.

"글쎄?" 빌은 고개를 갸웃했다. "이모리는 이성이 중요하다고 생각하는 모양이지만."

"이모리는 당신의 아바타라죠?"

"맞아."

"그는 지구에 있고요."

"맞아."

"그렇다면 오즈의 나라하고는 아무 상관도 없어요. 여기에 있는 건 당신이에요, 빌. 설령 기억을 공유한다고 해도 당신이 그의 의견에 따를 필요는 없답니다. 이해했나요?"

"아마 이해한 것 같아." 빌은 순순히 대답했다. 이제 정말로 생각하는 데 지쳤다. 생각하는 건 전부 이모리에게 맡기자. 이 기억은 모조리 이모리에게 전달될 테니까 알아서 생각해주겠지. 그런 것보다 궁금한 일을 지금 물어놓자.

"젤리아는 우리가 여기에 온다는 걸 오즈마한테 들었대. 어떻게 알았어?"

"물론 마법의 힘으로요. 이 그림을 봐요."

"어느 그림?"

빌이 묻자마자 눈앞에 거대한 그림이 나타났다.

"이건 뭐야?"

"마법 그림이에요."

그림에는 바로 지금 이 방에서 일어나고 있는 일이 그려져 있었다. 빌, 도로시, 허수아비, 양철 나무꾼 닉 초퍼, 사자, 젤리아 잼, 오즈마, 그리고 오즈의 마법사가 방 안에 모여 그림 한 장을 보고 있었다. 그 그림 속에 그려진 그들도 그림 한 장을 보고 있었다. 이 같은 액자 구조가 한없이 계속되어 빌은 눈이 핑핑 돌고 토할 것만 같았다.

"빌, 괜찮니?"

"더 이상 못 참겠어." 빌은 제자리에서 웩웩 토했다.

"빌, 이제 우리한테 주어진 방으로 가자." 도로시가 당황하여 말했다.

"아니요. 걱정할 필요 없어요." 오즈마가 말했다. "보통 사람이 압도적인 마법을 접했을 때 나타나는 정상적인 반응이에요."

"정확하게 말하자면 보통 도마뱀이지만." 빌은 토하면서 말했다. "앗!" 빌이 그림을 가리켰다.

그림 속의 빌도 토하면서 그림 속의 그림을 가리키고 있었다.

"누가 그림을 다시 그렸어?"

"이 그림 스스로가요. 이 그림은 언제나 현재 상황을 나타낸답니다."

"하지만 그림으로 보지 않아도 내가 토하고 있는 줄은 알지 않나? 척 보기에도 그렇고 냄새도 지독하잖아."

"이 그림에는 이 방의 상황만 그려지는 게 아니에요. 뭉크킨의 나라도……."

갑자기 그림이 바뀌었다. 거의 파랑 일색의 광경이었지만 그 속에서 낡아빠진 갈색 집이 눈길을 잡아끌었다.

"저건 내가 캔자스에 있을 때 살았던 집이야." 도로시가 말했다. "회오리바람에 휘말려 여기까지 날아와서 동쪽의 나쁜 마녀 위에 떨어졌지."

"예를 들면 윙키의 나라도……."

노랑 일색의 거리에 거대한 금속 궁전이 우뚝 솟아 있었다.

"저건 윙키의 황제, 즉 내가 사는 궁전이야." 닉이 자랑스럽게 말했다.

"오즈의 나라 말고 다른 곳도 볼 수 있답니다. 예를 들면 놈의 나라도……."

으스스한 지하에 사는 요정 놈들이 뭔가 흉계를 꾸미고 있는 모습이 그려졌다.

"예를 들면 팡파즘의 나라도……."

빌은 비명을 질렀다.

그림 속에는 빌이 이상한 나라에서도, 호프만 우주에서도 본 적이 없을 만큼 추악하고 무시무시한 모습의 괴물들이 몇 천 마리나 모여서 입에 담기도 꺼려지는 부도덕한 행위를 하고 있었다.

더 이상 게워낼 것도 없는지 빌은 힘없이 웩웩 소리만 냈다. "이 녀석들은 뭐야?"

"팜파즘이에요. 신들조차 두려워하는 악마의 일족이죠."

"이 녀석들이 여기를 침략하지는 않아?"

"오즈의 나라는 죽음의 사막으로 둘러싸여 보호받고 있으니까 문제없어요. ······현재는요."

"언젠가는 쳐들어온다는 뜻?"

"예. 언젠가는 그러겠죠. 하지만 걱정할 것 없어요. 이 나라는 제가 지킵니다." 오즈마는 단언했다. "이처럼 저는 보고 싶은 곳을 언제든지 이 그림으로 볼 수 있어요. 도로시의 안부를 확인하고자 이 그림으로 보고 있었답니다."

"오즈마는 누가 어디에 있든 엿볼 수 있어?"

"예. 그럼요."

"사생활 보호는 어쩌고?"

오즈마를 제외한 모두가 빌을 쳐다보고 한숨을 쉬었다.

"사생활 보호는 중요하죠." 오즈마는 웃음을 지었다. "그래서 무턱대고 이 그림을 사용하지는 않아요. 누군가 위험에 빠지지 않았는지 확인할 때만 사용해요."

"지금 생각났는데요." 젤리아가 제안했다. "빌은 고향으로 돌아갈 방법을 몰라서 난감한 상황이에요. 그 그림으로 빌의 고향을 살펴보면 어떨까요? 그러면 고향의 위치와 돌아갈 방법을 알아낼 수 있을지도 모르잖아요."

"아쉽지만 그건 불가능해요." 오즈마는 안타깝다는 듯 말했다. "그림으로 보려면 제가 보고 싶은 장소와 인물을 정확하게 파악하고 있어야 하거든요. 제가 모르는 곳은 그림으로 볼 수 없어요."

"그럼 내가 그림을 좀 쓸게." 빌이 말했다. "난 이상한 나라를 잘 알아."

오즈마는 아무 대답 없이 시원스러운 눈으로 빌을 바라보았다.

"빌, 이 나라의 법률이 어떤지 설명을 들었을 텐데." 마법사가 무서운 눈으로 노려보며 말했다. "마법을 사용해도 되는 사람은 세 명뿐이야."

"하지만 난 이 나라 국민이 아니고, 나쁜 사람도 아닌걸."

"법률은 이 나라에 있는 모든 존재에게 적용돼. 그리고 설령 나쁜 사람이 아니라 한들 도마뱀에게 마법을 쓰도록 허락하다니 어림 반 푼어치도 없는 소리야."

"그렇구나. 그럼 아쉽지만 어쩔 수 없지." 빌은 고개를 숙였다.

"뭐, 서두를 건 없어. 모두 힘을 합쳐 네 고향을 찾아낼 방법을 생각해보자꾸나. 아니면 그냥 이 나라에 남아도 되고."

"그래. 급할수록 돌아가라잖아." 도로시가 위로했다. "그리고 이제 곧 오즈마 여왕의 생일 축하 파티가 열려. 파티에 참석하면 너도 분명 기분이 바뀔 거야. 아주 근사한 파티거든."

빌은 또 조금 혼란스러워졌다.

4

"오즈의 나라가 어떤 곳인지 이제 대충 알았지?" 도로시는 이모리에게 말했다.

이미 오후 2시가 지나서 대학 구내식당도 꽤 한산해졌다.

"사람들이 세계를 파악하고 있다는 의미에서 보면 오즈의 나라는 이상한 나라와 호프만 우주와는 아주 달라." 이모리는 말했다. "특히 국가를 효율적으로 통치하고자 하는 의지가 지배자에게서 확실히 엿보였어."

"그거 칭찬이지?"

"오즈마는 그 나라를 잘 이끌어가고자 해. 그건 사실이야. 하지만 실제로 취하는 행동이 올바른지 그른지는 당장 판단할 수 없을 것 같군."

"오즈마가 틀렸다는 거야?"

"그런 말은 안 했어. 현재로서는 순조로운 것처럼 보여."

"보이는 게 아니라 실제로 순조로워."

"그렇겠지."

"도대체 무슨 말을 하고 싶은 건데?"

"오즈의 나라는 민주국가가 아니야."

"뭐, 그야 어떻게 받아들이느냐에 따라 다르지 않을까? 오즈마는 정치를 할 때 사람들의 의견을 잘 듣고 나서 자신의 견해를 정리하는 것 같아. 오즈마의 정치는 많은 사람들의 의견을 바탕으로 하니까 민주적이라고 볼 수도 있지 않겠어?"

"과연 그럴까? 오즈마가 국민의 말에 반드시 따라야 하는 건 아니야. 의견 중에서 본인이 옳다고 느낀 정책만 실행하면 그만이지. 즉 최종 결정권은 국민이 아니라 오즈마가 쥐고 있으니까 민주적이 아니라 독재적이야."

"뭐, 지구와 오즈의 나라는 정치체제가 다르니까." 도로시가 말했다. "오즈의 나라는 근세 이전의 정치체제야. 그러니까 민주주의가 아니라 전제군주제를 채용하는 건 당연하지."

"듣고 보니 그렇기는 하다만, 적어도 오즈마는 너랑 오즈의 마법사를 통해 민주주의가 뭔지 알고 있을 텐데. 아니야?"

"그야 물론 알겠지."

"그럼 민주주의를 채용할 수도 있었잖아?"

"그럼 반대로 묻겠는데, 왜 민주주의를 채용해야 해? 지구에 존재하는 국가 중에 오즈의 나라보다 멋진 곳이 있어?"

"그건…… 그…… '멋지다'는 단어의 정의에 따라 답이 달라지겠지."

"얼버무리기는. 오즈의 나라에 사는 사람들이 지구에 존재하는 어느 나라의 국민보다 행복하다는 건 인정하지?"

"……응. 그건 인정해야겠지. 하지만 뭔가 위화감이 느껴져."

"막연한 위화감은 정권을 비판하는 이유로 합당하지 않아. 그렇지?"

"그것도 네 말이 맞아." 이모리는 심호흡을 했다. "그럼 위화감의 원인을 차분하게 생각해보자."

"위화감은 어디까지나 당신 문제지 오즈의 나라의 문제가 아니야. 빌도 납득했다고."

"빌은 분명 오즈의 나라에 사는 누구보다도 다루기 쉽겠지. ……그거다!"

"뭔데?"

"다루기 쉬워."

"빌을 다루기 쉽다는 건 알아."

"그게 아니라, 오즈의 나라 국민 모두가 다루기 쉽다고. 오즈의 나라의 정치체제가 이상적이라면 왜 지구에서는 실현할 수가 없을까?"

"지구의 정치가들이 오즈마만큼 유능하지 않으니까 그렇겠지."

"그건 아니야. 오즈마는 정치가로서는 그렇게 특별하지 못해. 만약 지구에서 똑같은 정책을 펼치면 국민들이 식량과 재산을 두고 싸움을 벌여서 수습이 불가능해질걸. 오즈의 나라에 사는 사람들은 왜 그렇게 온순하지?"

"두루두루 교육을 잘 받아서?"

"확실히 교육수준이 높은 나라일수록 범죄율이 낮은 경향이 있지. 하지만 인구가 50만 명이나 되는데 원시공산제가 성립하는 나라는 어디에도 없어."

"오즈의 나라는 교육수준이 하늘을 찌를 듯이 높아서 그런 걸까?"

"그런 인상은 못 받았는데. 네 생각은 그래?"

"아니." 도로시는 고개를 저었다. "그런 의문은 품어본 적도 없어. 애당초 마음에 둘 필요가 있나? 이미 실현된 유토피아를 트집 잡아서 무슨 득을 본다고 그래?"

이모리는 머뭇거렸다. 그는 오즈의 나라의 사회체제에 막연한 위화감을 느꼈다. 하지만 그 위화감이 오즈마를 비판할 이유로 합당하지 않다는 것은 이모리 본인도 잘 알고 있었다.

"안녕." 줄리아가 두 사람에게 다가왔다. "어때? 오즈의 나라에 정착할 결심은 섰어?"

"그게 아직 뭔가 의심스러운 모양인가봐." 도로시가 대답했다.

"빌은 안 그래 보이던데."

"빌은 그런 거 마음에 두지 않는 애야."

"오즈의 나라의 뭐가 마음에 안 드는 걸까?"

"본인도 설명을 잘 못 하겠는가봐."

"오즈의 나라는 너무 평화로워." 이모리가 입을 열었다.

"어머. 평화롭기는. 혁명이 일어나기도 했고 외국의 침략도 받았어. 변경에서는 나쁜 마녀가 폭정을 펼치기도 했고." 줄리아가 말했다.

"하지만 그건 거의 다 해결했어. 오즈마 여왕과 글린다의 힘으로."

"맞아. 그게 어쨌는데?"

"그들이 너무 만능이라서 마음에 걸려."

줄리아는 소리 내어 웃었다. "그들을 악의 존재로 여기는 거야?"

"그런 건 아니지만……."

"만약 그들이 악이라면 오즈의 나라는 악한 나라가 됐겠지. 어쨌거나 오즈마 여왕은 오즈의 나라 전체를 지배하고 있으니까 만약 나쁜 사람이라면 계속 착한 사람인 척할 이유가 없어. 오즈의 나라가 행복에 감싸여 있다는 사실 자체가 그들이 착한 사람이라는 증거야."

"그건 나도 알아."

"즉 기분의 문제야. 일종의 향수병이지. 그냥 이상한 나라가 그리우니까 오즈의 나라를 트집 잡는 거라고." 도로시가 말했다.

"빌이 그렇다면야 이해가 되지만." 줄리아가 말했다. "왜 이모리가 그러는 건데?"

"그건, 그래, 그는 별나니까."

"그러니 어느 쪽? 이모리? 빌?"

"그야 당연히 양쪽 다지."

두 여자는 깔깔 웃었다.

이모리는 아무 말도 없이 짐자코 있었다.

"걱정 마. 오즈의 나라를 이해하면 거기에 정착할 결심이 설 거야." 줄리아가 말했다.

"빌은 이미 그럴 마음이 있는 것 같던데." 도로시가 말했다.

"이제 곧 오즈마 여왕의 생일 파티가 열리잖아. 파티에는 국내외에서 여러 사람이 참석해. 거기서 이야기를 들으면 마음이 확고해지지 않을까?" 줄리아가 말했다.

"내 생각도 그래."

"국내외라면 오즈의 나라 밖에서도 손님이 오는 거야?" 이모리가 물었다.

"응, 맞아." 도로시가 대답했다.

"오즈의 나라를 둘러싼 죽음의 사막은 아무도 못 건너는 것 아니었어?"

"평범한 방법으로는 못 건너지. 내가 알기로 사막을 건너는 방법은 크게 세 가지가 있어."

"뭔데?"

"하늘을 나는 방법. 땅속으로 가는 방법. 마법으로 순간이동하는 방법."

"땅속으로 가는 것보다 사막을 가로지르는 게 더 쉬울 것 같은데."

"그 사막에는 무슨 저주가 걸려 있어서 땅 위로 걸어갈 수는 없다고 알고 있어. 다만 사막을 횡단한 예가 없는 건 아니야. 오즈마 여왕이 거느린 군대가 죽음의 사막을 넘어서 에브의 나라로 원정을 간 적이 있어. 다만 그때는 마법 카펫을 사용했지만."

"그 카펫은 지금도 사용해?"

"아니. 이제는 사용 안 해."

"어째서?"

"필요 없으니까. 지금은 오즈마가 찬 허리띠의 힘으로 순간이동 할 수 있거든."

"카펫으로 사막을 건넜을 당시는 마법 허리띠가 없었다는 뜻?"

"응. 허리띠는 놈과의 전쟁에서 얻은 전리품이니까."

"잠깐만." 이모리는 눈을 둥그렇게 떴다. "오즈의 나라가 다른 나라와 전쟁을 한 적이 있어?"

"응. 말 안 했던가?"

"다른 나라의 침략이 있었다는 말밖에 못 들었어. 오즈의 나라에서 쳐들어갔다는 거야?"

"응. 하지만 에브의 나라를 구하기 위해 원군을 보낸 거야. 놈의 나라의 영토를 빼앗은 건 아니야."

"하지만 놈의 재산인 허리띠를 빼앗았잖아."

"허리띠만 빼앗았지. 그리고 그건 정당한 행위였어. 만약 놈 왕 로쾃에게 허리띠를 빼앗지 않았다면 요정의 땅은 몽땅 정복됐을지도 몰라."

"하지만 그의 소유물이었잖아?"

"말해두겠는데 그 일로 오즈마를 비판하는 건 부당해. 요정의 땅의 어느 나라에서도 오즈마가 놈 왕의 허리띠를 빼앗은 걸 비판하지 않아."

"그렇겠지." 이모리는 말했다. "허리띠 말고 다른 물건은 빼앗지 않았으니 그건 자국의 안전을 지키기 위한 행동이었다고 해석할 수 있어. 하지만 오즈마는 허리띠를 그저 보관하는 데 그치지 않고 활용했잖아."

"맞아. 하지만 오즈의 나라에 이익이 되는 일에만 사용했어. 사리사욕을 채우려는 목적이 아니었다고."

"사리사욕이란 뭘까." 이모리는 중얼거렸다.

"뭐?"

"미안. 질문이 아니라 혼잣말이었어."

"아직도 오즈의 나라가 이해 안 돼?"

"응. 왜 이해가 안 되는지 나 자신에게 물어봐야겠다. 답을 찾으면 너한테 알릴게."

"좋아. 하지만 다음에는 파티 당일에나 만날 수 있겠네."

"왜?"

"당분간 본가에서 지낼 예정이거든."

"도로시의 본가는 농장이었던가?" 줄리아가 물었다.

"응. 아무것도 없이 그저 넓기만 한 농장이지만." 도로시가 대답했다.

"넓으면 좋지, 뭐."

"땅이 있어도 나이 든 부부 둘뿐이라 감당이 안 돼."

"나이 든 부부라면 부모님? 아니면 할아버지랑 할머니?" 이모리가 물었다.

"숙부 부부야. 나, 부모님을 일찍 여의고 숙부 부부 밑에서 자랐어."

"고생 많았겠구나."

"아니, 전혀. 두 분이 친딸처럼 키워주셨거든. 뭐, 생활형편이 어렵기는 했지만. 그래도 장학금을 받아서 이렇게 대학까지 왔으니 불평할 일은 아니지."

"게다가 오즈의 나라에서는 왕족이잖아." 줄리아가 말했다.

"맞아. 난 도로시 공주야. 더 이상 뭘 바라겠어."

이모리는 마음이 뒤숭숭했다. 하지만 그 느낌을 말로 어떻게 표현해야 할지 아직 몰랐다.

5

"이 여행에 무슨 의미가 있는지 난 전혀 모르겠다, 빌." 도로시가 말했다.

"여행에 의미가 있어?" 빌은 물었다.

"너 가끔가다 느닷없이 철학적인 질문을 하는구나."

"잘 모르겠지만 이모리는 주변 나라를 조사할 필요가 있다고 생각해."

"이모리의 생각은 늘 옳니?"

"글쎄. 난 잘 모르겠어."

"왜 주변 나라를 조사할 필요가 있는데?"

"내가 돌아갈 길을 찾기 위해서."

"너 정말로 이상한 나라에 돌아가고 싶어?"

"잘 모르겠어. 하지만 앨리스는 한 번 더 만나고 싶은 것도 같아."

"그럼 앨리스를 여기로 부르면 되잖아."

"그것도 괜찮겠네."

"오즈마, 앨리스를 여기로 불러올 수 있어?" 도로시가 물었다.

"앨리스를 여기로 불러올 수 있으면 좋겠네요." 오즈마는 상냥하게 말했다. "하지만 지금은 못 해요. 왜냐하면 저는 앨리스를 모르니까요. 덧붙여 이상한 나라에 대해서도 모르고요. 따라서 앨리스의 모습을 마법 그림으로 볼 수도 없고, 허리띠의 힘으로 본인을 불러올 수도 없어요."

"하지만 빌이 놈의 나라에 가본들 이상한 나라에 대해 뭔가 알아낸다는 보장은 없어."

"물론 그래요. 하지만 아무것도 알아내지 못한다는 보장도 없어요. 무엇보다 빌이 놈의 나라에 가고 싶어 해요. 본인의 의사를 우선해야겠죠."

"하지만 놈들은 위험하잖아."

"그래서 호위를 붙이기로 했어요."

"호위가 뭐야?" 빌이 물었다.

"당신이 위험에 처하지 않도록 지켜주는 사람들이에요." 오즈마가 대답했다.

"그럼 도로시도 안심이겠다."

"왜 내가 안심하는데?"

"도로시는 내가 놈의 나라에 가는 게 걱정이었잖아? 하지만 호위가 붙으니까 안심이야."

"내가 아니라 네가 안심되는 거겠지?"

"나는 전부터 안심하고 있었어."

"놈의 나라에 가는데?"

"난 놈을 잘 몰라."

"모르는 사람들이 사는 곳에 가는데 안 무섭니?"

"응. 도로시도 요전까지 몰랐지만 하나도 안 무서웠어."

"나에 대해 모르니까 무섭고 뭐고 아무렇지도 않은 게 당연해."

"맞아. 난 놈에 대해 모르니까 무섭고 뭐고 아무렇지도 않아."

"도로시, 이 도마뱀을 설득하는 건 포기하는 편이 낫겠다." 오즈의 마법사가 말했다. "말이 안 통해."

"그렇다고 애의 부탁을 들어줄 필요는 없잖아." 도로시가 반박했다.

"실은 놈을 조사할 필요가 있기는 해."

"뭐?"

"놈들이 수상한 행동을 취한다는 건 예전부터 알고 있었어. 놈들이 무슨 짓을 꾸미는지 알아봐야 해."

"하지만 놈의 나라에 가는 건 위험한데."

"맞아. 그래서 지원자가 나타나길 기다렸지."

"그렇게 위험한 임무를 빌에게 맡기려고?" 도로시는 마법사를 노려보았다.

"하지만 본인이 바라잖아. 즉 우리와 빌은 이해관계가 일치해."

"그거, 빌을 이용하겠다는 뜻 아니야?"

"도로시, 그건 아니에요." 오즈마가 말했다. "우리는 빌의 소원을 들어준 거예요. 놈을 조사하는 건 부차적인 문제죠."

"빌한테 스파이 임무는 무리야."

"그건 알아요. 그런 것도 모르면 국가 원수의 자격이 없죠."

"그럼 왜 빌을 보내려는 건데?"

"아까도 말했다시피 빌이 원했기 때문이에요. 그리고 스파이 임무는 호위 두 명에게 맡길 생각입니다. 즉 호위 겸 스파이죠. 빌의 개인적인 소원을 대의명분 삼아 스파이를 보내는 거예요. 이로써 빌의 희망과 저희의 목적을 동시에 이룰 수 있어요."

"내 호위는 어떤 사람이야?" 빌이 물었다.

"당신 뒤에 있는 두 명이요." 오즈마가 대답했다.

"내 뒤에는 아무도 없는데."

"없기는 왜 없어, 여기 있잖아." 검프가 말했다.

"우왓! 사슴 머리로 만든 장식품이 말을 했다!" 빌은 소리를 질렀다.

"정확하게 말하자면 난 사슴 머리, 소파, 빗자루, 야자나무 잎사귀를 합쳐서 만든 거야."

"정말이네. 소파 두 개를 마주 보게 놓아서 만든 몸통에 사슴 머리, 야자나무 잎사귀 날개, 빗자루 꼬리가 달려 있어."

"일단은 분해됐었지만 호위 임무 때문에 급하게 다시 만들어졌어."

"접착제로 붙인 거야?"

"아니. 그렇게 공들이지는 않았어. 그냥 밧줄로 둘둘 묶었지."

"그럼 빠지지는 않아?"

"그야 빠지지."

"빠지면 난감하겠네?"

"그야 난감하지. 신체 부위가 떨어져 나가는 셈이니까."

"좀 더 단단하게 붙이는 편이 낫지 않을까?"

"너무 단단히 붙이면 나중에 분해하기가 힘들거든."

"또 분해하는구나."

"그야 그렇지. 거실 벽에 사슴 머리 장식품이 없으면 허전하니까."

"그렇구나, 그건 몰랐네."

"모르는 건 창피한 일이 아니야. 하지만 이제 배웠으니 잘 기억해놔."

"그런데 금방 또 분해돼도 괜찮겠어?"

"괜찮지는 않지만 인생사가 다 그런 거지, 뭐."

"뭐야. 다 그런 거구나. 그럼 어쩔 수 없지."

"질문은 이제 끝?"

"응."

"어허. 중요한 걸 안 물어봤잖아."

"으음." 빌은 팔짱을 꼈다. "또 물어볼 게 있나?"

"머리밖에 없는 내가 어떻게 살아 있는지 신기하지 않아?"

"아아. 그거 말이로구나. 신기하다면 신기하지만, 일단 따지고 들기 시작하면 신기한 일 천지일 테니까."

"하지만 어째서 이런 현상이 일어났는지 궁금하지?"

"어차피 마법 아니겠어?"

검프는 입을 다물었다.

"빌, 그렇게 말하면 못써." 도로시가 말했다.

"엇? 마법이 아니야?" 빌은 눈이 휘둥그레졌다. "대단하다!"

"마법이야." 검프가 말했다. "마법이면 안 돼?"

"아니. 마법이라도 상관없어. 하지만 마법이라면 신기하고 말 것도 없어."

"그냥 넘어갈 수 없는걸. '마법이라면 신기하지 않다'니 무슨 말이 그래? 마법은 당연히 신기하잖아?"

"그렇지. 마법은 신기해." 빌은 동의했다.

"어떤 마법인지 알고 싶지?"

"딱히." 빌은 바로 대답했다.

"이런, 이런. 여기서는 '제발 알려줘'라고 나와야지."

"제발 알려줘."

"야, 지금 '귀찮은 놈한테 걸렸으니까 적당히 장단을 맞춰주자'고 생각하는 거지?"

"우와. 어떻게 알았어? 엄청난 마법을 부렸나보네."

"여왕 폐하." 검프는 오즈마 쪽으로 몸을 돌렸다. "이 녀석을 뿔로 받아서 납작하게 만들어도 되겠습니까?"

"검프, 성미가 급하면 손해를 보는 법이에요."

"하지만 이 녀석이 저를 바보 취급했는걸요."

"그렇게 느껴질지도 모르지만 그렇지 않답니다."

"아니요, 그렇습니다."

"빌에게 나쁜 뜻은 없었어요."

"하지만 저를 완전히 놀려먹었어요."

"빌은 솔직했을 뿐이에요. 당신을 놀리며 재미있어한 게 아니에요."

"빌은 자기 생각을 솔직하게 말했을 뿐이라는 말씀이십니까?"

"그래요."

"그 말씀을 들으니 더 화가 나는군요. 이 녀석은 저를 성가셔합니다."

"당신에게는 중대한 사명이 있어요. 그걸 잊으면 안 돼요. 아무 이득도 없으니 빌의 말과 행동을 일일이 마음에 두지 말아요." 오즈마는 차분하게 말했다. "그리고 빌."

"왜?"

"검프는 자신에게 어떤 마법이 걸려 있는지 설명하고 싶은 거예요. 들어주도록 해요."

"응. 알았어." 빌은 말했다. "검프, 넌 어떤 마법 덕분에 살아 있는 거야?"

"마법 가루 덕분이지." 마침내 질문을 받자 검프는 신이 나서 대답했다. "생명이 없는 것에 생명을 부여하는 마법 가루야."

"그렇구나. 그거 편리하겠다."

"나를 만들어서 생명을 부여한 건 팁이라는 남자아이야."

"걔를 한번 만나보고 싶네."

"그건 안 돼. 이제 없거든."

"엇? 팁은 죽었어?"

"아니. 안 죽었어."

"그럼 아직 있잖아?"

"아니. 이제 없어."

"항복할게. 걔는 어떻게 됐어?"

"벌써 항복이냐." 검프는 실망한 듯이 말했다. "좀 더 버틸 줄 알았는데."

"난 머리를 쓰는 데 서투르거든."

"팁은 오즈마 여왕 폐하가 됐어."

"뭐? 오즈마는 남자아이야?"

"여왕 폐하는 여자야."

"하지만 팁은 남자잖아?"

"그렇지."

"도대체 어떻게 된 거야?"

"어떻게 된 건지 알고 싶어?" 검프는 의기양양하게 말했다.

"응. 분명 마법이겠지만."

검프는 입을 다물었다.

"갑자기 왜 그래? 왜 아무 말도 없어?"

"네가 답을 말했으니까." 검프는 속상하다는 듯이 말했다.

"빌, 넌 눈치코치도 없니?" 도로시가 충고했다.

"도로시, 빌에게 눈치코치를 원하는 건 눈치를 가르치는 코치를 찾는 것만큼이나 어려운 일이에요." 오즈마가 말했다.

"그럼 오즈마는 원래 남자구나."

"아니. 원래 여자였어."

"어쩐지 골치가 아프네."

"태어났을 때는 여자였지만 금세 남자로 바뀌었지. 그래서 팁은 자기를 남자로 여겼어."

"변성남자* 비슷한 거로구나."

"하지만 이런저런 사연을 겪은 끝에 원래대로 되돌아온 거야."

"사춘기 이후였다면 성 정체성에 혼란이 왔을지도 모르겠네. 걱정된다."

"빌, 문제는 깔끔히 해결했으니까 걱정할 필요 없어요."

"문제가 생긴 걸 보니 사춘기 이후였구나."

"출발할 준비는 다 됐나요?"

"잠깐만, 호위는 두 명이라고 하지 않았어?"

"그랬죠. 정확하게는 두 개라고 해야겠지만 요정의 땅에서는 사람의 정의가 모호해서 두 명이라고 했어요."

"검프는 몇 명으로 쳐?"

"검프는 분해하면 여섯, 밧줄도 포함하면 일곱이지만 현재는 하나로 합쳐놨으니까 한 명이에요."

"그렇다면 다른 한 명은 누구야?"

"검프 옆에 있답니다."

"이 둥그런 금속 말이야?"

"예. 그가 또 다른 호위 틱톡이에요."

"만나서 반가워, 틱톡." 빌은 틱톡에게 인사했다.

틱톡은 반응하지 않았다.

"틱톡은 왜 대답을 안 하는 거야?"

"대답을 할 수 없기 때문이에요."

---

*變成男子. 여자가 몸을 바꾸어 남자로 다시 태어나는 것을 가리키는 불교 용어. 다섯 가지 장애가 있어 불도를 수행할 수 없는 여자가 불도를 깨닫는 방법이라고 한다.

"왜 대답을 못 하는데?" 빌은 틱톡을 만졌다. "차갑다."

"살아 있지 않거든요."

"우앗!" 빌은 부리나케 틱톡의 몸에서 손을 뗐다. "어쩌지. 시체를 만졌어."

"빌, 틱톡은 안 죽었어." 도로시가 말했다.

"하지만 오즈마는 틱톡이 죽었다고 했는걸." 빌은 반박했다.

"오즈마는 '살아 있지 않다'고 했어."

"그게 죽었다는 뜻 아니야?"

"그럼 묻겠는데, 이건 살아 있을까?" 도로시는 벽을 가리켰다.

"벽에 붙어 있는 곰팡이 포자 말이야?"

"아니. 벽 그 자체 말이야."

"벽은 살아 있지 않아."

"그럼 죽었어?"

"아아. 죽었다는 말은 원래 살아 있던 것이 살아 있지 않은 상태를 가리키는 거구나."

"맞아. 틱톡은 처음부터 생명이 없었어."

"그냥 물체라는 뜻?"

"응. 틱톡은 물체야."

"물체인데 호위를 할 수 있어?"

"응."

"어떻게?"

"간단해. 틱톡은 로봇이거든."

"검프는?"

"검프는 로봇이 아니야. 이름 붙이자면, 그렇지, '마법생물'이려나?"

"틱톡은 마법으로 움직이는 게 아니구나."

"응. 틱톡은 과학의 힘으로 움직여."

"과학과 마법은 어떻게 달라?"

"어려운 질문이네. 난 답을 모르겠어. 나중에 오즈의 마법사한테 물어보렴. 그는 양쪽을 다 알고 있는 모양이니까."

빌은 걸음을 옮기며 틱톡의 주변을 둘러보았다.

"뭐 하니?"

"찾고 있어."

"뭘?"

"물론 전원이지. 전기가 없으면 움직이지 않을 테니."

"빌, 오즈의 나라의 기술력은 전기 문명 이전 수준이야."

"그럼 로봇을 만들어도 못 쓰잖아. 무용지물이야."

"꼭 전기만이 동력원은 아니지. 여길 봐." 도로시는 틱톡의 등을 가리켰다. "이걸 돌리면 태엽이 감겨."

등에는 손잡이가 세 개 있었다.

"왜 세 개나 있어?"

"각각 역할이 달라." 도로시는 오른쪽 손잡이를 돌렸다.

"카나리아는 바닷속을 우르르 쾅쾅 기어 다녀 찢는다!" 틱톡이 갑자기 외쳤다.

"만나서 반가워, 틱톡." 빌이 인사했다.

"지구의 울대뼈는 절의 십자가 왼쪽에 우두커니 서 있다!" 틱톡이 소리쳤다.

"틱톡이 지금 무슨 말을 하는 거야?"

"그냥 아무 말이나 하는 거야."

"틱톡은 정신이 나갔어?"

"정신이 나간 것과는 조금 달라. 틱톡의 등에 손잡이가 세 개 있잖아. 내가 지금 돌린 오른쪽 손잡이는 말을 하는 데 필요한 동력을 공급하거든. 생각하는 데 필요한 동력을 공급하는 손잡이는 한가운데 있어."

"그럼 한가운데 손잡이를 돌려, 도로시. 난 영문 모를 소리를 하는 사람을 보면 불안해."

"난 네 말을 듣고 있어도 안 불안하던데. 하지만 뭐 틱톡은 제법 커다라니까 불안해하는 네 마음도 이해는 가. 만약 날뛰기라도 하면 어쩌나 걱정되겠지."

도로시는 한가운데 손잡이를 돌렸다.

덜컹.

갑자기 틱톡이 한 걸음 내디뎠다.

"책상 상단의 각도를 부드럽게 만들어 위쪽과 분투시키면 희망을 탐닉하게 만든다!" 틱톡이 갑자기 양팔을 휘둘렀다. 팔에 부딪혀 기둥 일부가 날아갔다.

"이상하네. 아까보다 훨씬 불안정해진 것 같아." 빌이 말했다.

"눈앞과 민박의 경계에 해당하는 맛은 심야에 아우우 울부짖는다!"

틱톡은 쳐든 팔을 도로시에게 내리쳤다.

깡.

금속끼리 세게 맞부딪히는 소리가 났다.

양철 나무꾼 닉 초퍼가 도로시 앞으로 뛰쳐나와 도끼로 틱톡의 손날 공격을 받아냈다.

도끼와 틱톡의 손날이 비벼지자 엄청난 마찰음이 궁전 안에 울려 퍼져 무생물이 아닌 자들은 모두 귀를 막고 주저앉았다.

"오즈마 여왕님. 이 로봇을 때려 부숴도 될까요?" 닉이 천둥소리 같은 마찰음에 지지 않겠다는 듯이 큰 소리로 물었다.

"안 돼요, 닉. 틱톡에게 악의는 없습니다. 누구든 생각 없이 행동하면 이렇게 되는 법이에요. 도로시, 손잡이를 잘못 돌렸네요. 생각 태엽은 한가운데가 아니라 왼쪽에 있어요."

"하지만 틱톡이 팔을 마구 휘둘러서 위험한데요. 도로시의 머리는 한 방에 날아갈 겁니다."

"다른 팔은 내가 어떻게든 할게." 검프가 쿵쿵 걸어와서 틱톡의 자유로운 팔을 입으로 꽉 물었다.

도로시는 황급히 틱톡의 등 왼쪽에 있는 손잡이를 돌렸다.

"적도의 음원은 충실한 고도의 침입을…… 침입을…… 다해……. 내가 지금 무슨 말을 하는 거지? 어어어? 왜 닉이랑 검프와 싸우고 있는 거야?"

"내가 실수로 생각 태엽이 아니라 발성과 행동 태엽을 감았어."

"아아. 그래서 이런 일이 벌어진 거구나. 이해했어." 틱톡은 두 사람에게서 손을 거두었다.

틱톡이 느닷없이 손을 빼는 바람에 닉은 균형을 잃고 그대로 검프의 목을 뎅겅 잘라버렸다.

"야야. 조심 좀 해. 까딱해서 잘못 자르면 수선하기가 힘들다고!" 검프가 바닥을 구르면서 불평했다.

"목이 잘렸는데 어떻게 살아 있는 거야?" 빌이 신기하다는 듯이 물었다.

"마법이 걸려 있다고 했잖아. 방금 전에 한 이야기 못 들었어?" 검프가 언짢은 듯이 말했다.

"난 못 들었어." 틱톡이 말했다.

"넌 방금 전까지 살아 있지 않았으니까 어쩔 수 없지."

"뭐, 지금도 살아 있느냐는 질문에 당당하게 답할 자신은 없지만." 틱톡이 말했다. "난 태엽이 감겨 있는 동안만 생각하고 말하고 행동할 수 있으니까."

"태엽이 다 풀리면 어떻게 되는데?" 빌이 물었다.

"방금 전까지와 똑같아. 살아 있는 걸 그만두지."

"손잡이를 돌리지 않으면 멈추다니 불편하네."

"꼭 그렇지도 않아. 너희도 때맞추어 밥을 먹거나 잠을 자지 않으면 멈추잖아. 그거랑 똑같아."

"듣고 보니 그러네. 하지만 손잡이가 등에 달린 건 불편해."

"왜?"

"가슴에 달려 있으면 스스로 알아서 손잡이를 돌릴 수 있잖아."

"아. 그건 안 돼. 스스로 동력을 공급하는 건 에너지 보존 법칙에 어긋나거든. 난 마법인형이 아니라 로봇이니까 물리법칙에 따라야 해."

"그럼 검프처럼 마법을 걸면 되잖아. 그러면 태엽이 다 풀릴까 봐 걱정하지 않고 살 수 있어."

"빌, 몇 번이나 말했지만 이 나라에서는 아무나 마음대로 마법을 쓰는 건 금지예요." 오즈마가 말했다.

"하지만 오즈마랑 오즈의 마법사는 써도 되잖아?"

"달리 방법이 없을 때만요. 마법을 금지한 사람이 마법을 남발하면 모범을 보일 수가 없으니까요. 틱톡은 태엽만 제때 감아주면 되니까 굳이 마법을 사용할 필요가 없어요."

"응, 알았어." 빌은 슬슬 귀찮아져서 건성으로 대답했다.

"허수아비, 검프의 수리를 부탁해요."

"수리하기 힘들게 잘렸네." 허수아비는 잘려나간 검프의 목을 들여다보며 말했다. "섣불리 수리하기보다 한 번 더 깔끔하게 잘라내는 편이 낫겠어."

"그러면 내 목이 더 짧아지잖아." 검프가 불만을 토했다.

"요즘은 짧은 목이 유행이야. 오즈의 나라에서 제일 지혜로운 존재인 내가 하는 말이니까 틀림없어. 어이, 누가 톱 좀 갖다줘."

시종들이 재빨리 톱을 가져와서 검프의 목을 짧게 잘라 다듬었다.

"나, 못생겨지지 않았지?" 검프는 걱정이 되는 모양이었다.

"괜찮아. 애당초 몸통이 네모난데 목 길이가 뭐 그리 중요하겠어." 빌이 위로했다.

닉과 틱톡이 검프의 머리를 소파에 다시 묶자 오즈마가 여행의 시작을 선언했다.

"이제 이 세 명을 놈의 나라로 보내겠습니다. 검프와 틱톡은 빌의 안전을 지키면서 놈의 동태를 주의해서 살피도록 해요."

"나는? 나는 무슨 임무를 맡으면 돼?" 빌이 물었다.

"빌, 당신에게는 특별한 임무가 없어요. 자유롭게 행동해요."

"하지만 날 오즈의 나라에서 온 스파이로 의심하고 감시하지 않을까? 그럴 때는 어떻게 해?"

"걱정할 필요 없어요. 놈들은 당신을 깔보고서 딱히 감시하지 않을 테니까요. 그들도 얼빠진 도마뱀을 상대할 만큼 한가하지는 않답니다."

"아아, 다행이다." 빌은 안도의 한숨을 푹 내쉬었다.

"그럼 출발합니다." 오즈마는 손을 팔랑팔랑 흔들며 주문을 외웠다.

"너희들 뭐야!" 눈앞에 있는 몸집이 작고 통통한 회색 남자가 말했다.

여기는 천장도 벽도 바닥도 돌로 만들어진 넓은 방이다.

"예의 없기는. 남이 누구인지 알고 싶으면 먼저 자기소개부터 해야지." 빌이 따졌다.

"아니. 반대야." 회색 남자가 말했다. "내 궁전에 느닷없이 너희들이 나타났으니 너희가 먼저 자기소개를 해야 이치에 맞지."

"아니야. 느닷없이 나타난 건 그쪽이야." 빌이 말했다. "아저씨가 갑자기 오즈마의 궁전에 나타났어."

"정말로?" 회색 남자는 주변을 둘러보았다.

"정말이고말고." 빌은 딱 잘라 말했다.

"오즈마의 궁전은 내 궁전이랑 똑같이 생겼네!" 회색 남자는 목소리를 높여 감탄했다.

"그런데 아저씨는 누구야?"

"나는 놈 왕 로 콧이야."

"누구라고?"

"놈들의 왕이다."

"누구라고?"

"너하고는 말이 안 통하는군." 로 콧은 불쾌하다는 듯이 말했다. "앗, 넌 기억난다. 분명 틱톡인가 그랬을 거야."

"맞아."

"이 녀석들은 누구지?"

"빌과 검프."

"이름을 묻는 게 아니야."

"그럼 뭘 묻는 건데?"

"뭐냐니…… 그러니까, 이 녀석들의 출신 말이다."

"어디 보자. 검프의 머리는 분명 어느 숲일 거야. 몸통과 꼬리는 어느 공장이겠지. 날개는 어느 정글 아니려나. 그리고…… 빌, 넌 어디서 왔지?"

"호프만 우주. 그 전에는 이상한 나라에 있었어." 빌은 대답했다.

"이제 만족했어?"

"아니. 그런 걸 묻고 싶은 게 아니야." 로 콧은 어떻게 말해야 할지 모르겠는지 돌로 된 왕좌에서 몸을 꼼지락거렸다.

"그럼 뭘 묻고 싶은데?"

"됐다, 이제 그건 아무래도 상관없어." 로콧은 질문을 완전히 포기한 것 같았다. "그것보다 모처럼 오즈의 나라에 왔으니 여기를 점령하겠다. 오즈를 점령하는 게 내 오랜 꿈이었어."

"으음. 미안하지만." 틱톡이 입을 열었다.

"지금 바쁘니까 입 좀 다물고 있어. ……수석 집사! 수석 집사 칼리코는 어디 있느냐!"

"예. 무슨 일이시옵니까?" 굵직한 황금 사슬을 목에 건 수석 집사 칼리코가 방으로 뛰어 들어왔다.

"지금부터 이 궁전을 점령한다. 당장 병사들을 모아라."

"죄송하옵니다." 칼리코는 침착한 투로 말했다. "무슨 말씀이신지 잘 모르겠사옵니다만."

"이런 얼간이를 봤나. 이런 간단한 명령도 못 알아듣는 거냐?"

"물론 명령을 실행할 수는 있사옵니다. 하지만 왜 그런 무의미한 일을 하시려는 겁니까?"

"무의미하다고? 내 오랜 꿈을 실현할 절호의 기회가 왔는데 그게 무슨 잠꼬대 같은 소리냐?"

"잠이 덜 깬 건 제가 아닌 줄로 아옵니다만."

"그만 됐다. ……블러그 장군! 블러그 장군은 어디 있느냐!"

"예. 무슨 일이십니까?" 가슴에 훈장을 잔뜩 매단 블러그 장군이 방으로 뛰어 들어왔다.

"지금부터 이 궁전을 점령한다. 당장 병사들을 모아라."

블러그는 머리를 긁적긁적하다가 칼리코를 보았다.

"뭘 하는 것이냐?"

"머리를 긁적이다가 칼리코를 보았습니다."

"왜 그랬지?"

"머리를 긁적인 건 의미가 불분명한 명령을 받잡고 어찌해야 할지 몰랐기 때문입니다. 그리고 칼리코를 본 건 그의 도움이 필요했기 때문이고요."

"자네까지 그런 소리를 하는 건가! 왜 내 명령을 듣지 않지?"

"왜냐고 물으신들." 블러그는 다시 머리를 긁적였다. "이 궁전은 이미 국왕 폐하의 것이니 다시 점령하셔도 아무 의미가 없습니다."

로 콴은 큰 소리로 웃었다.

칼리코와 블러그도 일단 함께 웃었다.

"웃기는 왜 웃어?" 로 콴은 진지한 표정으로 돌아와 불쾌한 목소리로 말했다.

"어, 국왕 폐하께서 웃으시기에 분명 재미있는 농담을 하신 줄 알았습니다." 블러그가 대답했다.

"농담한 적 없어."

"그럼 진심으로 폐하의 궁전을 점령하라는 말씀이십니까? 물론 국왕 폐하가 명령을 내리신다면 최선을 다해 궁전을 점령하겠습니다. 다만 가능하면 쓸데없는 일은 하지 말았으면 하는 생각입니다."

"장군, 눈앞의 진실을 잘 보게."

"국왕 폐하께서는 보고 계십니까?"

"물론이지. 자, 이 녀석들은 누구냐?"

"으음. 도마뱀과 에브의 나라 국왕이 가지고 있던 고물 로봇, 그리고 기묘한 합체생물이로군요. 분명 마법으로 만들었겠죠."

"이런 자들이 내 궁전에 있던가?"

"글쎄요. 적어도 저는 모르겠습니다."

"즉 놈의 나라에 있을 리 없는 자들이 여기에 있다는 뜻이야. 과연 어떻게 된 걸까?"

블러그는 또다시 머리를 긁적긁적했다. 그리고 칼리코를 보았다.

"항복이옵니다, 국왕 폐하." 칼리코는 블러그의 말 없는 압력에 견디지 못해 입을 연 것 같았다. "답을 알려주시옵소서."

"놈의 궁전에 없어야 할 자들이 여기에 있다. 즉 여기는 놈의 궁전이 아니라는 뜻이야."

"그랬군요. 이제야 알겠습니다." 블러그는 국어책을 읽듯이 감정 없이 말했다.

"그럼 여기는 어디이옵니까?" 칼리코가 물었다.

"당연히 오즈의 나라지."

칼리코와 블러그는 얼굴을 마주 보고 한숨을 쉬었다.

"어째서 여기가 오즈의 나라라고 생각하시는지요?" 블러그가 물었다.

"오즈의 나라에 있어야 할 자가 여기에 있지 않느냐." 로쾃은 자신만만하게 대답했다.

"이 구리 로봇은 오즈마가 데리고 돌아갔으니 오즈의 나라에 있어도 이상하지 않지만, 도마뱀과 사슴 머리는 영 긴가민가한데요."

"그럼 본인에게 물어보면 되겠지."

"그럼, 음, 거기 로봇. 이름이 뭐였지?" 블러그는 틱톡에게 물었다.

"틱톡이다."

"넌 오즈의 나라에 있나?"

틱톡의 몸에서 태엽이 돌아가는 소리가 울려 퍼졌다. 지금 열심히 생각하고 있나보다고 빌은 짐작했다.

"나는 오즈의 나라에서 왔어." 마침내 틱톡이 대답했다.

"그것 봐. 오즈의 나라라고 하잖아." 로 콧은 우쭐대는 표정으로 말했다.

"하지만 폐하, 이 로봇은 '오즈의 나라에 있다'고 하지는 않았습니다. '오즈의 나라에서 왔다'고 했어요."

"크게 다를 바 없잖나?"

"전혀 다르지요. '오즈의 나라에서 왔다'고 했습니다. '오즈의 나라에서 오즈의 나라로 온다'는 말은 보통 하지 않습니다. 즉 여기는 오즈의 나라 말고 다른 곳인 셈입니다."

"하지만 아까 전에 분명히 거기 도마뱀이……."

"그럼 다른 자에게도 물어보시지요."

"거기 마법생물, 이름은 무엇이냐?"

"뭐, 검프라고 불러."

"검프, 넌 오즈의 나라에서 왔느냐?"

"응, 맞아. 난 오즈의 나라에서 여기로 왔어."

"이리하여 거의 확실해졌군요." 칼리코가 말했다. "여기는 오즈의 나라가 아니옵니다."

"하지만 거기 도마뱀이 아까 분명 여기가 오즈의 나라라고 했는데."

"음, 도마뱀의 말을 일일이 곧이듣는 것은 체통에 어긋나는 짓이옵니다."

로 콰은 빌을 보며 머리를 벅벅 긁었다.

"머리가 가려워?" 빌이 물었다.

"이렇게 얼빠진 도마뱀의 말을 곧이듣다니 내가 어떻게 됐나보군." 로 콰은 중얼거렸다. 그리고 큰 소리로 말했다. "수석 집사! 장군! 설마 방금 내가 한 농담을 진담으로 받아들이지는 않았겠지?"

"물론이옵니다, 폐하." 두 명은 입을 모아 말했다.

"너희들, 어찌하여 놈의 나라에 온 거냐?" 로 콰은 틱톡에게 물었다.

"이유를 묻는 거야, 아니면 방법을 묻는 거야?"

"응?……어느 쪽이지? 이봐라, 수석 집사, 어느 쪽이냐?"

"둘 다 물어보는 게 좋겠사옵니다."

"그도 그렇군. 로봇, 나는 양쪽을 동시에 물었다."

"이유는 빌을 호위하러."

"빌이라니, 그 도마뱀?"

"응."

"이 녀석은 중요한 인물이냐?"

"뭐, 그렇지는 않지만. 빌은 오즈마 여왕 폐하의 손님이니까 특별대우를 받고 있어."

"이 녀석이 손님?" 로 콧은 빌을 물끄러미 바라보았다.

"검프와 틱톡이 나를 따라온 이유는 하나 더 있어." 빌이 말했다.

"빌, 쓸데없는 소리 하지 마." 검프가 말했다.

"뭔데 그러나?" 블러그가 흥미를 보였다.

"이 두 명은 내 호위 겸 이 나라를 염탐하는 스파이 임무도 맡고 있어. 하지만 그건 쓸데없는 소리야."

블러그는 검프와 틱톡을 노려보았다.

"지금 뭐라고 했지?" 로 콧도 두 명을 보았다.

"이 두 명이 우리나라를 염탐하러 왔다고 했사옵니다." 칼리코가 대답했다.

"거기 둘, 이게 어떻게 된 거냐?" 로 콧이 두 명에게 다가갔다.

"야단난 것 같은데?" 검프가 틱톡에게 속삭였다.

"정말로 야단났어. 빌 같은 녀석이랑 오는 게 아니었어." 틱톡도 속삭인다고 속삭였지만 태엽을 많이 감아놓은 탓에 예상외로 큰 소리로 대답하고 말았다.

"너희들, 지금 뭐라고 했어?" 로 콧이 화난 표정으로 따져 물었다.

"아이고." 검프가 입을 열었다. "도대체 왜 그렇게 화가 난 걸까?"

"너희들이 스파이니까."

"우리가 스파이라고?" 검프가 말했다. "누가 그딴 소리를?"

"너희의 동료인 도마뱀이 방금 자백했다. 꼼짝 마라." 블러그가 허리에 찬 검에 손을 댔다.

"즉 당신들은 이 얼빠진 도마뱀이 하는 말을 일일이 다 곧이듣는다는 거지?"

놈들이 행동을 멈추었다.

"어떤가?" 로 콧이 블러그에게 물었다.

"뭐가 말씀입니까?" 블러그는 검을 쥔 채 되물었다.

"자네는 이 도마뱀이 하는 말을 곧이들었나?"

블러그는 검에서 손을 뗐다. "설마요, 농담 삼아 곧이들은 척해 봤을 뿐입니다. 핫핫핫!"

"물론 저도 그렇사옵니다. 핫핫핫!" 칼리코도 웃었다.

"물론 나도 마찬가지야. 핫핫핫!" 로 콧도 웃었다.

"엇? 누가 농담을 했어? 난 못 들었는데. 무슨 농담이었는지 누가 좀 가르쳐줘."

"자, 또 하나 남은 답은 뭐지?" 로 콧은 빌을 무시하고 물었. "어떻게 여기에 왔어?"

"마법 허리띠를 사용했어." 틱톡이 대답했다.

"그건 내 거야!" 로 콧이 고함을 질렀다.

"하지만 지금은 오즈마 여왕 폐하의 물건이지."

"도둑맞았어! 그 아무개 계집애한테."

"하지만 그때는 오즈의 나라와 놈의 나라가 전쟁 중이었으니까 정당한 전리품이야."

"그게 무슨 소리냐? 오즈의 나라에서 일방적으로 침략한 거잖아!"

"당신이 에브의 나라를 침략했기 때문이지. 오즈의 나라는 집단적 자위권을 행사했을 뿐이야."

"그런 억지가 어디 있어!"

"저기, 하나 물어봐도 돼?" 빌이 말을 꺼냈다.

"분위기 좀 파악해라, 이 도마뱀아!" 로콧은 내뱉듯이 말했다.

"이상한 나라라고 들어본 적 있어?"

"이상한 나라? 흠, 놈의 나라도 오즈의 나라도 마법이 존재한다는 점에서는 이상한 나라라고 해도 될 것 같기는 한데……."

"그게 아니라, 붉은 여왕이 다스리고 미치광이 모자 장수와 3월 토끼가 있는 곳이야."

"글쎄, 그런 나라는 못 들어봤어. 하지만 요정의 땅 어딘가에 그런 나라가 있다고 해도 이상할 건 없지."

"이상하지 않으면 곤란해. 거긴 이상한 나라니까."

"그럼 이상하다고 쳐도 상관없어." 로콧은 내 알 바 아니라는 태도로 말했다.

"이상한 나라는 요정의 땅의 어디쯤에 있을 것 같아?"

"몰라. 여기서 멀리 떨어진 곳에 있을 수도 있고, 뜻밖에도 오즈의 나라 변경에 위치한 작은 나라일 수도 있지."

"오즈의 나라에 있다면 오즈마가 알고 있을 거야."

"그럼 오즈마에게 물어보면 되잖나." 로콧은 점점 불쾌해졌다.

"오즈마한테 이미 물어봤는데 모르는 거 같더라고."

"그럼 오즈의 나라에는 없겠지."

"오즈의 나라 말고 다른 곳은 어떨까?"

"있을지도 모르고 없을지도 몰라."

"요정의 땅 바깥은 어떻게 생겼어?"

"글쎄, 생각해본 적 없는데."

"이 세계는 지구처럼 동그래? 아니면 평평해서 바다 끝에서는 바닷물이 폭포처럼 콸콸 쏟아져?"

"만약 그렇다면 폭포 아래는 어떻게 되어 있을까?"

"모르겠어. 폭포 아래에는 아무것도 없지 않을까?"

"난 세계의 끝에는 흥미가 없어. 오즈의 나라에 흥미가 있지. 반드시 그 나라를 내 것으로 만들겠어."

틱톡과 검프가 얼굴을 마주 보고 고개를 끄덕였다.

"너희들, 그 동작에는 무슨 뜻이 담겨 있나?" 블러그가 물었다.

"놈 왕이 오즈의 나라에 야심이 있다는 사실을 알았다는 뜻이 담겨 있지." 검프가 말했다.

"아이고. 너희들 그런 것도 몰랐어?" 칼리코가 눈을 동그랗게 떴다.

"어렴풋이 알고는 있었어. 하지만 놈 왕에게서 직접 그 말을 듣고 싶었지."

"그건 또 어째서?"

"똑똑히 확인하고 싶었기든. 놈에게 침략 의도가 있다면 오즈의 나라도 대비할 필요가 있으니까."

"대비라고?" 로 콧의 눈이 휘둥그레졌다. "대비하면 침략하기가 힘들어지잖아!"

"그렇지. 침략하기 힘들도록 대비를 하는 거니까 이치에 맞아."

"여봐라, 이 녀석들을 붙잡아라!" 로 콧이 소리쳤다. "오즈에 돌려보내서는 안 돼! 그리고 고문해서 오즈의 나라와 오즈마에 대해 낱낱이 알아내라!"

그러자 주위의 돌 벽이 꿈틀꿈틀 움직이더니 놈들이 기어 나왔다. 아무래도 지금까지 돌과 동화되어 있었던 모양이다. 적어도 100명은 되어 보였다.

"좀 골치 아파졌네." 틱톡이 말했다.

"빌, 숨어!" 검프가 말했다. "이 녀석들은 돌이라서 얻어맞으면 크게 다칠 거야."

"숨으라니 어디 숨으면 되는데? 숨을 만한 곳은 전부 돌로 되어 있으니까 놈이 통과해서 덤벼들 거야." 빌은 말했다.

"그럼 내 밑에 숨으면 되지. 위에 숨어도 되고."

빌은 검프의 다리를 조르르 타고 올라가서 소파에 놓여 있는 쿠션 밑에 숨었다.

놈 한 무리가 틱톡에게 덤벼들었다.

틱톡은 몸을 회전시켜 원심력으로 떨쳐냈다.

튕겨 나간 놈들은 동료들에게 부딪혀 산산조각 났다.

"돌이라서 단단하기는 하지만 작아서 그렇게 무겁지 않고, 꽤 잘 깨지는 것 같아." 틱톡이 상황을 분석했다.

검프가 몸통인 소파에 올라가려던 놈을 깨물었다. 하지만 이빨이 뚝뚝 부러졌다.

"빌, 미안하지만 부러진 이빨 좀 주워줄래?" 검프가 부탁했다. "나중에 수리를 받아야겠어. 깜빡해서 돌을 씹었네."

소파에서 뛰어내린 빌은 이빨을 모아서 다시 소파로 돌아갔다.

"싸움은 틱톡에게 맡기는 편이 낫지 않을까?" 빌이 제안했다.

"그러고 싶지만 너무 격하게 움직이면 행동 태엽이 다 풀려서 멈춰버릴 테니 틱톡한테만 맡겨둘 수는 없어."

"그럼 태엽을 감아주면 되잖아?"

"손이 없어서 안 돼." 검프는 날갯짓을 해서 공중으로 떠올랐다. "그런데 나도 소파가 두 개라 제법 무겁고 다리도 아주 딱딱해. 고급품이거든."

검프는 놈들이 우글대는 곳으로 이동하더니 갑자기 날갯짓을 멈추고 떨어져 내렸다.

바로 밑에 있던 놈들은 소파에 짓눌려 박살이 났고, 파편에 맞은 놈들도 부서졌다.

"그래서 전투력은 꽤 높은 편이지."

"우와악!" 빌이 비명을 질렀다. "다음부터 떨어질 때는 떨어진다고 말해. 하마터면 추락사할 뻔했어."

"아아, 미안해. 도마뱀은 못 날던가?"

"사슴과 똑같아서 못 날아."

"난 날 수 있는데."

"검프는 머리만 날개 달린 소파에 달려 있으니까 그렇지."

"그럼 너도 머리만 소파에 달아보는 게 어때? 양철 나무꾼에게 부탁하면 기꺼이 뎅강 잘라줄 텐데."

"그렇게까지 해서 날고 싶지는 않아."

"겁먹지 마라!" 로콰이 외쳤다. "전군, 총공격!"

성 전체가 우르르 무너지더니 잔해가 차례차례 놈으로 변신했다. 적의 수가 수천, 아니 수만으로 늘어났다.

"슬슬 한계인 것 같아." 틱톡이 말했다. "발성 태엽은 아직 제법 남아 있지만, 행동 태엽과 생각 태엽은 거의 다 풀린 것 같아."

"그럼 그 유명한 살아 있는 축음기와 비슷해지겠네." 검프는 유감이라는 듯이 말했다. "나도 몇 번이나 떨어질 수는 없어. 다리가 흔들흔들하는 데다 밧줄도 헐거워졌어."

"그럼 그만 물러나야겠군." 틱톡이 말했다.

"그래. 놈들이 오즈의 나라를 침략하려 한다는 사실을 알아냈으니까 스파이 임무는 끝났어."

"뭐라고, 너희들 스파이였나?" 로콰은 진심으로 놀란 듯 말했다.

"아까 내가 그랬잖아." 빌이 말했다.

"얼빠진 도마뱀은 입 다물어!" 블러그가 호통을 쳤다.

"빌, 오즈마에게 신호를 보내줄래?" 검프가 부탁했다.

"엇? 신호라니, 무슨 신호?"

"우리 세 명을 오즈의 나라로 돌려보내달라는 신호."

"그렇게 편리한 신호가 있어?"

"딱히 편리하지는 않아. 보통 신호야."

"하지만 난 휴대전화도 태블릿 PC도 없는걸."

"오즈의 나라에서 그런 건 아무도 안 가지고 있어."

"그럼 어떻게 신호를 해?"

"오즈마는 우리 세 명을 계속 보고 있을 테니 평범하게 몸짓으로 신호하면 돼."

"엇? 어디서 보고 있는데?" 빌은 주변을 둘러보았다.

"여기서 보고 있는 게 아니라 마법 그림으로 보고 있어."

"그렇구나!"

"나랑 틱톡은 싸우느라 바쁘니까 네가 신호를 좀 해줘."

"알았어. 그런데 무슨 신호를 하면 되는데?"

"그럴듯한 신호라면 뭐든지 상관없어."

"말이야 쉽지, 난 잘 모르겠어. 마법 그림에 신호를 보내는 건 난생처음인걸."

"빨리 좀 해주지 않을래?" 틱톡이 말했다. "더 이상 못 버틸 것 같아."

"어째서?" 빌이 물었다.

"팔다리의 움직임이 둔해졌어."

"행동 태엽이 다 풀려간다는 뜻?"

"그래. 그리고 생각 태엽도 저런, 저런, 하늘의 저편에 인력거의 왼쪽 가슴처럼 아우우 울부짖는다." 틱톡은 움직임을 멈추었다. "저 멀리 카레라이스의 3페이지에 실린 운동은 나무의 회전에 지내는 수컷 손목시계의 향기가 튀어 오를 만큼 모기의 학식……."

놈의 대군이 틱톡에게 달려들자 대번에 그 모습이 시야에서 사라졌다.

"빌, 빨리!" 검프가 외쳤다.

다음 순간 놈들이 피라미드처럼 포개어지며 솟아올라 검프의 다리를 붙잡았다.

검프는 균형을 잃고 놈들 사이에 떨어졌다.

돌로 된 딱딱한 손이 빌의 몸을 꽉 붙잡았다.

6

문을 두드리는 소리가 났다.

안락의자에 앉아 꾸벅꾸벅 졸고 있던 엠 숙모는 깜짝 놀라서 몸을 일으켰다. "누구세요?"

"도로시예요, 엠 숙모." 문밖에서 목소리가 들렸다.

"돌아왔니?" 엠 숙모는 의자에서 일어나 문을 열었다.

"어서 오렴, 도로시. 걱정 많이 했단다."

"걱정 안 하셔도 돼요."

"걱정하지 말라지만 요즘에 네가 묘한 소리만 하니까 그러지."

"묘하다니 뭐가요? 대학교에서 빌의 아바타라를 만났다는 거요?"

"그건 처음 듣는 이야기로구나." 엠 숙모는 눈썹을 찌푸렸다. "그것도 신경 쓰이지만 요전에 더 이상한 이야기를 했잖니?"

"아아. 오즈의 나라 말씀이로군요. 오즈의 나라는 오즈마 여왕이 통치하고 있어요."

엠 숙모는 한숨을 쉬었다. "도대체 어쩌다 이렇게 됐담."

"제가 오즈의 나라 동부에 위치한 뭉크킨의 나라에 도착한 게 모든 일의 발단이죠."

"그 이야기는 몇 번이나 들었어." 엠 숙모는 슬픔이 어린 눈으로 도로시를 보았다.

"숙모, 그런 눈으로 보지 마세요."

엠 숙모는 손등으로 눈을 닦았다. "헨리 숙부는 결국 입원했단다."

"그런……. 언젠가 꼭 오즈마 여왕을 만나게 해드리려고 했는데……. 물론 엠 숙모도요."

"없는 살림을 쪼개서 보험에 들어두길 잘했어. 일단 지금은 24시간 간병을 받고 있단다."

"24시간…… 상태가 그렇게 안 좋으세요?"

"좋지는 않지. 하지만 당장 어떻게 되는 건 아니고. 오래 걸릴지도 모르지만 언젠가는 퇴원할 수 있을 거라고 하더구나."

도로시는 팔짱을 끼고 생각에 잠겼다.

"무슨 생각을 그렇게 하니?" 엠 숙모가 물었다.

"오즈마에게 도움을 받을 방법이 없을까 생각해봤는데, 어렵네요. 캔자스에서는 마법을 사용할 수 없으니까."

"과연. 여기서는 마법을 못 쓰는구나. 핑계를 잘 찾아냈어."

"핑계를 잘 찾아냈다고요? 무슨 말씀이세요?"

"너도 어렴풋이 눈치를 챈 거겠지. 그래서 스스로 만들어낸 이야기에 구멍이 나지 않도록 여기서는 마법을 쓸 수 없다고 설정한 거야."

"잠깐만요, 엠 숙모……."

"도로시, 현실을 보렴. 오즈의 나라는 없어. 헨리 숙부는 몸이 너무 약해져서 퇴원해도 농장일은 못 할 거야. 여기를 팔고 그 돈으로 셋이서 근근이 살아야 해. 너도 학교를 그만두고 일을 해야 할지도 몰라."

"잠깐만요." 도로시는 심호흡을 했다. "확실히 힘든 상황인 것 같지만 여기서만 그런 거예요. 오즈에 있는 에메랄드 시로 가면……."

"거기로 가면 전부 다 해결된다는 거겠지. 하지만 도로시, 오즈의 에메랄드 시는 네 머릿속에만 있어."

"아아. 엠 숙모, 어떻게 말씀드려야 이해를 하실까요? 저는 오즈의 나라에서는 왕족이에요. 도로시 공주라고 불린다고요."

"도로시, 잘 생각해봐. 오즈의 나라와 에메랄드 시, 오즈마 여왕도 진짜로 있다고 치자. 그렇다고 어째서 네가 공주 대접을 받는다는 거니?"

"하지만 실제로 공주인걸요."

"넌 왕족 출신이 아니야."

"예." 도로시는 고개를 숙였다. "그건 알아요."

"내가 알기로 우리 조상님 중에 왕족 출신은 한 명도 없어. 혹시 몇 백 년이나 거슬러 올라가면 한 명쯤은 있을지도 모르지. 하지만 아주 먼 조상님이 왕족이었던 사람은 산더미처럼 많을 거야. 거슬러 올라가면 이 세상 모든 사람이 왕족과 친척일지도 몰라."

"그건 그렇죠. 하지만 저는 실제로……."

"여기서는 한낱 서민이지만 오즈의 나라로 가면 왕족이라는 거지?"

"예, 맞아요."

"그 오즈마 여왕이라는 사람은 분명 왕족이겠지. 그런데 왜 네가 왕족이니? 넌 오즈의 나라에서 태어나지 않았어."

"예, 맞아요. 하지만……."

"넌 오즈마 여왕의 딸이니?"

"오즈마 여왕은 독신이에요. 아이는 없어요."

"그럼 여동생이라든가?"

"오즈마에게 자매는 없어요."

"그럼 넌 오즈마의 뭐니?"

"뭐냐니……."

"오즈마가 여왕이 아니라 남자 왕이라면 널 왕비로 삼을 수도 있겠지. 하지만 오즈마 여왕은 여자잖니? 아니면 오즈의 나라에서는 여왕도 여자를 배우자로 맞아들여?"

"잠깐만요." 도로시는 미간을 눌렀다. "머리가 좀 아프네요."

"이야기의 앞뒤가 안 맞아서 그런 것 아니니?"

"아니에요. 앞뒤는 딱 맞아요. 왜냐하면……."

"왜냐하면?"

"왜냐하면 전부 사실이니까요." 도로시는 새빨갛게 핏발이 선 눈을 크게 떴다. "생각났어요. 오즈마는 남자였어요."

"여왕인데?"

"지금은 여자예요. 하지만 전에는 남자였어요."

"그래서 널 왕비로 맞아들일 수 있다는 거니?"

"딱히 그런 건……."

"예전에는 남자였지만 지금은 여자가 된 여왕이 네게 호감을 품고 왕족으로 만들어줬다는 거야?"

"마, 맞아요. ……그런 셈이죠."

"참 편리한 설정이로구나."

"편리한 설정이라고요? 그게 무슨 말씀이세요?"

"오즈마가 남자였다는 이야기, 오늘 처음 들었어."

"예, 처음 이야기했으니까요."

"왜 지금까지 이야기하지 않았니?"

"깜빡했어요."

"널 왕족으로 만들어준 사람이 원래는 남자였고 지금은 여자라는 사실을 깜빡했다고?"

"예. 그렇게 중요한 일이 아니니까요."

"파트너의 성별이?"

"그…… 남자가 되기 전에는 역시 여자였으니까요."

"그것도 지금 생각났니?"

"엠 숙모, 무슨 말씀을 하고 싶으신 거예요?"

"나중에야 하나둘씩 기억이 나는 모양이구나."

"예. 누구든지 깜빡 잊을 때가 있잖아요."

"그렇지. 하지만 정말로 생각이 난 거니? 네 머릿속에서 이야기를 점점 만들어내는 게 아니고?"

"무슨 말씀이세요?"

"넌 공상을 잘 하는 애였어. 다양한 이야기를 들려줬지. 사기꾼 마법사 이야기나 하늘을 나는 원숭이 이야기 같은 거."

"그건…… 공상이 아니에요. 진짜로 있었던 일이라고요."

"아니. 그건 네가 꾼 꿈이야."

"잘 들으세요. 오즈의 나라는 진짜로 있어요."

"전부 꿈속의 이야기잖니?"

"오즈의 나라도, 오즈의 나라에 사는 사람도 전부 진짜로 존재한다고요."

"진짜로 존재하겠지. 네 머릿속에."

"아니에요, 엠 숙모."

"진정하고 한번 차분하게 생각해보렴, 도로시." 엠 숙모는 도로시의 어깨에 손을 얹었다. "그런 비현실적인 일이 정말로 있는지 없는지. 넌 캔자스에서 궁핍하게 살아가는 데 지쳤어. 그래서 꿈속으로 도망쳤지. 우리는 그냥 놔두기로 했다. 비참한 현실을 잊기 위해 행복한 나라를 꿈꾸는 것도 나쁘지 않겠다 싶어서. 하지만 그럴 시기는 이미 지나갔어. 행복한 꿈만 꾸며 살아도 되는 어린 시절은 끝났다고. 남자와 여자의 좋은 점만 고루 갖춘 완벽한 연인은 어디에도 없단다. 현실 속의 남자를 직시해야 해."

"아니에요. 오즈의 나라는 있다고요." 도로시는 눈을 감고 머리를 누르며 쪼그려 앉았다.

"도로시, 이번이 꿈의 나라에서 빠져나올 마지막 기회야."

그럴까?

도로시는 자기 자신에게 물어보았다.

나는 현실이 너무나 비참해서 꿈의 세계로 달아난 걸까? 오즈의 나라가 현실이 아니라니 믿기지 않는다. 그렇게 생생한데.

하지만……

그저 꿈이라는 말을 들으니 꿈같이도 느껴진다. 여기에는 오즈의 나라가 실제로 존재한다는 증거가 하나도 없다. 내가 기억하고 있을 뿐.

아니야. 그럴 리 없어. 오즈는 분명히 존재해. 증인도 있어. 줄리아도. 이모리도. 그래, 엠 숙모에게 증인을 보여주면 돼.

"엠 숙모, 저는 달아나지 않아요. 오즈의 나라는 캔자스만큼이나 현실적인 세계인걸요. 엠 숙모도 그쪽 세계를 보시면 이해가 가실 거예요." 도로시는 얼굴 가득 웃음을 지었다.

"그래, 도로시. 넌 네 세계에 사는 수밖에 없겠구나." 엠 숙모는 모든 것을 체념한 듯 서글픈 웃음을 지었다.

7

"다친 데는 좀 어때?" 젤리아 잼이 물었다.

"놈에게 붙잡힌 순간에 오즈마가 마법으로 구해줘서 거의 안 다쳤어."

"너, 왜 오즈마 여왕님께 신호를 안 했니?"

"어떻게 신호를 하는지 몰랐거든."

"뭐든지 상관없었을걸. 그냥 손만 흔들었어도 오즈마 여왕님은 눈치를 챘을 거야."

"하지만 결국 오즈마는 도와줬어."

"그야 네가 죽을 것 같았으니까. 오즈마 여왕님은 마법 그림으로 계속 너희들을 보고 있었어. 하지만 소리가 안 들리니까 필요한 정보를 얻어냈는지는 알 수 없었지. 그렇다고 너를 죽게 내버려둘 수는 없으니까 마법으로 불러온 거지. 뭐, 결과적으로 필요한 정보는 얻었으니까 다행이지만."

"필요한 정보라니?"

"놈 왕이 오즈의 나라의 영토에 야심을 품고 있다는 정보 말이야."

"그게 무슨 뜻이야?"

"놈 왕은 오즈의 나라를 침략하려고 해."

"그게 중요한 일인가?"

"중요한 일이지. 사소한 일인 것도 같지만."

"어느 쪽이야?"

"모르겠어. 분명 양쪽 다겠지. 만사에는 다양한 측면이 있으니까."

"그런데 어쩐지 궁전이 소란스럽네." 빌이 말했다.

"오즈마 여왕님의 생일 축하 파티가 열릴 거니까."

"이야. 이 나라 사람들은 생일을 축하하는구나."

"너희 나라에서는 축하 안 해?"

"당연하지. 그런 재미없는 짓은 안 해."

"그럼 어떤 재미있는 일을 하는데?"

"우리는 생일이 아닌 날을 축하해."

"생일이 아닌 날? 그게 뭔데?"

"태어난 날이 아닌 날이지."

"아무 기념일도 아니라는 뜻?"

"물론이지."

"왜 그렇게 기묘한 짓을 하는데?"

"내가 보기에는 이 나라의 풍습이 더 기묘해."

"하지만 생일은 특별한 날이니까 당연히 축하해야지."

"쯧쯧쯧." 빌은 얼굴 앞에다 대고 집게손가락을 흔들었다. "그건 어리석은 생각이야."

"왜 이렇게 화가 나지? 남한테 같은 말을 들어도 이렇게 바보 취급당한 듯한 기분은 안 들 거야."

"어째서 그럴까?"

"생일이 아닌 날을 축하하는 건 어리석지 않다는 뜻이니?"

"물론이지. 조금만 생각해보면 알 수 있어. 생일은 1년에 며칠이나 있지?"

"보통 사람은 하루지. 2월 29일에 태어난 사람은 어떤지 잘 모르겠지만."

"그래. 생일은 300 몇 십 일 중에 고작 하루뿐이야."

"1년은 365일이나 366일이지."

"그렇지만 생일이 아닌 날은…… 365 빼기 1이니까……."

"생일이 아닌 날은 1년에 364일이나 365일이네."

"그래. 생일 말고 생일이 아닌 날을 축하하면 거의 1년 내내 즐겁게 지낼 수 있어."

"하지만 그럼 특별한 날이고 뭐고 아니잖아."

"그러니까 1년 중에 364일이 특별한 날인 거야. 평년에는."

"그럼 생일은?"

"특별한 날이 아니야. 아쉽지만 그건 감수해야지."

다양한 사람이 궁전 복도를 오갔다.

"빵이 걸어 다니네." 빌은 노릇노릇하게 구워진 진저브레드가 사탕 지팡이를 짚고 다가오는 모습을 군침을 흘리며 바라보았다.

"저건 존 도 1세야. 로랜드와 하이랜드의 지배자지."

"먹어도 돼?"

"으음. 오즈의 법률상 먹는 건 죄가 아니지만 저 사람은 건드리면 안 돼."

"왜?"

"저 사람은 오즈마 여왕이 외국에서 초대한 사람이라 함부로 먹으면 국제 문제가 발생할 수도 있어."

"그럼 아무도 안 볼 때 몰래 먹으면 되지?"

"응. 증거를 남기지 않고 깔끔히 먹어 치울 자신이 있다면야."

"우와. 산타클로스 같은 사람도 왔어. 저거 누구야?" 빌은 눈을 반짝였다.

"산타클로스처럼 빨간 옷을 입은 저 사람? 산타클로스가 데리고 다닐 법한 요정 무리를 거느린?"

"응. 순록을 데리고 있지 않은 산타클로스처럼 생긴 사람 말이야."

"저 사람은 산타클로스야. 이곳 날씨는 순록에게 너무 더워서 안 데려온 거지."

"흐음." 빌은 흥미를 잃은 것 같았다. "저 밀랍인형 같은 사람은 누구야?"

"메리랜드의 여왕이야."

"밀랍 같은 건 혹시 무슨 과자야?"

"저건 밀랍이야."

"그럼 못 먹겠네."

"밀랍을 좋아하지 않는다면."

"여왕이 거느린 나무 같은 병사들은 나무 같은 과자로 만들어졌어?"

"저건 나무 같은 과자가 아니라 나무야."

"못 먹는 걸로 만들어진 사람들이 어쩐지 많네. 이래서는 파티도 흥이 안 나겠어."

"손님을 아작아작 먹는 파티는 흥겨운가보다?"

"저 뚱뚱한 사람이 몸에 뿌린 가루 같은 건 뭐야?"

"저건 슈거파우더야."

"왜 몸에 슈거파우더를 뿌렸어?"

"몰라. 아마 끈적거리지 말라고 그런 것 아닐까?"

"슈거파우더는 안 끈적거려?"

"그야 어느 정도는 끈적거리겠지?"

"끈적거리지 말라고 일부러 끈적이는 걸 뿌렸어?"

"응. 슈거파우더가 사탕보다는 덜 끈적거리잖아."

"사탕보다는 그렇지. 하지만 예를 들어 밀가루도 괜찮지 않을까?"

"밀가루는 안 돼. 사탕 맛을 망치니까."

"사탕에 묻지 않도록 뿌리면 되잖아?"

"그건 무리야. 저 사람은 캔디맨이거든. 온몸이 사탕으로 되어 있어."

그 말을 듣자마자 빌은 캔디맨에게 달려들었다.

젤리아 잼이 허겁지겁 뒤쫓아 갔지만 캔디맨의 손은 이미 빌의 입속에 있었다.

"빌, 뱉어!" 젤리아 잼이 소리를 질렀지만 빌의 귀에는 들리지 않는 모양이었다.

"이건 뭐야?" 캔디맨은 빌이 매달린 팔을 휘둘렀다.

"얘는 빌이에요. 그…… 외국에서 온 손님이에요."

젤리아 잼은 빌이 오즈의 나라 사람이 아니라는 사실을 강조하는 편이 낫겠다고 판단했다.

"어떻게 좀 해봐. 이러다 먹히겠어!" 캔디맨은 공포에 빠졌다.

젤리아 잼이 빌을 잡아당겼지만 꿈쩍도 하지 않았다.

"먹는 건 죄가 아니야. 먹는 건 죄가 아니야." 빌은 그렇게 중얼거리며 캔디맨의 손가락을 우물거렸다.

"이건 외교 문제야!" 캔디맨이 외쳤다.

금속으로 된 손이 빌을 잡아당겼다.

둔중한 소리와 함께 빌은 바닥에 내팽개쳐졌다.

하지만 여전히 뭔가를 우물거리고 있었다.

"빌, 게걸스럽게 굴지 마." 닉이 말했다. "으앗! 손이 끈적끈적해."

캔디맨은 손가락이 두세 개 떨어진 자기 손을 멍하니 바라보았다.

"뭐, 그 정도로 그쳤으니 다행이네요." 젤리아 잼은 미소를 지었다.

"이 도마뱀은 어느 나라에서 왔지?" 캔디맨이 물었다.

"빌, 대답하렴."

하지만 빌은 캔디맨의 손가락을 빠는 데 정신이 팔려 질문을 받은 줄도 모르는 것 같았다.

"빌은 이상한 나라에서 왔어요."

"이상한 나라?" 캔디맨은 고개를 갸웃했다. "처음 들어보는 곳이로군. 누구 이상한 나라를 아는 사람 없나?"

"여기 있어!" 빌은 손가락을 다 먹자 정신을 차렸는지 기운차게 손을 들었다.

"그 나라는 어디에 있지?"

"글쎄." 빌은 대답했다. "모르겠는데."

"그럼 누구한테 불만을 제기하면 되나?"

"불만이 있어?"

"이상한 나라의 도마뱀에게 손가락을 먹혔으니 불만을 제기해야지."

"그럼 내가 들을게. 어쨌거나 오즈의 나라에서는 내가 유일하게 이상한 나라 출신이니까."

"얼빠진 도마뱀에게 불만을 말해본들 아무 소용도 없겠지." 캔디맨은 한숨을 쉬더니 터벅터벅 걸어서 그 자리를 떠났다.

"아무래도 내가 대응을 잘 한 모양이야."

"그야 생각하기에 따라 다르겠지."

"이 녀석을 잘 감시하는 게 좋겠어." 닉이 끈적끈적한 손을 신경 쓰며 말했다.

"너무 갑작스레 튀어나가서 말릴 수가 없었어."

"무슨 일 있었어?" 허수아비가 다가왔다.

"빌이 외국에서 온 손님을 먹으려고 했어. ……어, 도로시는 어디 있어? 아까 부르러 간다고 하지 않았나?"

"부르러 갔는데 경비를 맡은 진저 장군에게 쫓겨났어. 오늘 왕족을 만날 수 있는 건 식구뿐이래."

"그 계집애가 무슨 소리를 하는 거람?" 젤리아 잼은 화를 냈다. "허수아비가 한 식구가 아니라면 누가 식구라는 거야?"

"나는 들여보내주려나?" 빌이 물었다.

그 자리에 있던 모두가 빌을 보았다.

"그러게. 도마뱀 한 마리쯤은 눈감아주지 않을까? 진저 장군도 그렇게 한가하지는 않을 테니." 허수아비가 말했다.

"아무튼 진저한테 한마디 해야겠어. 다들 같이 가자."

빌과 닉 초퍼, 허수아비와 사자는 젤리아 잼을 따라 안쪽으로 향했다.

궁전은 공적인 의미가 강한 '바깥채'와 오즈마를 비롯한 몇몇 사람들이 사적으로 사용하는 '안채'로 명확하게 구분되어 있었다. 안채로 이어지는 단 하나의 입구를 빼고는 하늘과 지하를 포함해 사방팔방을 마법으로 방어하고 있으므로 침입은 절대로 불가능했다.

입구는 이중문이고, 경비 담당은 두 문 사이의 공간에서 경비를 선다.

일행이 도착하자 문은 평상시와 다를 바 없이 꼭 닫혀 있었다.

"진저, 나야. 젤리아 잼. 이 문 열어."

대답은 없었다.

"진저, 없어? 허수아비를 쫓아내다니 어쩜 그래?"

역시 대답은 없었다.

"이 문은 잠겨 있어?" 빌이 물었다.

"아니. 잠겨 있지는 않을 텐데."

"그럼 열어 보지그래?"

"문을 여는 건 경비 담당이 할 일이야."

"하지만 대답이 없는걸."

"뭐 어때." 닉이 끼어들었다. "내가 허가할게. 나는 윙키의 황제니까 오즈마 여왕님에 가까운 권한이 있어."

"오즈마 여왕님의 권한에는 한참 못 미치겠지만 알았어. 열어보자."

문을 연 순간 피가 복도로 줄줄 흘러나왔다.

"으악!" 허수아비가 뒤로 펄쩍 물러났다. "피가 천에 스며들면 큰일이야. 빨아도 여간해서는 안 지워질걸."

피 웅덩이에 젊은 여자가 쓰러져 있었다.

젤리아 잼은 문 안쪽으로 뛰어들었다.

"진저, 정신 차려!"

하지만 진저는 대답하지 않았다. 크게 벌어진 눈은 천장을 노려보고 있었다. 얼굴은 난도질을 당해 엉망진창이었고, 코와 입에서 피가 철철 흘렀다.

젤리아 잼은 피로 칠갑이 되는 것도 개의치 않고 진저의 가슴을 만지며 호흡과 맥박을 확인했다.

"이미 죽었어."

"오즈의 나라에서 사람이 죽었어?" 빌이 물었다.

"응. 드물지만 절대로 없는 일은 아니야."

"어떻게 할 거야?"

"모르겠어." 젤리아 잼은 닉을 보았다. "어떻게 하면 좋을까?"

"응? 나한테 묻는 거야?"

"이 중에서는 네가 신분이 제일 높잖아."

"설마……." 닉은 주변을 둘러보았다. "아아. 황제는 나뿐인가."

"어떻게 할까?"

"글쎄. ……이럴 때는 지혜로운 존재의 의견을 듣는 게 제일이지." 닉은 허수아비를 보았다.

"엇? 나?" 허수아비는 눈을 되록거렸다. "음. 이럴 때는 시체를 검시해야 해."

"검시는 어떻게 하는데?"

"사법부검을 한다거나?"

"그건 뭐냐?"

"시체를 잘라서 이런저런 부분을 조사하여 사인을 알아내는 방법이야."

닉은 고개를 끄덕이더니 도끼를 내리쳐서 진저의 시체를 두 동강 냈다.

"으악!" 빌은 너무나 끔찍한 광경을 보고 비명을 질렀다.

진저의 뇌와 내장이 바닥에 질척질척 쏟아졌다. 소화가 덜 되어 창자에 남아 있던 음식물이 특히나 악취를 뿜어냈다.

"닉, 도끼질 좀 조심해서 해." 젤리아 잼은 손수건으로 코를 막고 제자리에 쪼그려 앉았다. "점심으로 먹은 듯한 음식이 꽤 많이 소화돼서 소장까지 도달했어. 즉 살해당한 지 그리 오래되지 않았다는 뜻이야." 젤리아 잼은 진저의 옆구리를 만졌다. "체온도 그렇게 많이 낮아지지 않았으니 방금 전까지 살아 있었다는 걸 알 수 있어."

"아까 나랑 만났으니까 20분쯤 전까지는 살아 있었다고 봐야지." 허수아비가 불만스럽다는 듯이 말했다.

"그건 네 증언에 지나지 않아. 난 객관적인 사실을 확인하는 거야."

"알았다." 빌이 말했다. "젤리아 잼은 허수아비를 의심하는 거구나."

"엇? 내가 용의자야?" 허수아비는 진심으로 놀란 것 같았다.

"널 특별히 더 의심하는 건 아니야. 그저 증언을 곧이곧대로 받아들이고 싶지 않을 뿐이지." 젤리아 잼은 자기 얼굴을 반 토막 난 진저의 얼굴에 바싹 들이대고 관찰했다. "아주 공들여 얼굴을 망가뜨렸네. 원한일까?"

"진저에게 원한을 품은 사람은 꽤 많을 것 같은데. 진저는 남을 배려하는 마음이 부족하니까." 닉이 말했다.

"진저는 페미니즘 혁명에 한 번 실패했어. 그 당시 동지가 그릇된 원한을 품었을지도 모르지." 허수아비가 말했다.

사자는 아무 말도 없이 바닥에 고인 피를 할짝할짝 핥기 시작했다.

"저기, 멋대로 피를 핥지 마." 젤리아 잼이 사자에게 불평했다.

"응? 난 피 안 핥았어." 사자가 반박했다.

"그럼 왜 입 주변이 새빨간데?"

"뭐?" 사자는 앞발로 자기 입을 닦았다. "이건 분명 그거야. 아까 파티장에서 마신 블러디 메리*야."

"너, 술은 못 마시잖아?" 닉이 말했다.

"그랬나?"

"끝까지 잡아뗀다면 이 일을 여왕님께 보고하는 수밖에 없어."

"미안해." 사자는 바로 사과했다. "너무 맛있어 보여서 나도 모르게 그만."

"더 이상 피를 핥지 마. 그리고 다른 사람들도 시체에 손대지 말고."

빌과 닉과 허수아비가 움직임을 멈추었다. 세 명은 진저의 소화 기관에 든 내용물을 바닥에 펼쳐놓고 한창 관찰하는 중이었다.

"너희들 뭐 하는 거야?"

"충동을 이기지 못하고 그만." 허수아비가 말했다. "진저의 식생활이 어땠는지 궁금해서 말이야."

"너희들은 일단 복도에 나가 있으렴. 누가 다가오면 돌려보내고."

"진저의 시체를 검시하는 중이라고 하면 될까?"

"그런 소리를 했다간 큰 소동이 벌어질 테니, 무슨 사고가 생긴

---

*보드카와 토마토 주스를 섞어서 만든 칵테일.

것 같다는 식으로 적당히 둘러대." 젤리아 잼은 다시 진저의 얼굴을 관찰했다.

 원한 이외에 얼굴을 공들여 망가뜨려야 할 이유는 뭘까? 신원을 오인시키기 위해? 사실 이 시체는 진저가 아니다?

 젤리아 잼은 시체에 있는 점과 오래된 흉터의 위치를 확인했다. 만약 다른 사람의 시체라면 특징이 일치하지 않을 것이다.

 닉이 절단해준 덕분에 세로로 쪼개진 머리의 단면을 관찰할 수 있었다. 얼굴에는 칼로 찌른 자국이 무수히 많았고, 그 대부분은 눈, 코, 입안에 집중되어 있었다. 몇 번이고 깊숙이 찌른 탓에 흉기가 뇌까지 닿은 듯 뇌는 잘게 저며져 있었다. 이래서 뇌가 아주 간단히 흘러나온 것이리라.

 사인은 뭘까?

 젤리아 잼은 진저의 시체를 뒤집었다.

 "등으로 들어가서 가슴을 뚫고 나온 상처가 몇 개 있네. 분명 이 중 하나가 치명상이야." 젤리아는 생각에 잠겼다. "그리고 그 후에 얼굴을 망가뜨렸어."

 "저어. 검시는 끝났어?" 사자가 물었다. "나, 여기서 저녁밥을 먹을까 하는데."

 "사자야." 젤리아 잼은 한숨을 쉬었다. "시체를 먹으면 안 돼."

 "하지만 산 채로는 먹기가 힘들어. 가끔 먹기는 하지만 울고불고 난리를 치는 데다 날뛰기도 해서 뒷맛이 안 좋아."

 "그런 뜻이 아니야. 살인사건 피해자의 시체는 그 자체가 증거니까 먹어서는 안 된다는 뜻이지."

"엇?" 사자는 침을 질질 흘리면서 말했다. "그건 너무 가혹한데."

"정 못 참겠으면 너도 밖에 나가 있어."

"알았어." 사자는 맥없이 출구로 향하다가 돌아보았다. "가장자리를 살짝 뜯어먹는 것도 안 돼?"

"안 돼."

사자는 구슬프게 콧숨을 내뿜더니 복도로 나갔다.

"허수아비야." 젤리아 잼은 허수아비를 불렀다.

"왜?"

"문 앞을 지키는 건 닉과 사자에게 맡기고 넌 좀 들어올래?"

"난 어떻게 할까?" 빌이 물었다.

"네 마음대로 해. 하지만 시체는 먹지 말고."

"난 그렇게 많이 안 먹는데."

"그래도 먹지 마. 못 참겠으면 복도에 있어."

"알았어. 참을게."

허수아비와 빌은 방으로 돌아왔다.

"허수아비야, 진저 장군은 어디서 경비를 섰어?"

"저기 의자에 앉아 있었어."

벽 쪽에 의자가 놓여 있고, 그 앞에는 작은 책상이 있었다.

"이 의자는 계속 여기에 있었니?"

"일지를 쓸 때 사용하는 작은 책상과 한 세트니까."

젤리아 잼은 의자에 앉았다. "여기에 앉으면 바깥채로 통하는 문과 마주 보는구나. 경비를 설 때 다른 방향을 보기도 할까?"

"뒤에서 누가 불렀을 때 말고는 아마 안 보겠지. 진저 장군은 업무 중에 책을 읽기는 했지만, 그때도 바깥채로 통하는 문을 향해 앉아 있었어."

"그리고 안채로 통하는 문을 등지고 있었겠네."

"그렇지."

젤리아 잼은 안채로 통하는 문을 열었다. "천천히 열면 소리가 거의 안 나." 그리고 그대로 안채의 상황을 확인했다. "안쪽 바닥에는 피가 안 묻어 있어. ……그래!" 젤리아 잼은 복도로 뛰쳐나갔다.

네 명이 피로 물든 경비실을 드나든 탓에 복도는 완전히 피로 범벅이 됐다. 그리고 복도 구석에서 피투성이가 된 녹색 옷과 신발을 발견했다.

"이건 에메랄드 시 어디서든 손에 넣을 수 있는 물건이야." 젤리아 잼은 옷과 신발의 크기를 확인했다. "둘 다 특대 사이즈네. 즉 거의 누구나 착용할 수 있었다는 뜻이지."

"왜 옷과 신발이 버려져 있을까?"

"분명 범인의 물건이야. 피가 튈 것을 예상하고 처음부터 입고 있었다가 살인을 저지른 후에 버렸겠지."

"그럼 DNA를 감정하면 범인을 알아낼 수 있지 않을까?"

"빌, 오즈의 나라에서 과학수사는 무리야."

"그럼 지구에 가져가는 게 어때?"

"지구에 가져갈 방법을 알면 좋겠다만."

"그래서, 어떻게 할 거야? 궁전에 있는 사람을 모조리 고문해서 자백을 받을까?" 닉 초퍼가 도끼를 붕붕 휘둘렀다.

"수사를 포기했으면 먹어도 되겠네." 사자가 말했다.

"둘 다 안 돼. 일단은 오즈마 여왕님께 상황을 보고해야지. 수수께끼 풀이는 그다음이야."

8

"줄리아, 당장 만나자. 이유는 알지?" 이모리는 줄리아에게 전화를 걸었다.

"진저 때문이구나." 줄리아는 애써 냉정한 척하는 것 같았다.

"도로시와 연락이 안 되는데 무슨 일이라도 있어?"

"나도 걱정하던 참이야. 아무튼 당장 만나자. 어디서 만날까?"

"둘이서만 이야기를 나눌 수 있는 곳이 좋겠지. 내 연구실 어딘지 알아?"

"응."

"그럼 거기서."

"지구에 진저의 아바타라는 존재할까?" 이모리는 연구실을 방문한 줄리아에게 조바심을 내며 물었다.

"쇼가즈카 쇼코라는 애야."

"그럼 걔는 이미 죽었겠군."

"진짜? 아바타라는 기억을 공유할 뿐 본체와는 별개의 존재 아니야?"

"다른 세계에서 누군가가 사망하면 지구에서 그 인물의 아바타라도 사망해. 이건 본체와 아바타라 사이에 성립되는 규칙이야."

"지금까지 그런 건 몰랐어."

"오즈의 나라에서 가까운 사람이 죽은 적은?"

줄리아는 고개를 저었다. "오즈의 나라에서는 사람이 거의 안 죽거든."

"하지만 죽기는 하겠지. 분명 동쪽 마녀와 서쪽 마녀는 죽었어."

"응, 그렇게 들었어. 하지만 내가 두 명의 죽음을 직접 목격한 건 아니고, 두 명의 아바타라가 지구에 있었는지 없었는지도 몰라."

"우선 쇼코라는 여자가 어떻게 됐는지 확인하자. 그리고 도로시도 찾아야 해."

구급차 사이렌 소리가 들렸다.

두 사람은 건물 밖으로 뛰쳐나갔다.

캠퍼스 도로를 구급차가 달려갔다.

"무슨 일입니까?" 이모리는 근처에 있던 학생에게 물었다.

"글쎄요, 잘 모르겠지만 첨단 연구 센터에서 큰일이 난 모양이에요."

"큰일? 사고요?"

학생은 대답 없이 그저 어깨를 으쓱했다.

"쇼코는 첨단 연구 센터 소속이야?" 이모리는 줄리아에게 물었다.

"걔는 이공계가 아니라 문학부야."

"아무튼 구급차를 쫓아가자."

첨단 연구 센터가 가까워질수록 구경꾼이 점점 많아졌고, 센터 앞에는 사람들이 인산인해를 이루었다. 근처에는 구급차가 세워져 있었다.

"사고가 났습니까?" 이모리는 바로 옆에 있던 학생에게 물었다.

"예. 그런가본데요."

"폭발 같은 거요?"

"그건 모르겠네요. 나도 지금 막 와서……."

이모리는 사고 현장으로 다가가려고 했다. 하지만 사람이 너무 많아서 불가능했다.

"함부로 다가가지 않는 게 낫지 않을까?" 줄리아가 말했다.

"누가 피해를 입었는지 확인해야 해."

"쇼코라고 해도 이미 늦었어."

"쇼코가 아니라면 걔는 다른 곳에서 죽은 셈이야. 그리고……."

"그리고?"

"다른 피해자가 있는지 없는지도 궁금해."

이모리는 사람들을 헤치고 간신히 현장에 접근했다.

구급대원이 쓰러진 여자에게 심폐소생술을 실시하고 있었다.

얼굴에는 유리 조각이 잔뜩 박혔고 몸에서도 피가 흘렀다. 상처를 입은 부위로 보건대 진저의 아바타라는 이 여자가 틀림없으리라.

"폭발이 있었습니까?" 이모리는 가까이에 있던 남자에게 물었다.

"폭발하는 소리는 안 들렸는데. 하지만 커다란 금속음이 났으니까 기계에 무슨 문제가 생겼는지도 모르지."

듣고 보니 깨진 1층 유리창에서 막대 모양의 금속이 튀어나와 있었다.

이모리는 창문으로 안을 들여다보려고 했지만 창문이 높은 곳에 있는 데다 구경꾼이 많아서 잘 보이지 않았다.

구급대원이 사고라고 판단했다면 이제 곧 경찰도 오리라. 그러면 현장에 들어가기가 쉽지 않다.

이모리는 현장을 확인하기로 결심했다.

다만 경찰이 도착하기 전에 현장에 들어가는 것은 위험하다. 현장에 발자국이 남아서 이모리 본인이 혐의를 받을 우려도 있다.

하지만 이모리는 현장을 확인하고 싶다는 충동을 억누를 수 없었다.

이모리는 창문의 위치를 머릿속에 넣고 살그머니 구급현장에서 벗어나 건물 입구로 돌아갔다.

건물 안은 어수선하여 아무도 이모리를 거들떠보지 않았다.

사람들을 보니 다들 밖으로 향하는 듯했다. 사람이 쓰러진 현장에 관심이 쏠려서 건물 안에 원인이 있는 줄은 아직 모르는 것이리라.

뭔가 폭발하여 연기, 불길, 파편 등이 발생한 흔적은 없다. 역시 폭발은 아닌 모양이다.

이모리는 금속이 튀어나온 창문의 위치로 방이 어디쯤인지 추측하여 그쪽으로 향하려고 했다.

"이모리, 기다려." 뒤에서 줄리아가 불렀다. "어디에 가려고?"

"그 여자가 쓰러진 곳에 창문이 있었잖아. 거기서 튀어나온 금속 막대 봤어?" 이모리는 질문에 질문으로 대답했다.

"응. 관절 같은 게 있었으니까 무슨 기계의 가동부위일 거야."

"그랬나? 난 그렇게까지 침착하게 보지는 못했어."

"그래서, 뭘 어쩌려고?"

"그 금속 막대가 튀어나와 있던 방을 조사할 거야."

"경찰에 맡기는 편이 낫지 않을까?"

"일반적으로는 그렇겠지만 오즈의 나라와 연동된 살인사건이라면 경찰의 힘만으로는 절대로 해결 못 해."

"당신이 탐정을 맡겠다는 뜻?"

"으음······." 이모리는 망설였다. "탐정 행세를 하다 고생한 적이 있어서 썩 내키지는 않는걸."

"당신은 냉정하니까 탐정이 꽤나 체질에 맞을 것 같은데."

"그게, 오즈의 나라와 연동된 사건이라면 저쪽 세계에서는 빌에게 조사를 부탁하는 수밖에 없거든."

"그건 미덥지가 못하네."

"미덥지 못하다 뿐이겠어."

"알았어." 줄리아는 마음을 정한 것 같았다. "나도 협력할게."

"괜찮겠어?"

"쇼코는 내 친구니까 모른 척할 수는 없지."

"친구가 죽었다는데도 의기소침해지지 않는구나."

"걔가 죽었다는 건 네 말을 듣고 이미 짐작이 갔으니까 그렇게 충격받지는 않았어."

"그렇군. 오히려 네가 탐정 체질일지도 모르겠다." 이모리는 감탄했다.

두 사람은 복도를 나아갔다.

"아무래도 이 방 같은데." 줄리아가 가리킨 열린 문 앞에 사람 몇 명이 모여 있었다.

이모리는 호흡을 가다듬고 천천히 문으로 다가갔다.

"무슨 일 있었습니까?" 이모리는 방 앞에 있던 사람들 중에 제일 나이가 많아 보이는 사람에게 물었다.

"야단났군. 어쩌다 이런 일이 생긴 건지 모르겠어." 남자는 창백한 얼굴로 대답했다. 목소리도 떨렸다.

희미하게 피 냄새가 감돌았다.

"어떻게 된 겁니까?"

"분명 사고야. 목격자는 없었던 모양이지만……."

"큰 소리가 나서 달려왔어요." 젊은 여자가 말했다. "살펴보니 저 작업용 로봇 시제품이……."

여자가 가리킨 곳에는 거대한 기계가 있었다. 로봇이라고 하니까 그래 보이기는 했지만, 생김새는 사람과 전혀 달랐다. 본체 윗부분에서 팔이 수많이 뻗어 나왔고, 아랫부분에 달린 작은 이동용 수레는 몹시 불안정해 보였다. 사실 그 로봇은 심하게 기울어져 있었다.

 팔 중 하나는 창문을 뚫고 나갔다. 바깥에서 본 창문은 이것이리라. 마침 쇼코가 밖을 걸어갈 때 로봇이 균형을 잃고 쓰러졌고, 로봇의 팔에 부딪혀 넘어진 쇼코의 얼굴과 몸에 깨진 유리 조각이 박힌 것이다.

 보통은 일어날 리 없는 사고지만, 그 사실이 오즈의 나라에서 살인이 발생한 탓에 유발된 사고임을 증명한다.

 이모리는 바닥에 눈길을 주었다.

 바깥에서 일어난 사고도 끔찍했지만, 안에서 일어난 일도 만만치 않다.

 이모리는 인상을 찌푸렸다.

 균형을 잃은 로봇의 몸체는 한가운데가 파손되어 구부러졌다. 그리고 그 부분은 사람 몸 위에 놓여 있었다. 정확하게 말하면 머리 위에. 아주 빠르게 부딪혔는지, 아니면 로봇의 무게 때문인지 머리는 납작하다고 해도 될 만큼 짓뭉개졌다. 떨어진 부품에 맞아 복부에도 심한 상처를 입었다. 로봇 밑에 있어서 얼굴이 얼마나 손상됐는지는 알 수 없지만, 머리가 이렇게 짓뭉개졌으니 로봇을 치워도 얼굴은 거의 알아볼 수 없을 것으로 추정됐다.

 "설마, 그런……." 줄리아가 중얼거렸다.

 이모리도 어쩐지 짐작은 갔다. 하지만 입 밖에 내어 확인하기가 무서웠다.

 줄리아는 이모리의 얼굴을 보았다. "나한테 묻고 싶은 거 있지?"

이모리는 입술을 핥고 나서 조용히 고개를 저었다.

"그럴 리가. 이미 눈치챘잖아. 이 옷도 본 적 있지?"

"모르겠어." 이모리는 잠긴 목소리로 말했다. "난 여자 옷은 그다지 눈여겨 안 보거든."

"패션에는 흥미가 없을지도 모르지만, 관찰력은 뛰어날 텐데."

"그…… 이 사람은……." 이모리는 침을 삼켰다. "내 지인 같은 인상이야. 어디까지나 인상만."

줄리아는 무릎을 꿇고 앉아 시체에 얼굴을 가까이 대고 관찰했다.

"당신의 감이 맞았어." 줄리아는 일어섰다. "이건 도로시의 시체야."

9

"도대체 무슨 일인가요?" 오즈마는 여왕의 거처로 뛰어 들어온 일동에게 물었다. "물론 내 방에는 누구나 자유롭게 들어와도 괜찮아요. 다만 어느 정도 예의는 갖추어야죠. 국가를 통치하는 데는 위엄이 필요하고, 저는 오즈의 최고 권력자니까요."

"긴급사태예요." 젤리아가 말했다.

"문도 두드리지 않고 다 함께 제 방에 뛰어 들어왔으니 아주 긴급한 사태겠죠. 그건 상상이 가요." 오즈마는 냉정한 태도를 유지하며 말했다. "무슨 일인가요?"

"살인사건이 발생했어요."

한순간 오즈마의 얼굴이 흐려졌다. 그리고 다음 순간에는 온화한 미소를 띤 평소 얼굴로 되돌아왔다. "있어서는 안 될 일이군요."

"하지만 발생했어요."

"사고가 아닌가요?"

"아니요. 살인이에요."

"일단은 이 일을 비밀로 하는 게 중요해요. 또 누가 이 일을 알고 있나요?"

"여기에 있는 저희 모두요. 저랑 허수아비, 양철 나무꾼 닉 초퍼, 겁쟁이 사자…… 도마뱀 빌이요."

오즈마는 이마를 눌렀다.

"아무래도 비밀을 지키기는 힘들 것 같은데요." 젤리아가 말했다.

"예. 그렇겠죠." 오즈마는 생각에 잠겼다. "살인사건이 발생했다는 걸 국민들이 알면 악영향이 크겠죠. 다들 이 나라에는 범죄가 없다고 믿기 때문에 체제가 유지되는 거니까요."

"국민에게는 진실을 알려야 하지 않나요?"

"진실을 공개하는 것이 반드시 옳은 일은 아니랍니다. 아무튼 빨리 사건을 해결해야겠군요. 저를 현장으로 안내하도록 해요."

오즈마는 안채와 바깥채를 연결하는 경비실에 도착하자 즉시 현장을 확인했다. "이건 누구인가요?"

"진저 장군이에요." 젤리아가 대답했다.

"범인은 진저에게 큰 원한을 품은 모양이군요."

"왜 그렇게 생각하시죠?"

"죽이는 것으로도 모자라 몸을 세로로 쪼갰으니 두말하면 잔소리죠."

"말씀드리기 죄송하지만 세로로 쪼갠 건 범인이 아니에요."

"그럼 누가 그랬나요?"

"저요." 닉이 손을 들었다.

"진저에게 무슨 감정이라도 있었나요?" 오즈마가 물었다.

"아니요. 무슨 감정을 품을 만큼 친한 사이는 아니었는데요."

"그럼 왜 세로로 쪼갠 건가요?"

"그래야 관찰하기 쉬울 것 같아서요. 젤리아가 검시를 하겠다고 했거든요."

"아무 망설임도 없었나요?"

"망설임? 왜 검시를 망설여야 합니까?"

"그건 이제 됐어요." 오즈마는 손을 내저었다. "아무래도 우리끼리 해결하기는 어려울 것 같네요. 젤리아, 오즈의 마법사와 글린다를 찾아서 데려와요. 파티에 참석하기 위해 궁전에 와 있을 거예요."

잠시 후 젤리아가 글린다와 마법사를 데리고 바깥채로 통하는 문으로 돌아왔다.

마녀인 줄 모를 만큼 호화롭고 화려한 옷을 입은 글린다는 반쯤 공중에 뜬 채 오즈마에게 다가갔다.

"급한 볼일이 있으시다고요, 오즈마 여왕님?" 글린다가 물었다.

"살인사건이 발생했어요."

"뭐라고요?" 마법사의 눈이 휘둥그레졌다.

글린다는 한쪽 눈썹을 살짝 치켜세웠다. "중대한 사태로군요. 누가 살해당했습니까?"

"진저 장군이요." 오즈마가 대답했다.

"진저 장군에게 원한을 품은 사람은?" 글린다가 물었다.

"모르겠어요."

"복도에 묻은 피는 진저 장군의 피입니까?"

"예."

"발자국은 범인이 남긴 건가요?"

"아니요. 발견한 사람들이 남긴 거예요."

글린다는 발자국을 조사했다. "발견자는 닉 황제와 전 국왕 허수아비, 사자, 그리고 도마뱀 같군요."

"그리고 젤리아요."

"그렇군요." 글린다는 표정 변화 없이 말했다. "현장을 확인해도 될까요?"

"물론이죠." 오즈마는 문을 열었다.

글린다는 시체를 힐끗 보고 말했다. "이건 아주 큰 원한을 품은 자의……."

"세로로 쪼갠 건 닉이에요." 젤리아가 말허리를 끊었다.

글린다는 한순간 입을 다물었다가 다시 말을 이었다. "얼굴과 뇌를 꼼꼼히 망가뜨린 것도 황제 폐하입니까?"

"아니요. 그건 처음부터 그랬어요."

"그렇다면 범인이 증거를 인멸하기 위해 그랬을 가능성이 크군요."

"그럼 이 시체는 진저가 아니라는 말씀이세요?"

"아니요. 아마도 진저 장군이겠죠. 조사하면 금세 밝혀질 겁니다." 글린다는 그렇게 말했다.

"저기. 그 마법 그림으로 범인을 알아낼 수는 없어?" 빌이 물었다.

"아쉽게도 마법 그림으로는 현재 상황만 알 수 있습니다. 흉기와 피가 튄 옷을 버렸으니 이제는 그림으로 범인을 밝혀내기가 불가능하겠죠."

"맞다!" 젤리아가 외쳤다. "글린다가 가지고 있는 마법책을 사용하면 어떨까요?"

"마법책이 뭐야?" 빌이 물었다.

"오즈의 나라에서 일어난 일이 전부 기록되는 책이야." 사자가 대답했다.

"역사책이야?"

"역사책에는 출판되기 이전의 일밖에 실려 있지 않지만 마법책에는 현재 일어나고 있는 일이 착착 기록돼. 지금 이러고 있을 때도."

"그럼 그 책을 보면 범인이 누군지 금방 알겠네."

"아쉽지만 안 됩니다." 글린다는 고개를 저었다. "이 궁전은 강력한 마법으로 보호받고 있어요. 따라서 외부에서 마법으로 내부 상황을 파악하는 건 불가능합니다."

"왜 그렇게 보호를 해놨어?" 빌이 물었다.

"오즈의 나라를 침략하려는 적이 마법 그림이나 마법책 같은 도구를 가지고 있다면 시도 때도 없이 우리의 동향을 엿보겠죠. 그걸 막기 위한 마법 방어막입니다." 오즈마가 대답했다.

"이번에는 그 방어막이 역효과를 낳았군." 오즈의 마법사가 안

타깝다는 듯이 말했다. "이렇게 되었으니 대대적인 수사를 진행하는 수밖에 없겠군요."

"좀 기다려줘요." 오즈마가 말했다. "오즈의 나라에서 범죄가 발생했다는 사실을 공개하는 건 바람직하지 못해요."

"하지만…… 이미 일이 터졌으니……."

"저도 오즈마 여왕님의 의견에 찬성합니다." 글린다가 말했다. "극비수사를 펼쳐서 범인을 규명해야 해요."

"그럼 수사 책임자는 누구로 할까요?"

"사람들에게는 더 이상 알려지면 안 돼요." 오즈마가 말했다. "여기에 있는 사람 중에서 골라야겠죠. 하지만 저랑 글린다, 마법사님은 사람들의 눈길을 끌어서 극비수사에 적합하지 않아요."

"어쩔 수 없군." 허수아비가 머리를 긁적였다. "오즈에서 제일 지혜로운 존재가 나설 차례인가?"

"젤리아, 당신이 맡아주지 않겠어요?" 오즈마가 말했다.

"어이쿠, 헛발질이었네." 허수아비가 고꾸라지는 시늉을 했다.

아무도 반응하지 않았다.

빌은 웃을 뻔했지만 아무도 웃지 않았으므로 금세 진지한 표정을 지었다.

"저 같은 게 수사 책임자라니 당치도 않아요." 젤리아는 말했다.

"아니요. 당신이 적임자예요. 당신에게 수사의 전권을 위임할게요. 다만 살인이 일어났다는 사실은 더 이상 알려지면 안 돼요."

젤리아는 잠시 생각한 끝에 고개를 끄덕였다. "알겠어요. 최선을 다하겠습니다. 하지만 사건이 발생했다는 사실을 알려야 할 사람이 한 명 더 있어요."

"누군가요?"

"도로시 공주요. 도로시도 안채 식구에 해당하니까 숨기고 넘어가기는 불가능할 거예요."

"어쩔 수 없네요."

"그러고 보니 도로시는 여기에 없군요." 글린다가 말했다. "소란이 벌어진 줄 모르는 걸까요?"

그 자리에 있던 거의 모든 사람이 불안에 휩싸였다. 물론 그렇지 않은 사람들도 있다.

"왜 갑자기 다들 조용해졌어?" 빌이 물었다.

"모르겠냐?" 허수아비가 대답했다. "누군가 재미없는 농담을 해서 분위기가 썰렁해진 거잖아."

"무슨 농담? 난 못 들었는데."

"그건…… 누가 '어이쿠, 헛발질이었네'라고 하지 않았나?"

"글쎄. 기억 안 나."

"누가 도로시를 불러오지 않겠어요?" 오즈마가 말했다.

아무도 움직이지 않았다.

"그럼 내가 불러올게." 빌이 나섰다.

"당신 혼자 가는 건 바람직하지 않아요."

"어째서?"

"예상외의 사태가 발생했을 경우에 대응하지 못할 우려가 있으니까요."

"예상외의 사태라니, 무슨 사태인데?"

"그걸 예상할 수 없으니까 예상외죠."

"예를 들어 도로시가 살인사건의 범인이라든가?"

그 자리의 공기가 얼어붙었다.

"그것도 한 가지 가능성이에요." 오즈마는 냉정하게 대답했다. "생각해보니 누가 혼자 가기보다는 다 함께 부르러 가는 편이 낫겠네요."

일행은 도로시의 방으로 향했다.

"피 냄새가 나는걸." 사자가 말했다.

"그렇게나 핥아 먹었으니 콧속에 냄새가 남을 만도 하지." 닉 초퍼가 말했다.

"아니야. 코 안쪽이 아니라 바깥쪽에서 냄새가 풍겨."

"안쪽 냄새인지 바깥쪽 냄새인지 어떻게 구별하는데?"

"그건 설명을 잘 못 하겠어. 야생의 감이랄까?"

오즈마는 도로시의 방문을 열었다.

바닥은 피바다였다.

"네 야생의 감은 대단하구나." 닉은 감탄한 듯이 말했다.

방 한복판에는 금속 공 같은 것이 뒹굴고 있었다.

"저건 뭘까?" 허수아비가 말했다.

"아무리 봐도 틱톡인데." 나무꾼이 대답했다.

"말도 안 돼. 저게 틱톡일 리 없어."

"왜 그렇게 생각하지?"

"틱톡은 로봇이니까 피를 안 흘려. 증명 끝."

"저건 틱톡의 피가 아니야."

"무슨 소리야. 틱톡 밑에 피가 고여 있잖아."

"틱톡에게 깔린 누군가의 피라는 생각은 안 드냐?"

"아하. 그럴 가능성도 있구나. 물론 이미 알고 있었지만."

빌은 틱톡에게 다가갔다. "진짜다. 틱톡 밑에 누가 있어."

"누군지 알겠어?" 사자가 물었다.

"모르겠어. 얼굴 위에 틱톡이 얹혀 있거든."

"나무꾼과 사자가 누군가의 위에서 틱톡을 치워주도록 해요." 오즈마가 말했다.

두 명은 오즈마가 지시한 대로 틱톡을 치웠다.

"틱톡 밑에 있던 사람은 누구야?" 허수아비가 물었다.

"모르겠어." 빌이 대답했다.

"하지만 이제 틱톡을 치웠는데?"

"응. 그렇지만 얼굴이 뭉개져서 누군지 모르겠어."

그 시체는 예쁜 프릴이 몇 겹이나 달린 드레스를 입고 있었다.

"그거 도로시의 드레스 아니야?" 허수아비가 물었다.

"아니야. 도로시도 비슷한 걸 가지고 있지만 빨간색이 아니라 흰색이었어." 빌이 대답했다.

"아아. 왜 이렇게 짜증이 날까?" 닉이 말했다. "전에는 이 정도는 아니었는데."

"전에는 저런 애가 하나밖에 없었잖아." 사자가 말했다. "그런데 최근에 하나 더 늘었어."

"빌, 이건 도로시의 드레스야." 젤리아가 창백한 얼굴로 알려주었다. "피에 물들어서 빨개진 거지."

사자는 시체에 얼굴을 들이대고 냄새를 맡았다. "분명히 도로시의 냄새가 나."

"글린다, 이 시체의 얼굴을 복원할 수 있겠어요?" 오즈마가 물었다.

"두개골이 제 형태를 유지하고 있다면 거기에 살을 붙이는 방식으로 복원할 수 있지만, 이 시체는 두개골이 박살 나서 어렵겠습니다."

"그럼 신체적인 특징을 보고 판단을 내리도록 하죠." 오즈마는 냉정한 태도를 유지하며 말했다. "젤리아, 시체에서 드레스를 벗겨요."

젤리아는 드레스가 찢어지지 않도록 조심해서 벗기느라 온몸이 피투성이가 되고 말았다.

"상반신은 속옷도 벗겨요." 오즈마는 연이어 말했다.

오즈마는 알몸이 된 시체의 상반신을 자세히 관찰했다.

"이게 뭔지 알겠어요?" 오즈마는 도로시의 젖꼭지 비스듬히 아래쪽을 가리켰다.

"작은 젖꼭지처럼 생겼네요."

"이건 부유두*예요. 도로시가 틀림없네요."

"전에는 언제 보셨나요?"

---

*유선 내에 퇴화하지 않고 남아 있는 유두를 가리킨다.

"늘 봐요. 어제도 봤어요."

"알겠어요. 그럼 틀림없겠군요." 젤리아는 머릿속을 정리하려고 했다. "저를 진저 살해사건의 수사 책임자로 임명하셨는데요. 도로시 살해사건의 수사 책임자도 겸하는 걸로 받아들여도 될까요?"

"그게 합리적이겠죠."

"그럼 지금부터 수사를 시작하겠습니다." 젤리아는 선언했다. "일단은 여기에 있는 여러분께 진술을 들을게요. 여왕님, 요 몇 시간 동안 뭘 하셨는지 알려주시겠어요?"

"젤리아, 오즈마 여왕님을 의심하는 겁니까?" 글린다가 물었다.

"의심하는 건 아니에요." 젤리아는 대답했다. "사건이 발생한 당시의 상황을 파악하기 위해 모두에게 물어볼 생각이에요."

"하지만 여왕님을 신문하다니……."

"괜찮아요." 오즈마가 말했다. "신분의 고하를 막론하고 동등하게 대하지 않으면 수사에 진전이 없겠죠. 제게 제일 먼저 진술을 듣기로 한 건 현명한 처사예요. 제가 대답하면 아무도 진술을 거부할 수 없을 테니까."

"감사합니다, 여왕님." 젤리아는 고개를 숙였다.

"저는 옷을 갈아입고 휴식도 취할 겸 제 방에 있었어요. 아무도 찾아오지 않았고, 아무 소리도 못 들었죠. 이 정도면 됐나요?"

오즈마의 생일 축하 파티는 사흘 밤낮 계속되므로 오즈마는 하루에 몇 번씩 휴식을 취하는 것이 관례였다.

"이거, 알리바이가 없다는 뜻이지?" 빌이 말했다.

"알리바이를 거론하기는 아직 일러, 빌." 젤리아가 타일렀다.

"빌의 말이 맞아요." 오즈마가 다시 입을 열었다. "저는 알리바이가 없어요."

"그럼 범인은 결정됐네." 빌은 의기양양하게 말했다.

"빌, 알리바이가 없다는 이유만으로 범인 취급을 하면 세상은 누명을 쓴 사람으로 넘쳐날 거야."

"하지만 드라마에서는 대개 알리바이 무너뜨리기로 결판을 내는데."

"알리바이 말고 다른 증거가 다 갖추어져 있을 때나 그렇지."

"하지만 알리바이가 없으니까 범행을 저지르지 않았다는 증거는 없는 거지?"

"범행을 저지르지 않았다는 증거는 필요 없어. 범행을 저질렀다는 증거가 없는 한 무죄야. 무죄 추정의 원칙이라고 있는데 모르니?"

"그럼 이제부터 오즈마를 추궁해서 자백을 받는 거지?"

"아니. 빌, 난 그런 짓 안 해. 무엇보다 여왕님께는 동기가 없어." 젤리아는 메모를 했다. "글린다, 당신은 어디에 있었나요?"

"원래 당신 질문에 대답할 의무는 없지만." 글린다가 말했다. "여왕님이 대답하셨으니 저도 대답하는 수밖에 없겠군요. 저는 궁전의 휴게실에 있었습니다. 적어도 오즈의 마법사는 확실한 증인이에요. 그 밖에도 저를 본 사람은 많을 테고요."

"몇 시간 전부터 계셨나요?"

"너덧 시간 전부터요."

"그사이에 한 번도 휴게실에서 안 나가셨나요?"

"예. 안 나갔습니다."

"휴게실에 있던 사람이 마법으로 만들어낸 당신의 환영이 아니라는 걸 증명할 수 있나요?"

"증명하기는 힘들겠죠. 하지만 환영이 아니었습니다."

"당신의 주장은 이해했어요." 젤리아는 메모를 계속했다. "오즈의 마법사님, 당신은 어떠세요?"

"내내 글린다와 함께 있었지. 글린다가 환상이 아니었다는 사실은 나도 증명하지 못하지만."

"그럼." 젤리아는 심호흡을 했다. "허수아비, 너는……."

"순서대로라면 나한테 먼저 물어야 하지 않나?" 양철 나무꾼이 주장했다.

"무슨 순서?" 젤리아는 눈이 동그래졌.

"신분이 높은 순서. 뭐, 엄밀하게 따지면 오즈의 마법사에게 먼저 물어본 것도 이상하지만 스승과 제자를 한데 묶어서 신문했다고 볼 수도 있겠지. 그건 이해해. 하지만 하찮은 허수아비를 황제보다 먼저 신문하다니, 그건 이해가 안 돼."

"닉, 난 딱히 신분이 높은 순서대로 묻는 게 아니라……."

"잠깐만." 허수아비가 끼어들었다. "네가 나보다 높은 신분이라는 건 확정된 사실이 아니잖아."

"확정된 사실이야. 난 황제라고. 황제는 제국의 지배자야. 허수아비보다 신분이 낮을 리 없어."

"허수아비는 내 신분이 아니야. 그냥 태생이라고. 말하자면 인종 같은 거지."

"허수아비라는 인종? 그럼 주제를 알고 입 좀 닥치지그래?"

"그건 차별이야!"

"차별은 개뿔. 허수아비한테 그런 게 어디 있냐."

"너도 양철이잖아."

"양철은 재료에 지나지 않아. 난 인간이고 황제야."

"그렇게 따지면 나도 전 국왕이야."

"'전' 국왕이잖아. 지금은 보통 사람…… 아니, 보통 허수아비야."

"에메랄드 시의 국왕은 윙키의 황제보다 지위가 높아."

"황제보다 왕이 높다는 건 이상하지만 뭐, 에메랄드 시는 특별하니까 그렇다고 치자. 하지만 넌 어디까지나 옛날에 국왕이었어."

"그렇지만 일단 그 지위에 올랐으니 존중받아야 마땅해. 예전에 사장이었던 회장은 사장보다 존중받잖아."

"그야 회장이 됐기 때문이지. 쿠데타로 쫓겨난 사장에게는 아무 권한도 없어. 그러고 보니 넌 진저에게 국왕의 지위를 빼앗겼지, 참."

"그래서 뭐 어쩌라고?"

"진저에게 원한을 품고 있었던 거 아니야?"

"설마, 난 국왕의 지위에 딱히 집착이 없었는데……."

"자, 거기까지." 젤리아가 두 명 사이에 끼어들었다. "난 객관적인 사실을 알고 싶을 뿐이야. 그럼 닉한테 먼저 물을게. 허수아비야, 괜찮지?"

"응. 불만 없어." 허수아비가 대답했다.

"닉, 넌 요 몇 시간 동안 어디에 있었어?"

"파티장에 있었어. 가끔 중앙정원에도 나갔고."

"중앙정원에는 왜 나갔어?"

"한가했으니까. 다른 사람들은 대부분 뭔가 먹고 싶어 했거든. 나는 아무것도 안 먹어도 되니까 다른 사람들이 음식을 먹고 있는 동안은 따분함을 주체하기가 힘들어."

"네가 정원에 있었다는 사실을 증명해줄 사람은 있어?"

"계속 같이 있었던 건 아니지만 헝겊인형과 잠깐 이야기를 나누었지."

"누더기 소녀 말이구나."

"누더기 소녀라면 꿰매서 이어 붙인 헝겊 속에 솜을 채워서 만든 여자애지?" 빌이 물었다.

"맞아." 젤리아가 대답했다.

"걔는 어떻게 살아 있어?"

"물론 마법 가루를 뿌렸으니까."

"헝겊인형도 증인이 될 수 있어?"

젤리아는 허수아비와 양철 나무꾼, 사자를 힐끔 보았다. "글쎄. 넌 네가 증인이 될 수 있다고 생각하니?"

"대답하려면 과거의 판례를 살펴봐야 할 것 같은데."

"이 나라에서는 제가 법률이에요, 빌." 오즈마가 말했다. "도마뱀이든 헝겊인형이든 상관없이 증인이 될 수 있습니다. 제가 결정했어요."

"오즈마의 말도 일리가 있네. 오즈마의 판단은 항상 올바르다고 했으니 말이 나온 김에 범인이 누군지도 결정해주면 이야기가 빠를 텐데." 빌은 감탄했다.

"도마뱀, 지금 뭐라고 했습니까?" 글린다가 빌을 노려보았다. "독재자를 비아냥대는 건가요?"

"글린다, 빌은 비아냥댄 게 아니에요. 진심을 말했을 뿐이니까 개의치 말아요." 오즈마는 상냥하게 미소 지었다. "젤리아, 수사를 계속해요."

"허수아비, 넌 진저를 마지막으로 만난 인물이지?"

"아니. 진저가 마지막으로 만난 인물은 범인일걸." 허수아비는 대답했다.

"범인을 제외하고."

"지금 허수아비가 범인이 아니라고 단정하는 거야?" 빌이 물었다. "허수아비가 범인이라면 '범인을 제외'해서는 안 되잖아."

"빌, 곧 네 차례도 올 테니까 그때까지 조용히 좀 해줄래?"

"알았어."

"허수아비야, 진저를 마지막으로 만났을 때 평소와 다른 점은 없었어?"

"으음." 허수아비는 팔짱을 꼈다. "뭐, 평소와 다름없었는데. 도로시를 부르러 갔더니 코웃음치며 쫓아냈어."

"그래서 화가 났구나?" 닉이 말했다.

"아니. 난 관대하거든."

"그럼, 사자, 다음은 너야."

"난 아무것도 몰라."

"너, 피투성이가 됐는데 그거 누구 피야?"

"진저. 내가 시체에서 흘러나온 피를 핥아 먹는 거 봤잖아?"

"응. 그리고 지금 도로시의 피도 몰래 핥아 먹었지."

"미안해. 잘못했어. 화내지 마. 때리지 마." 사자는 앞발로 머리를 감쌌다.

"안 때릴 테니까 안심해. 하지만 이제 다시는 시체의 피를 핥거나 살을 먹으면 안 돼."

"어? 살도? 지금이라도 토할까?"

"어휴. 이미 먹어버린 건 어쩔 수 없지." 젤리아는 인상을 찌푸렸다.

"어금니에 조금 끼었으니까 그건 뱉을게." 사자는 입안에 앞발을 집어넣어 살점을 꺼냈다.

"고마워, 사자야." 젤리아는 살점을 도로시의 얼굴 위에 내려놓았다.

"앗. 그거 진저의 살점일지도 모르는데."

"뭐, 둘 다 신경 안 쓸 거야. ······자, 빌."

"왜, 젤리아?"

"이제 네 차례야. 하고 싶은 말 있니?"

"으음." 빌은 팔짱을 끼고 잠시 생각에 잠겼다.

"특별히 없다면 나중에 생각났을 때 말해도 돼."

"앗! 알았다."

"뭔데?"

"할 말 없어."

"지금 알았다고 하지 않았어?"

"그러니까 할 말이 없다는 걸 알았다고."

젤리아는 대꾸하지 않고 메모를 했다. "자, 이제."

"이걸로 진술 청취는 끝이야?" 빌이 물었다.

"아니. 한 명이라고 할까, 한 기 더 남았어." 젤리아는 누워 있는 틱톡을 가리켰다.

"아아. 틱톡이 범인이구나." 빌이 말했다.

"그렇다면 수월하겠지만 아마 아닐 거야. 흉기는 분명하지만 범인은 아니야."

"흉기라면 범인 아닌가? 틱톡이 도로시를 죽였잖아?"

"'틱톡이' 아니라 '틱톡으로'야. 아무튼 태엽을 감아보자. 행동 태엽 말고 생각과 발성 태엽만."

젤리아는 일단 생각 태엽을 감고 나서 발성 태엽을 감았다. 발성 태엽을 먼저 감으면 헛소리를 귀가 따갑게 들어야 하기 때문이다.

"이런. 이게 어떻게 된 거지?" 틱톡이 목소리를 높였다.

"여기서 뭘 했어?" 젤리아가 물었다.

"도로시와 옛날 추억을 돌이켜보며 이야기꽃을 피우고 있었어. 에브의 나라에서 처음 만나 모험을 했던 이야기."

"그러고 나서 어쨌는데?"

"일단 내 발성 태엽이 다 풀렸어. 그래서 도로시에게 손짓으로 태엽을 감아달라고 부탁했는데, 졸렸는지 소파에서 꾸벅꾸벅 졸더라고. 아주 기분 좋게 잠들었기에 깨우지 않고 일어날 때까지 기다렸지. 그 사이에 행동 태엽도 다 풀렸어. 하는 수 없이 가만히 기다리다가 결국 생각 태엽도 다 풀렸겠지."

"생각 태엽이 행동 태엽보다 먼저 다 풀려서 함부로 마구 움직인 것 아니야?"

"아니. 그건 아니야. 그런데 왜 그런 걸 묻지?"

"네가 생각 없이 함부로 움직이다 도로시를 죽였을 가능성도 있으니까, 틱톡."

"뭐라고?"

"도로시가 죽은 줄 몰랐어?"

"응. 지금에야 알았어."

"하지만 거기에……. 얼굴이 도로시 쪽을 향하지 않아서 안 보였나보구나."

"거기에 도로시가 있어?"

"닉, 틱톡의 얼굴을 도로시 쪽으로 돌려줘."

닉 초퍼는 틱톡의 얼굴을 끼리릭 소리가 나게 도로시 쪽으로 돌렸다.

"으악!" 틱톡이 비명을 질렀다. "어떻게 된 거야. 피투성이잖아!"

"도로시는 누군가에게 살해당했어."

"누군가라니, 그게 누군데?"

"그건 너한테 묻고 싶은 말이야. 이 방에 너랑 도로시 말고 누구 들어온 사람 없었어?"

"모르겠어. 들어왔다면 내 태엽이 다 풀린 후였겠지."

"잘 모르겠지만." 허수아비가 물었다. "너, 말하거나 생각하거나 움직이지 않아도 태엽이 저절로 풀려?"

"발성 태엽은 말하지 않으면 풀리지 않아. 하지만 생각을 그만둘 수는 없으니 생각 태엽은 점점 풀리지. 행동 태엽도 마찬가지야. 의도적으로 몸을 움직이지 않아도 내장은 활동을 계속하니까."

"로봇한테도 내장이 있구나." 빌이 감탄하여 말했다.

"그야 당연하지. 내장이 없으면 에너지가 순환되지 않으니까." 틱톡이 대답했다.

"도로시는 네 밑에 깔려 있었어. 왜 그런 일이 벌어졌는지 모르겠어?" 젤리아가 물었다.

"미안하지만 전혀 기억이 안 나. 지금 그 말은 내가 도로시를 죽이는 흉기로 사용됐다는 뜻이야?"

"꼭 그렇다고는 할 수 없어. 도로시의 명치에 찔린 상처가 있으니까 그게 치명상이었는지도 모르지. 혹시 그렇다면 범인은 도로시가 숨을 거둔 후에 너를 넘어뜨려서 도로시의 얼굴을 짓뭉갠 거야."

"틱톡이 거짓말을 했을 가능성은 없어?" 빌이 말했다.

"그게 무슨 뜻이니?" 젤리아가 물었다.

"틱톡이 도로시를 찌르고 나서 얼굴 위에 쓰러졌을지도 모르잖아."

"왜 내가 그런 짓을 하는데?" 틱톡이 버럭 화를 냈다.

"물론 그랬을 가능성도 무시해서는 안 되겠지." 젤리아가 말했다. "그런데 틱톡의 몸에는 피가 묻었지만 손끝에는 피가 안 묻었어. 도로시를 찌른 흉기는 뭘까?"

"진저를 찌른 것과 똑같은 칼 아닐까?" 빌이 대답했다.

"그렇다면 그건 어디에 있을까?"

"밖에 나가서 버리지 않았을까?"

"이렇게 피범벅이 된 모습으로?"

"찔렀을 때는 복도에 있던 옷을 입고 있지 않았을까?"

"즉 이랬다는 거야? 틱톡은 우선 녹색 옷을 입고 신발을 신는다. 도로시와 진저를 찌른다. 복도로 나가서 피에 젖은 녹색 옷과 신발을 벗고 칼을 어딘가에 버린다. 다시 방으로 돌아와서 도로시의 얼굴 위에 쓰러진다."

"굉장해! 엄청난 추리야! 그게 틀림없어!" 허수아비가 외쳤다.

"터무니없군. 절대로 그런 짓 안 했어."

"틱톡 말이 맞아. 그 추리는 성립이 안 돼." 젤리아가 선언했다. "일단 그 녹색 옷과 신발은 인간용이었어. 아무리 큼직하다고 해도 틱톡이 입거나 신을 수는 없지. 만약 착용이 가능했다고 쳐도 틱톡은 신발을 벗은 후에 진저의 시체가 있는 경비실을 지나서 다시 이 방으로 돌아와야 해. 경비실을 통과했다면 반드시 피 묻은 발자국이 남았을 거야."

"피 묻은 발자국은 널렸잖아." 빌이 말했다.

"이건 전부 우리가 남긴 거야. 틱톡이 남긴 건 하나도 없어."

"아무래도 내 혐의는 풀린 모양이군."

"혐의가 풀린 건 아니야." 젤리아가 말했다. "그저 현재로서는 네가 범인임을 적극적으로 나타내는 증거가 없다는 뜻이지."

"도대체 뭐야?" 빌이 말했다. "틱톡은 범인이야, 범인이 아니야?"

"난 내가 범인이 아니라는 걸 알아. 넌 어떻게든 나를 범인으로 만들어야 속이 시원하겠냐?" 틱톡이 버럭 화를 냈다.

"무죄 추정의 원칙이야, 빌." 젤리아는 말했다. "증거가 없는 한 틱톡을 범인 취급해서는 안 돼."

"어쩐지 답답하네. 콜롬보처럼 범인이 자백할 때까지 노력하는 수밖에 없겠어." 빌은 아쉽다는 듯이 말했다.

"넌 나를 범인으로 단정한 모양이지만, 사실무근이야." 틱톡이 툴툴댔다.

"그럼 누가 범인이야?"

"알면 벌써 말했겠지. 태엽이 다 풀린 상태여서 아무 기억도 안 나. 아까도 말했잖아!"

젤리아는 말다툼이 벌어졌는데도 개의치 않고 곰곰이 생각에 잠겼다.

"뭔가 생각났나요?" 오즈마가 물었다.

"아니요. 하지만⋯⋯."

"말해봐요."

"마음에 걸리는 점이 있어요."

"뭔데요?"

"지금은 까놓고 말씀드릴 수 없어요."

"왜요?"

"누군가를 범인 취급하게 될 테니까요."

"다시 말해 범인이 누구인지 짐작이 간다는 뜻인가요?"

"현시점에서는 그 정도까지는 아니에요."

"수사를 진행하면 확실해질 것 같은가요?"

"그것도 장담은 못 드리겠네요."

오즈마는 글린다를 보았다.

글린다는 천천히 고개를 끄덕였다.

"알았어요, 젤리아. 당신은 이대로 수사를 속행해요." 오즈마는 엄숙하게 말했다.

"범인이 밝혀지면 어떻게 하실 생각이세요? 오즈의 나라에는 법정도 교도소도 없는데요."

"그건 걱정할 필요 없어요. 우리가 알아서 대응할게요."

젤리아는 눈을 감았다. 그리고 뭔가 결심한 듯 눈을 떴다. "그럼 수사를 진행할게요. 실례하겠습니다." 젤리아는 방에서 나가려고 했다.

"젤리아." 오즈마가 불러 세웠다.

"예. 무슨 일이세요?"

"캔자스에 이번 일을 알리는 역할을 맡아주겠어요?"

"예." 젤리아는 입술을 깨물었다.

"헨리 숙부는 입원 중이라는군요. 부디 충격을 받지 않도록 배려해서 잘 좀 전해줘요."
 "알겠습니다." 젤리아는 방을 뒤로했다.
 빌은 허둥지둥 젤리아를 뒤따라갔다.

10

"도로시와 쇼코의 죽음은 사고로 처리됐대." 줄리아가 말했다.

이모리는 연구실에서 얼굴을 손에 묻었다. "왜 걔들이 이런 일을……."

"그래서 내가…… 우리가 그 이유를 규명하려는 거잖아."

"오즈마가 수사관으로 임명한 사람은 젤리아 잼이야."

"물론이지. 하지만 지구에서 수사를 하는 게 헛일이라고는 생각지 않아. 이쪽 인간관계를 조사하면 뭔가 알아낼 수 있을지도 몰라."

"그런 말이 아니야!" 이모리는 괴로운 듯이 말했다. "수사 책임자는 젤리아 혼자야. 빌은 아무 관계도 없다고."

"그게 무슨 뜻이야?"

"역시 나는 협력 못 하겠어."

"갑자기 왜 그래? 아까 둘이 협력해서 수사하기로 했잖아."

"도로시까지 살해당해서 상황이 달라졌어. 젤리아는 수사 책임자로 정식 임명됐지. 나는 수사를 못 해."

"그렇게 따지면 나한테도 수사 권한은 없는걸."

"젤리아는……."

"젤리아와 나는 별개의 인격이야. 그저 기억과 생사를 공유할 뿐이라고."

"그럼 너도 이번 일에서는 손을 떼는 게 좋겠어."

"왜 그렇게 무책임한 소리를 하는 거야?"

"찜찜한 예감이 들어. 분명 이걸로 끝나지 않아."

"누군가 더 희생된다는 뜻?"

"예전에도 이런 일이 있었지. 괜히 발을 들여놔서 좋을 것 하나 없어."

"……이미 틀렸어." 줄리아가 불쑥 말했다.

"뭐?" 이모리는 얼굴에서 손을 뗐다.

"우리는 이미 사건에 발을 깊숙이 들여놨으니까."

"아니야."

"젤리아와 빌은 이미 사건 현장에서 수사를 시작했어."

"빌은 그저 그 자리에 있었을 뿐이야."

"그 자리에 있었으니 발을 들여놓은 셈이지. 거기에는 사람이 아주 많았어."

"거기에 있던 사람들은 믿을 만해……." 이모리는 말을 멈췄다. "믿을 만하겠지?"

"장담은 못 하겠네. 적어도 몇 명을 빼면 입막음이 안 된다고 봐야겠지."

"그렇다면 젤리아와 빌이 위험해."

"즉 나랑 당신도 위험하다는 뜻이지."

"아아, 맙소사." 이모리는 울먹이는 듯한 목소리로 말했다.

"우는소리 하지 마."

"우는소리 정도는 하게 놔둬." 이모리는 뭔가 생각하기 시작했다. "지금부터 죽어라 열심히 해야 하니까."

"할 마음이 생겼다는 뜻?"

"할 마음이 생겼다기보다는 해야 한다는 걸 깨달았을 뿐이야."

"일단은 뭘 할까?"

"도로시, 지구에 있는 도로시의 교우관계를 조사하자. 하지만 난 도로시에 관해 전혀 모르는 거나 마찬가지야. 넌 친구니까 잘 알지 않아?"

"응. 어느 정도는."

"숙부 부부가 계신다면서?"

"응. 도로시의 죽음을 알려야 하다니 마음이 무겁네." 줄리아는 한숨을 쉬었다.

"그 밖에는? 연인은 없었어?"

"연인은 아니지만 걔를 사랑한 사람은 있어."

"짝사랑?"

"음, 미묘한데. 도로시가 은근히 여지를 남기는 태도를 보였거든."

"그에게도 도로시의 죽음을 알려야겠군."

"그들이야."

"응?"

"삼각관계였어."

"이거 주의가 필요하겠군. 이름은?"

"지누 소지와 시노다 다케오."

"그들도 누군가의 아바타라라든가?"

"왜 그렇게 생각해?"

"근거는 없어. 그냥 그러면 이야기가 빠를 것 같아서."

"오즈의 나라 이야기를 꺼내서 단도직입적으로 물어볼 수 있으니까?"

"그런 셈이지."

"축하해. 그들은 아바타라야."

"빌이 아는 인물이야?"

"허수아비랑 양철 나무꾼이야."

이모리는 휘파람을 불었다. "마냥 좋아할 일은 아니로군. 골치 아플 것 같아."

"그렇게 걱정할 필요 없어. 당신과 마찬가지로 아바타라는 성격이 다르니까."

"연락처는 알아?"

줄리아는 어깨를 으쓱했다. "도로시는 알고 있겠지만."

"어떻게 알아낼 방법 없을까? 일하는 곳이라든가?"

"둘 다 우리 학교 학생이니까 캠퍼스를 돌아다니다 보면 눈에 띄지 않을까?"

"재학생이었어? 학부랑 학과는?"

"몰라. 관심 없었거든."

"알았어. 일단 캠퍼스를 돌아다니며 닥치는 대로 물어보자."

 두 사람은 예상외로 금방 발견됐다. 둘은 사고 현장에서 펑펑 울고 있었다.

 잠시 기다리면 진정될 줄 알았지만 30분이 지나고 한 시간이 지나도 울음을 그칠 낌새가 없었다.

 "가엾게도, 아주 좋아했나보군." 이모리는 연민이 담긴 눈으로 두 사람을 보았다.

 "울고 싶은 만큼 울게 놔두고 싶지만." 줄리아가 말했다. "이렇게 기다리는 건 시간 낭비야."

 "인정이라고는 없군."

 "물론 나도 주저앉아 펑펑 울면 좋겠어. 하지만 나는 오즈마가 임명한 수사 책임자야."

 "오즈마가 수사 책임자로 임명한 사람은 젤리아야. 네가 그렇게까지 책임을 느낄 필요는 없잖아?"

 "젤리아와 나는 일심동체야. 당신이랑 빌은 그렇지 않아?"

 "어려운 질문인데."

 "단순하게 말하면 어느 쪽이야?"

 "애매모호해. 이성의 측면에서는 나랑 빌을 구별해야 한다고 생각하고, 그러기를 바라. 하지만 감성의 측면에서는 나를 빌과 동일시할 때가 많지. 빌도 그런 모양이고."

 "그럼 자신을 빌이라고 여기면 편하지 않나?"

"딱히 편하지 않아도 되는데."

지누와 시노다가 좀 잠잠해졌다.

"오. 울음을 그치려나?" 이모리가 말했다.

"울음을 그치는 게 아니라 체력에 한계가 와서 의식을 잃을 것처럼 보이는데."

"우는 건 체력을 상당히 소모하는 행위인가보네."

지누는 땅에 주저앉아 고개를 숙인 채 가끔 경련하듯 몸을 움찔거렸다. 시노다는 위를 보고 쓰러져 신음하듯이 울음을 토해냈다.

"잠깐 이야기 좀 할 수 있을까요?" 이모리는 지누의 어깨에 손을 올렸다.

지누는 눈을 희번덕 돌려서 이모리를 째려보았다. "누구야?"

"어, 그러니까…… 도로시 씨의 지인입니다."

"도……로시?" 처음에는 멍하던 지누의 눈에 갑자기 험악한 빛이 깃들었다. "너, 그녀랑 무슨 관계야?" 지누가 덤벼들어 이모리의 멱살을 잡았다.

"헉! 지인입니다. 그냥 아는 사이에요!" 이모리는 간신히 지누의 손을 뿌리쳤다.

"정말이야?" 지누는 야수 같은 눈으로 이모리를 노려보았다.

"아, 제발 좀……." 이모리는 중얼거렸다.

"뭐라고!" 쓰러져 있던 시노다가 갑자기 소리쳤다.

"아니. 그러니까……."

시노다는 몸을 탁 튕겨서 우뚝 섰다. 도무지 인간 같지 않은 동작이었다.

"그녀의 지인이라고?" 시노다는 마치 순간이동이라도 한 것처럼 단숨에 몇 미터나 되는 거리를 좁혀서 이모리의 눈앞으로 다가왔다.

"헉! 헉! 흐헉!"

이모리는 마치 호러 영화 같다고 생각했다.

"예. 지인입니다. 그냥 아는 사이……."

시노다가 엄청난 힘으로 이모리를 떠밀었다. 2미터 가까이 밀려난 이모리는 땅에 쓰러져 두세 바퀴 굴렀다.

"그냥 아는 사이라고 했잖습니까." 이모리는 당장에라도 눈물이 날 것 같은 기분으로 말했다.

"누구 허락을 받고…… 누구 허락을 받고 그녀에게 접근했어?"

"아니요. 허락을 받은 건 아니고요……."

"멋대로 접근했나?"

"이걸 뭐라고 해야 하나. 그러니까 그녀가 친절하게도 저를 도와줘서……."

"그녀가 먼저 접근했다 그거야?"

"뭐, 그런 셈이죠."

"거짓말하지 마!" 이모리는 등에 충격을 받았다.

어느새 지누가 일어서서 이모리의 등을 때렸다.

큰일이다. 이래서는 협공을 당하겠는데.

"그녀가 그렇게 헤픈 여자라는 거야!" 시노다도 격앙된 목소리로 외쳤다.

"아닙니다. 헤프게 행동한 게 아니라 쓰러진 저를 도와줬어요."

"즉 그녀의 다정한 심성을 이용했다는 뜻이로군!" 지누가 핏발이 선 눈으로 노려보며 말했다.

아이고. 어떻게 대답해야 정답일까?

이모리는 어찌할 바를 몰랐다.

아무래도 이 두 사람은 너무 슬픈 나머지 실성한 모양이다. 내가 어떻게 대답해도 도로시를 모욕했거나 몹쓸 방법으로 유혹하려 들었다고 받아들이겠지. 긍정하든 부정하든 활활 타오르는 그들의 분노에 기름을 끼얹는 격이다. 그렇다면 아무 대답도 말고 달아나는 것이 상책이겠지.

이모리는 아무 말도 없이 달아나려고 했다.

그런데 느닷없이 몸이 앞으로 기울더니 땅이 얼굴로 다가왔다.

서둘러 손으로 얼굴을 가렸지만 아주 큰 충격을 받았다.

뭐지, 이건? 이런 식으로 쓰러진 건 어릴 적 이후로 처음이다.

이모리는 일어서려고 하다가 또 쓰러졌다.

방금 쓰러졌을 때의 충격으로 코피가 났는지 땅에 피가 뚝뚝 떨어졌다.

이모리는 다리가 움직이지 않는 걸 깨달았다. 돌아보자 두 남자가 이모리의 발목을 하나씩 붙잡고 있었다.

"어딜 도망가려고." 시노다가 중얼중얼 말했다. "그녀를 더럽히려는 놈을 절대로 놓칠 수는 없지."

"죽여버리겠어." 지누도 중얼거렸다. "반드시."

어쩌면 이대로 진짜 죽는 것이 아닌가 싶었다.

문제는 이것이 지구에서 단독으로 일어나는 일이냐 오즈의 나라와 연동된 일이냐. 만약 오즈의 나라에서 빌이 살해당했다면 이모리의 목숨도 여기서 끝이다. 하지만 빌이 살해당하지 않았다면 아직 희망이 있다.

도대체 어느 쪽이지?

지누와 시노다가 우렁차게 고함을 질렀다.

어느 쪽이든 간에 틀림없이 여기서 죽는다.

이모리는 각오하고 눈을 감았다.

갑자기 발목이 가벼워졌다.

고개를 돌리자 줄리아가 뒤에서 두 남자의 목을 각각 한 손으로 꽉 쥐고 이모리에게서 떼어내는 중이었다.

두 남자는 균형을 잃고 뒤로 벌렁 나자빠졌다.

바로 벌떡 일어날 줄 알았는데, 두 남자는 쓰러진 채 다시 큰 소리로 엉엉 울기 시작했다.

"줄리아, 무술 같은 거 배웠어?" 이모리가 물었다.

"아니. 하지만 둘 다 눈에 뵈는 게 없는 것 같아서 해볼 만하겠다 싶었어."

"만약 목을 잡았는데도 내 발목을 놓지 않았다면 어떻게 할 생각이었어?"

"목을 꽉 쥐고 있으면 숨이 막힐 테니 결국은 발목을 놨겠지."

"그렇군. 합리적인 판단이야."

"그런데 진술 청취는 어떻게 할래?"

"음. 지금은 힘들 것 같은데. 나중에 두 사람이 진정되거든 이야기를 듣도록 하자."

이모리는 울음을 그치지 않는 두 사람을 그저 바라보았다.

11

"그 두 사람이 허수아비와 닉의 아바타라였구나?" 궁전 중앙정원에서 빌이 젤리아에게 물었다.

"응, 맞아." 젤리아가 대답했다.

"이쪽에서는 둘 다 도로시의 죽음에 별로 충격을 안 받은 것처럼 보였는데."

"본체와 아바타라는 별개의 인격이니까."

"그런데 앞으로 뭘 조사할 거야?"

"별건 아니야. 닉이 증언한 내용의 진위를 가리려고."

"닉을 의심하는 거야?"

"아니야, 빌. 아쉽겠지만 난 닉을 눈곱만큼도 의심하지 않아."

"그럼 왜 굳이 진위를 가리는데?"

"확인 작업이야. 닉이 거짓말을 하지 않았음을 아는 것도 하나의 정보니까."

"그럼 만약 거짓말을 했다면?"

"그게 더 큰 정보지. 하지만 닉은 분명 거짓말을 하지 않았을 거야."

"어째서 그렇게 생각해?"

"닉은 바보가 아니야. 쉽게 들통날 거짓말을 하지는 않아."

"그럼 만약 허수아비가 같은 이야기를 했다면?"

"핵심을 찌르는 좋은 질문이야. 하지만 허수아비도 똑같아. 애당초 그는 거짓말을 해야겠다는 발상을 못 하거든."

"그렇구나. 이해했어."

기묘한 소녀가 수많은 꽃이 만발한 중앙정원에서 노래를 부르며 춤을 추고 있었다.

"안녕, 스크랩스." 젤리아가 소녀에게 말을 걸었다.

"안녕, 젤리아 잼." 스크랩스는 춤을 멈추려고 하지 않았다. "어머. 걔는 누구야?"

"애는 도마뱀 빌이야."

"만나서 반가워, 빌. 난 누더기 소녀 스크랩스야."

"난 또 누더기 소녀가 별명인 줄 알았지." 빌이 말했다.

"어머. 누더기 소녀는 별명이야. 본명은 스크랩스."

"그게 아니라 정말로 누덕누덕하구나 싶어서."

"응. 난 원래 헝겊을 기워서 만든 인형이었으니까."

"어엇! 인형인데 살아 있다!" 빌은 놀라서 소리를 질렀다.

"빌, 우리 일행을 봐놓고서 스크랩스한테 진심으로 놀라는 거니? 그리고 넌 누더기 소녀에 대해 알고 있었잖아." 젤리아가 작은 목소리로 말했다.

"요전에 검프를 보고 놀라지 않았더니 툴툴거렸잖아. 그래서 실은 놀라지 않았지만 일부러 놀란 척한 거야."

"걔, 지금 일부러 심술궂게 구는 거야?" 스크랩스가 천진한 표정으로 물었다. 실은 눈알이 단추로 되어 있어서 무슨 말을 하든 얼굴은 천진한 표정을 유지하겠지만.

"미안해, 스크랩스. 빌에게 나쁜 뜻은 없어." 젤리아가 사과했다.

"괜찮아. 그럴 줄 알았어. 난 그냥 내 추측이 맞는지 틀린지 확인하고 싶었을 뿐이야. 라라라라~."

"왜 노래하며 춤추는 거야?" 빌이 물었다.

"즐거우니까."

"그거 어느 쪽이야?"

"어느 쪽이냐니?"

"뭔가 즐거운 일이 있어서 노래하며 춤추는 거야? 아니면 노래하고 춤추면 즐거우니까 그러는 거야?"

"아아, 그런 뜻이구나." 스크랩스는 명랑하게 폴짝 뛰었다. "둘 다야."

"뭐야. 둘 다구나. 그런데 왜 그렇게 명랑해?"

"내 머릿속에는 이상야릇한 게 잔뜩 들었거든. 날 만들 때 오조가 저지른 짓이지."

"오조?"

"뭉크킨의 남자애. 그때 무슨 일이 있었는지 자세하게 듣고 싶니?"

"으음. 오래 걸릴 것 같아?"

"그렇게 오래 안 걸려. 한 시간 반쯤이면 끝날 거야."

"그럼 됐어. 흥미 없거든."

"어머, 아쉬워라. 루루루루루~." 누더기 소녀는 전혀 기분 나빠하는 기색 없이 계속 춤췄다.

"네가 태어났을 때의 이야기 말고 다른 이야기를 듣고 싶은데." 젤리아가 말했다.

"좋아. 무슨 이야기인데?" 스크랩스는 등을 젖혀 머리를 거꾸로 하고 물었다.

"아까 닉이 여기에 왔었니?"

"닉이라니?"

"그것 봐. 닉은 거짓말을 했어!" 빌이 단정 지었다. "녀석이 범인이야!"

"왜 그렇게 생각해?" 스크랩스가 물었다.

"닉은 너랑 이야기를 나누었다고 했어. 그런데 넌 모르잖아. 즉 닉이 거짓말을 했다는 뜻이지."

"흠흠." 스크랩스는 하늘하늘 춤췄다. "흥미롭네."

"빌, 괜히 쓸데없는 소리 하지 마." 젤리아가 빌을 야단쳤다.

"걔는 순수한 것 같아." 스크랩스가 말했다. "하지만 아마 닉은 거짓말 안 했을걸."

"하지만 넌 모른다고 했어." 빌이 말했다.

"모른다는 말은 안 했어."

"그랬나? 그럼 뭐라고 했는데?"

"나는 '닉이라니?'라고 했어."

"그것 봐, 닉을 모르잖아. 모른다, 즉 닉을 만난 적 없다는 뜻 아니야?"

"그렇지 않아, 빌. 난 닉을 알고 만난 적도 있단다."

"그럼 왜 '닉이라니?'라고 했어?"

"어느 닉인지 물어본 거야."

"닉이 또 있어?"

"글쎄, 모르겠는데."

"모르는데 물어봤어?"

"응. 모르니까 물어봤지. 알면 뭐 하러 물어보겠니?"

"그렇구나. 지당한 말이야. 젤리아, 스크랩스는 틀린 말을 하지 않았어."

"빌, 방금 내가 쓸데없는 소리 하지 말라고 했을 텐데."

"엄청 오싹오싹해!" 스크랩스는 2, 3미터 높이로 뛰어올랐다. 그리고 바람을 맞으며 흔들흔들 떨어졌다.

"감기라도 걸렸어?" 빌이 물었다.

"아니. 난 누더기 인형이라서 감기에 안 걸려." 스크랩스가 대답했다.

"그럼 왜 오싹오싹해?"

"범죄가 없는 오즈의 나라에서 사건이 일어났으니까."

젤리아는 빌을 노려보았다.

"난 아무 말도 안 했어." 빌은 입을 삐죽 내밀었다.

"아니. 너무 많이 말했어. 스크랩스는 겉모양은 허수아비와 흡사하지만 머리에는 지혜가 담겨 있다고." 젤리아는 낙담한 표정으로 말했다.

"정확하게 말하면 '지혜'가 아니라 '총명함'이지만. 뭐, 서로 엇비슷하지." 스크랩스는 명랑한 목소리로 말했다.

"난 아무 말도 안 했지?" 빌이 확인했다.

"넌 오즈의 나라에서 무슨 범죄가 일어났고, 양철 나무꾼 닉 황제가 용의자 중 한 명이라고 했어." 스크랩스는 유쾌하게 말했다.

"아니야. 그런 말 안 했어." 빌은 손을 내저으며 부정했다.

"스크랩스는 네 말을 분석해서 그런 결론에 도달한 거야." 젤리아는 말했다. "널 단순한 도마뱀이라 무시하지 않았어. 어쩌면 스크랩스가 수사 책임자에 적합할지도 모르겠네."

"내게는 무리야." 스크랩스가 말했다. "딱딱한 수사는 질색이야. 내게는 노래하고 춤추는 게 어울려, 라라~."

"저기. 어떻게 범죄가 일어난 줄 알았어?" 빌은 신기하다는 표정을 지었다.

"네가 '녀석이 범인이야!'라고 했잖아. 범죄가 일어났으니까 범인이 있겠지."

"고작 그거 가지고 알았어?"

"그 정도면 충분해. 그리고 너희는 닉이 증언한 내용의 진위를 확인하려고 했어. 즉 닉은 용의자 중 한 명이야."

"굉장하다. 셜록 홈스 같아."

"그리고 여기서부터는 내 추측. 일부러 수사에 나섰으니 중대범죄겠지. 절도나 기물파손 정도로는 굳이 수사에 나서지 않아. 애당초 오즈의 나라에서는 도둑질을 하지 않아도 원하는 걸 대부분 손에 넣을 수 있고, 물건이 파손됐다고 난색을 표하는 사람도 없어."

"그럼 뭐일 것 같아?"

"두말할 것도 없이 살인이야. 내 말이 맞지?"

"우와! 대단……."

젤리아는 빌의 입을 막았다. "아무 근거도 없이 살인이라니."

"넌 스스로 판단을 내려서 멋대로 범죄를 수사할 사람이 아니야. 분명 누군가에게 수사를 의뢰받았겠지. 네게 수사를 의뢰할 수 있는 사람은 누굴까? 닉은 용의자 중 한 명. 그렇다면 좀 더 높은 사람? 오즈마 여왕님? 글린다? 이 두 사람 중 한 명이 수사를 해야 한다고 마음먹었다면 아주 중요한 범죄겠지? 그렇다면 분명히 살인이야."

"추측에 지나지 않아."

"그래. 추측에 불과하지. 그런데 살해당한 건 누구야?"

젤리아는 빌의 입을 더 세게 막았다.

"살인사건이 일어났다 쳐도 글린다라면 마법책으로 범인을 알아낼 수 있겠지. 하지만 못 알아냈어. 짐작 가는 이유는 두 가지. 하나는 범인도 피해자도 인간이 아니었을 경우. 마법책에 기록되는 대상은 인간으로 한정돼. 또 하나는 마법으로 보호되는 구역에서 범죄가 일어났을 경우야. 마법으로 보호되는 궁전 안에서 남의 눈에 띄지 않을 곳이라면 안채겠네. 안채에 들어갈 수 있는 사람은 한정되어 있어."

"너도 들어갈 수 있잖아."

"응. 나도 들어갈 수는 있지. 하지만 굳이 아무 이유도 없이 들어가지는 않아."

"누구한테 어떤 이유가 있었는지는 알 수 없어."

"맞아. 하지만 늘 안채에 있는 사람이 누구인지는 알지. 가능성의 문제야." 스크랩스는 폴짝폴짝 뛰었다. "젤리아, 내가 한 가지 알려줄까?"

"뭔데?"

"네가 수사 중인 살인사건의 범인이 누구인지는 몰라. 하지만 현재 벌어지고 있는 살인사건의 범인은 누군지 알겠어."

"무슨 소리니?"

"내 눈앞에 펼쳐진 광경, 빌이 거품을 물고 죽어가고 있다는 소리야."

젤리아는 허둥지둥 손을 치웠다.

축 늘어진 빌은 땅에 쓰러졌다.

"이건 살인이 아니라 사고야."

"그럼 업무상 과실치사로 정정할게. 루루루~."

젤리아는 빌을 똑바로 눕히고 가슴을 눌렀다.

"만약 살려내지 못하더라도 먹으면 죄가 아니야. 나도 먹는 걸 도와주고 싶지만 못 먹어서 안 되겠네. 미안해." 스크랩스가 멍키 댄스*를 추며 말했다.

*원숭이처럼 팔다리의 힘을 빼고 축 늘어뜨린 모습으로 추는 춤.

"고마워. 하지만 걱정 마. 사자나 배고픈 호랑이한테 빌은 한 입 거리밖에 안 되니까." 젤리아는 심장 마사지를 계속했다.

"후핫." 빌이 숨을 내뱉었다. "방금 누군가가 날 먹는 걸 두고 서로 상의하지 않았어?"

"나랑 젤리아였어. 하지만 안심해. 난 아무것도 안 먹으니까." 스크랩스가 대답했다.

"그럼 젤리아가 날 먹으려고 했어?"

"다른 방법이 없었다면." 젤리아는 어깨를 움츠렸다.

"빌, 최근에 늘 너랑 같이 있던 애는 어쨌니?" 스크랩스가 물었다.

"스크랩스, 너 빌을 알고 있었어?" 젤리아가 놀라서 물었다.

"직접 보는 건 처음이야. 하지만 소문은 들었지. 도로시가 죽음의 사막에서 죽어가던 도마뱀을 발견했다던데."

"늘 나랑 같이 있는 애라면 젤리아 말이야? 젤리아는 분명 오즈의 나라에 있을 거야." 빌이 대답했다.

"고마워, 빌. 하지만 젤리아는 내 눈에도 보이는데 굳이 왜 물어보겠니."

"휴. 역시 나 말고 다른 사람들한테도 보이는구나. 만약 스크랩스가 젤리아에 대해 물어본 거였다면 스크랩스에게는 젤리아가 안 보인다는 뜻이잖아. 그럼 어쩌나 가슴이 콩닥콩닥했다고."

"너한테만 보일 리가 없잖아." 젤리아가 말했다.

"젤리아가 유령이거나, 아니면 내 망상일 수도 있잖아. 둘 다 무섭다, 그치?" 빌이 물었다.

"진짜 무섭다." 스크랩스가 벌벌 떠는 시늉을 했다.

"젤리아가 아니라면 도로시 말이야?"

"응, 도로시."

"도로시는……." 빌은 젤리아의 얼굴을 힐끔 보았다. "아차, 위험했다. 위험했어."

"뭐가 위험한데?" 스크랩스는 경쾌하게 뛰며 돌아다녔다.

"말하면 안 되지?" 빌은 젤리아의 얼굴을 들여다보았다.

"처음부터 말을 하지 말았어야 했어." 젤리아는 이마를 눌렀다.

"비밀로 할게." 스크랩스가 말했다.

"정말? 믿어도 되지? 고마워."

"인사는 안 해도 돼, 젤리아 잼. 다 나 자신을 위한 거니까. 오즈마 여왕님을 적으로 돌려서 좋은 일은 없지 않겠어?"

"넌 늘 올바른 판단을 하는구나, 스크랩스."

"너도 그래, 젤리아."

"빌을 데리고 다니는데?"

"그럼. 빌을 데리고 다니는 건 최상의 판단이야."

"얘는 쓸데없는 소리만 하는데도?"

"응, 그러니까. 얘를 내버려두면 어떻게 될 것 같아?"

"모르겠어. 빌은 그다지 신뢰를 받지 못하니까 아무도 말을 곧이듣지 않을 것 같은데."

"오즈의 나라에는 지혜로운 자도 있어."

"스크랩스, 너처럼?"

"난 그냥 총명할 뿐이야. 진정한 지혜는 지니고 있지 않아."

"지혜로운 자들은 어디에 있는데?"

"진짜로 지혜로운 자는 모습을 드러내지 않아. 하지만 오즈마 여왕에게는 그들이 없다고 해두는 편이 좋을지도 모르지."

"어째서?"

"지혜로운 자는 안전한 자야. 남에게도 자기 자신에게도. 하지만 지혜로운 자를 두려워하는 자도 있어. 그런 자들에게 지혜롭다는 사실을 들켜서는 안 돼."

"넌 지혜로운 자니?"

"잊지 마. 내게 지혜는 없어. 그냥 총명할 뿐이지."

"스크랩스, 날 도와주지 않을래?"

"내게 수사는 어울리지 않아. 적임자는 너야."

"자신이 없는걸."

"자신을 가져. 넌 분명히 범인을 금방 알아낼 거야. 지금 확인 작업 중이니까."

"왜 그렇게 생각하지?" 젤리아는 날카로운 눈으로 스크랩스를 응시했다.

"네 태도를 보면 알아. 넌 전혀 안달하지 않거든. 마치 범인을 벌써 점찍어놓기라도 한 것처럼."

"충고 고마워, 스크랩스. 조금만 더 조사해볼게."

그렇게 말한 후 젤리아는 빌을 데리고 중앙정원을 떠났다.

누더기 소녀는 아무 일도 없었다는 듯이 계속 노래하며 춤췄다.

12

 그 소동을 겪은 지 며칠이 지났다.
 시노다와 지누의 모습은 더 이상 학교에서 보이지 않았다.
 줄리아는 지인에게 수소문하여 두 사람의 집을 알아냈다.
 일단 지누가 사는 연립주택으로 향했지만 불러도 대답이 없고 문도 잠겨 있었으므로 포기하고 시노다가 사는 연립주택으로 향했다.
 시노다도 초인종에는 대답이 없었지만 문은 잠겨 있지 않았다.
 "시노다, 있어?" 줄리아는 문을 열고 어둑어둑한 안에다 말을 걸었다.
 역시 대답은 없었다.
 낮인데 너무 어둡다. 커튼만 쳐놓은 게 아니라 창문 셔터를 내린 것 같았다.
 "시노다, 들어갈게." 줄리아는 집 안에 발을 들여놓았다.
 "이봐. 멋대로 들어가지 마."

"왜? 아는 사람이니까 괜찮잖아?"

"아니. 어지간히 친한 친구나 연인이 아닌 한 멋대로 들어가서 좋을 것 없지."

"상황이 상황이잖아. 우물쭈물할 시간 없어."

"상황이 상황이니만큼 절차를 제대로 밟아야 해."

"벌써 두 명이나 살해당했어. 시노다한테 무슨 일이라도 생겼으면 어떡할래?"

"그래, 그거야. 무슨 일이라도 생겼으면 어떡하려고? 우리가 가는 곳마다 사람이 변을 당했는데, 경찰에게 뭐라고 해명할 거야?"

"나쁜 짓을 한 것도 아닌데 해명을 왜 해?"

"그런 정론이 통하면 좋겠다만. 특히 난 처음이 아니니까 경찰한테 제대로 찍힐 거야."

"처음이 아니라고? 그게 무슨 뜻이야?" 줄리아는 그렇게 말하면서 집 안쪽으로 자꾸 나아갔다.

"그게, 이야기하면 긴데……." 이모리도 하는 수 없이 뒤따라갔다.

집 안에는 책, 잡지, 먹다 남은 음식, 컴퓨터 부품 등이 쓰레기처럼 어지러이 널려 있어 발 디딜 곳을 찾으며 걸어가야 했다.

"찾았다." 줄리아가 멈춰 섰다.

"뭐라고?" 이모리는 줄리아의 시선이 향한 곳을 보았다. "으헉!"

어둠 속에 무릎을 끌어안은 자세로 맥없이 앉아 있는 사람 같은 형체가 있었다.

　제발 살아 있기를.

　이모리는 뭔가에 기도했다.

　"이제 진정이 좀 됐어?" 줄리아는 그 형체에게 물었다.

　"응?" 시노다는 줄리아와 이모리를 멍하니 올려보았다.

　다행이다. 살아 있는 모양이다.

　"나야. 모르겠어?"

　"누구야?"

　"잊어버렸어? 줄리아야. 안 줄리아. 도로시 친구."

　"도로시……." 시노다는 상황 파악이 안 되는 모양이었다.

　"기억나? 걔는 세상을 떠났어."

　"……뭐? 그건 내가 꾼 꿈이야."

　"오즈의 나라 이야기인가?" 이모리는 줄리아에게 물었다.

　줄리아는 고개를 저었다. "아닐 거야. 지구에서 있었던 일을 꿈이라 믿으려는 거겠지. 이모리, 창문 좀 열어줄래? 햇볕을 받으면 약간은 기분전환이 될지도 몰라."

　이모리는 창문을 열려다가 창문을 막은 것이 셔터가 아님을 알아차렸다. 생각해보면 연립주택 창문에 셔터가 달려 있을 리 없다. 창문은 전부 골판지 박스로 막혀 있었다. 접착테이프로 대충 붙여놓았다.

　이모리는 접착테이프를 찌직찌직 떼어내 골판지 박스를 치웠다.

　햇볕이 더러운 방 안에 비쳐 들었다.

시노다는 얼굴을 찡그렸다.

"자, 햇볕 좀 쬐세……." 이모리는 시노다에게 말했다.

"무슨 짓이야!" 시노다가 갑자기 벌떡 일어서서 이모리에게 몸을 날렸다.

이모리는 뒤로 밀려나서 엉덩방아를 찧었다.

축축한 뭔가가 엉덩이와 등에 들러붙었고, 차가운 감촉이 번졌다.

"도대체 왜 이럽니까?"

"햇볕이 있으면 안 돼."

"왜요?"

"그야…… 그야…….." 시노다의 눈이 공허해졌다. "밤인데 해가 떠 있으면 이상하잖아?"

"이상한 건 당신입니다." 이모리는 냉정하게 반박했다. "지금은 낮 2시라고요."

"아니, 밤이야. 왜냐하면…… 왜냐하면…… 난 잠들어서 꿈을 꾸고 있으니까."

"이거 어느 쪽으로 치고 들어가서 이야기를 풀어나가야 한담?"

"진정해, 시노다." 줄리아는 다정하게 시노다의 어깨에 손을 얹었다. "낮에도 꿈을 꿀 수 있어."

"그쪽으로?" 이모리는 목소리를 높였다.

"그렇구나…… 듣고 보니 그러네." 시노다는 납득한 것 같았다.

"저기, 몇 가지 좀 물어봐도 될까?"

"하지만 난 꿈을 꿔야 하는데……."

"꿈을 꾸면서 대답해도 돼."

"아아. 그럼 상관없어."

"도로시를 죽인 범인은 누굴까? 짐작 가는 사람 있어?"

시노다가 절규했다.

"미안해. 꿈속에서 도로시를 죽인 범인 말이야."

시노다는 어깨를 들먹이며 잠시 숨을 쉬다가 불쑥 중얼거렸다.

"그건…… 그 녀석일지도 몰라."

"누구?"

"분명 로드라고 했어."

"전부터 알고 지내던 사람?"

"아니."

"언제 어디서 만났는데?"

"그러니까…… 그…….": 시노다의 눈빛이 또 이상해졌다.

"알았다. 꿈속이구나."

"그럼요. 꿈속이죠."

"나랑 지누가 그 꿈속 사고 현장에 있었을 때 그 녀석이 다가왔어."

"어떻게 생겼는지 기억나? 성별이랑 나이는?"

"남자야. 하지만 선글라스와 마스크를 끼고 검은색 일색으로 옷을 입어서 나이도 생김새도 모르겠어. 녀석은 슬퍼하는 우리 곁에 와서 말했어."

"뭐라고 했는데?"

"'조사해도 소용없어.'"

"그게 무슨 소리야?"

"모르겠어. '멍청한 허수아비와 양철 인형아, 나는 보복하는 자 로드다. 이 여자는 내가 해치웠다. 하지만 이 세계에서 그런 게 아니야. 그러니까 지구에서는 아무도 날 붙잡지 못해'라고 했어."

"정말로 그렇게 말했어?"

"꿈이었지만."

"그게 다야?"

"'멍청한 시녀와 도마뱀한테도 전해. 난 끝까지 달아날 거라고. 아무도 내 정체를 알아내지 못할 거라고.'"

"자신만만하군." 이모리가 말했다. "지금까지 이렇게 도전적인 녀석은 처음이야."

"지금까지?" 줄리아가 의아한 표정을 지었다.

"응. 전에도 이런 일이 있었다고 했잖아. 이야기하면 길지만……."

"그 이야기는 이번 일을 해결한 다음에 들을게. ……시노다, 그 녀석이 다른 말은 안 했어?"

"……잘 모르겠어. 그 후에 뭔가 말했을지도 모르지만, 똑똑하게는 기억이 안 나." 시노다는 멍하니 말했다.

"그리고 로드는 어떻게 했어?"

"모르겠어. 어느 틈엔가 사라졌더라고. ……어쩌면 그런 놈은 없었는지도 몰라. ……그래. 꿈이니까 없는 게 당연하지."

"지누에게도 이야기를 들어봐야 상황이 정리되겠는데."

"지누 씨는 어디 있을까?" 이모리가 말했다.

"좀 걱정된다."

"누구 있어요?" 쉰 목소리가 들렸다.

밖에 누가 온 모양이었다.

상태가 이상해진 시노다를 남겨두고 이모리와 줄리아는 밖으로 나갔다.

커다란 모자로 얼굴을 가린 여자였다. 온몸을 푹 감싸는 흰옷 차림이었는데, 빤 지 오래됐는지 군데군데 누렇고 옷매무새도 어쩐지 불균형적이었다. 마치 환영 같은 느낌으로 서 있었다.

이모리는 바짝 긴장했다.

이 사람은 로드나, 로드의 동료일까?

"걱정 마. 아는 사람이야." 줄리아가 말했다.

"아는 사람? 어, 그러니까 오즈의 나라에서도?"

"응, 맞아." 줄리아는 여자에게 다가갔다. "오늘 몸은 좀 괜찮니, 유카?"

"응. 오늘은 기분이 좀 좋아." 유카라고 불린 여자는 역시 쉰 목소리로 말한 후에 이모리를 보았다.

이모리는 왠지 유카의 얼굴을 똑바로 봐서는 안 될 것 같아서 시선을 돌렸다.

"이쪽은 이모리야." 줄리아가 유카에게 말했다.

유카는 고개를 한 번 끄덕했다.

"어, 우리 오즈의 나라에서도 아는 사이인가?" 이모리는 겨우 웃음을 지었다.

유카는 미끄러지듯이 이모리에게 다가왔다.

이모리는 어쩐지 사람이 아닌 뭔가가 다가오는 듯한 감각에 사로잡혀 무심코 뒤로 물러났다.

유카는 이모리에게 더 바싹 다가와 귓가에 속삭였다. "응, 맞아."

"저기, 누구인데?"

"난 누더기 소녀야."

"엇, 스크랩스?"

눈앞의 여자가 그 명랑하고 쾌활한 스크랩스라니 도저히 믿기지 않았지만 본체와 아바타라의 성향이 일치하지 않는다는 사실은 지금까지 지겹도록 경험해서 잘 알고 있다. 애당초 빌과 이모리도 아주 동떨어진 존재다. 이제 와서 이 정도의 차이에 놀랄 것 없다.

머리로는 그렇게 이해했지만 스크랩스와 유카는 이미지가 달라도 너무 달랐다. 한순간 줄리아가 자신을 속이려고 하는 것이 아닌가, 혹은 줄리아도 유카라는 여자에게 속은 것이 아닐까 그런 의혹이 뇌리를 스쳤다.

"느낌이 너무 달라서 놀랐어." 이모리는 말했다.

"느낌?"

"너랑 스크랩스 말이야. 스크랩스는 뭐랄까, 사차원 소녀 같다고 할까. 항상 정신없이 노래하고 춤춰서 종잡을 수 없는 느낌이라면, 넌 그…… 묘하게 차분하다고 할까……. 아아, 나쁜 의미가 아니라……."

"나랑 스크랩스에게는 큰 공통점이 있어."

이모리는 유카의 목소리에서 어쩐지 찜찜한 예감을 느꼈다. 공통점이 뭔지 듣고 싶지 않았다. 하지만 흐름상 듣지 않을 수 없었다.

"내가 알몸으로 찍은 사진이 있는데, 볼래?"

이모리는 대답을 할 수 없었다. 긍정의 말도 부정의 말도 입 밖으로 꺼내지 못했다. 대답하지 않고 여기서 사라지고 싶었다.

유카는 이모리의 대답을 기다리지 않고 호주머니에서 사진 한 장을 꺼냈다.

사진이라기에 스마트폰을 보여줄 줄 알았더니만 예전 방식으로 인화한 사진이었다. 오래 가지고 다녔는지 구깃구깃했다.

이모리는 거부하지 못하고 떨리는 손으로 사진을 받아 들었다.

컬러인지 흑백인지 구분이 안 갈 만큼 변색된 사진에는 전라의 소녀가 찍혀 있었다. 그러나 전혀 야하지 않았다. 소녀의 몸은 꿰맨 자국으로 가득했다. 의료기술이 발달한 요즘 세상에 이런 꼴이라니 봉합을 어지간히 서두른 게 아닐까 이모리는 생각했다. 꿰맨 자국을 숨기려고 한 노력은 찾아볼 수 없었다. 오히려 피부가 당겨질 만큼 집요함을 담아 단단히 꿰맨 것처럼 보였다.

이모리는 할 말을 잃었다.

"어때? 누더기 소녀지?"

이모리는 도움을 바라는 마음으로 줄리아를 보았다.

줄리아는 묵묵히 고개를 저었다.

"이건 아버지가 찍은 사진이야. 실험 기록으로. 웃기지? 스크랩스는 생명이 없는 천 조각을 기워서 만들었어. 그리고 난 인간의 유전자를 조합한 돼지 조직을 온몸에 이식받았지. 인간과 짐승을 합쳐서 만든 세공품. 이제 원래의 내가 얼마나 남아 있는지도 모르겠어. 나랑 스크랩스는 똑 닮았어. ……저기, 내 목소리 잘 못 알아듣겠지? 미안해. 분명 돼지 성대라서 그럴 거야."

"어……. 뭐라고 해야 할까."

"유카, 이제 그만해." 줄리아가 말했다.

"뭐야, 내가 나쁜 짓이라도 했어?"

"이모리를 괴롭힌다고 되는 일이 아니잖아."

"하긴." 유카는 빙긋 웃었다. "이모리는 관계없지. 그가 지금까지 행복하게 살아왔다 해도 그건 그의 책임이 아니니까."

"유카, 여기는 왜 왔니? 볼일이라도 있어?"

"응. 너희한테 알려야 할 일이 있어서. 엄청 찾아다녔다고."

"알려야 할 일? 중요한 일이야?"

"도로시를 죽인 범인을 찾는 데 아주 중요할걸."

"도대체 뭔데?"

"지누가 죽었어." 유카는 쉰 목소리로 말했다.

13

"허수아비는 어디에 있어?"

젤리아 잼은 에메랄드 시를 어슬렁거리던 양철 나무꾼을 찾자마자 물었다.

"왜 나한테 묻지?"

"너희들 친구잖아?"

"뭐, 친구겠지." 닉 초퍼는 끽끽 소리 나게 어깨를 돌렸다.

"허수아비의 아바타라가 죽었대."

"아아, 들었어. 어쩐지 어두운 느낌의 여자가 그랬는데. ……이건 시노다의 기억이지만, 시노다 본인은 이해하고 싶어 하지 않는 것 같더라."

"아바타라의 죽음은 본체의 죽음을 의미할 수도 있어."

"흠. 지구에 있는 아바타라가 죽으면 오즈의 나라에 있는 본체도 죽나?"

"반대야. 오즈의 나라에 있는 본체가 죽으면 지구에 있는 아바타라가 죽어."

닉이 머리를 긁적이자 끼익끼익 귀에 거슬리는 소리가 났다.

"여기서는 어지간해서는 죽을 일이 없는데."

"지금까지는 그랬지." 젤리아는 목소리를 낮추었다. "최근에 진저랑 도로시가 살해당한 건 기억해?"

"그 두 명을 죽인 범인이 허수아비도 죽였다는 거야?"

"그런 말은 안 했어. 애당초 허수아비가 살해당했다는 것도 확실하지 않고."

"본체가 안 죽었는데 아바타라만 죽으면 어떻게 되지? 아바타라와의 연결이 끊어지나? 그렇다면 자살을 시도할 가치가 있겠군. 지구인의 기억은 울적해서 짜증이 나."

"아바타라가 죽었다는 스토리는 자동으로 회수되어 없었던 일이 돼." 빌이 말했다.

"무슨 뜻인지 잘 모르겠는데……."

"꿈으로 처리된다고. 죽었다는 사실이 소멸되어 되살아나."

"그것참 편의적인 시스템이로군."

"하지만 그런 걸 어떡해."

"즉 시노다가 자살해도 괴롭기만 할 뿐 바로 다시 연결된다는 거야?"

"응. 하지만 네가 자살하면 연결은 완벽하게 끊겨."

닉은 재빨리 빌의 꼬리를 잡았다.

"닉, 모르나본데 네가 내 꼬리를 잡고 있어."

"알고 그런 거야."

"그럼 놔줄래?"

"왜?"

"엄청 아파. 마치 양철 공구로 죄는 것 같아."

"하지만 난 놓기 싫은데."

"내가 아파하는데도?"

"네가 아파하니까."

빌은 잠시 생각했다. "내가 아프면 좋겠어?"

"응."

"왜 그렇게 매정하게 굴어? 도마뱀한테는 땀샘이 없어서 모르겠지만, 만약 인간이었다면 아파서 식은땀을 줄줄 흘리고 있을 거야."

"네가 내게 매정한 소리를 했으니까 나도 네게 매정한 짓을 하는 거야."

"내가 뭐라고 했는데?"

"나한테 '죽으라'고 했잖아."

"안 그랬어."

"아니, 그랬어."

"닉, 그만해." 젤리아가 엄격하게 말했다.

"못 들었어? 이 자식이 나한테 '죽으라'고 했단 말이야."

"빌은 '네가 자살하면 연결은 완벽하게 끊겨'라고 했을 뿐이야."

"그게 '죽으라'는 거잖아."

"빌에게 나쁜 뜻은 없었어."

"나쁜 뜻이 없다고 해서 아무 말이나 지껄여도 되는 건 아니지."

"닉, 부탁이야."

"어디 보자." 닉은 금속음을 내며 턱을 쓰다듬었다. "실은 나도 나쁜 뜻은 없어."

"아아. 다행이다. 놔주려는 거구나." 빌은 안도하여 말했다.

"난 나쁜 뜻이 있어서 네 꼬리를 잡은 게 아니야."

"그럼 빨리 놔줘."

"하지만 놔줄 수는 없어."

"왜? 나쁜 뜻은 없다면서?"

"나쁜 뜻은 없지만 호기심은 있지."

"호기심?"

"다양한 일에 흥미를 품는 마음 말이야."

"뭐에 흥미가 있는데?"

"도마뱀의 꼬리 자르기."

"아아. 거기에는 이런저런 오해가 있어."

"어떤 오해?"

"다들 아주 간단한 일로 여겨."

"자르면 바로 돋아나는 거 아니야?"

"설마. 재생에는 체력이 엄청 소모된다고. 꼬리를 재생하려다 체력을 다 써서 죽는 도마뱀도 있어!" 빌은 웬일로 잔뜩 화가 난 것 같았다. "꼬리 자르기는 어디까지나 마지막 수단이야."

"하지만 꼬리 말고 다리를 잘라내도 자라나잖아."

"그것도 오해야. 팔다리가 자라나는 건 영원*이야. 도마뱀은 안 그래. 우리 파충류는 양서류만큼 단순하지 않아."

"꼬리를 자르면 분명 꼬리에서도 상반신이 돋아나서 두 마리가 될 텐데."

"그건 플라나리아고. 도마뱀은 편형동물이 아니야."

"그럼 몸을 열 개로 잘라도 열 마리가 안 돼?"

"당연하지. 애당초 도마뱀의 꼬리 재생은 불완전해. 근육과 피부는 재생되지만 뼈는 재생되지 않아. 그러니까 실은 재생이 아니······."

빌이 말을 딱 멈췄다.

둔한 소리와 함께 빌의 꼬리가 끊어졌다.

"미안, 미안. 역시 호기심은 못 이기겠네." 닉은 손을 놓았다.

닉 초퍼가 쥐고 있던 빌의 꼬리는 피를 뿜어내며 거세게 꿈틀거렸다. 절단면에서 꼬리뼈가 쑥 튀어나왔다.

땅에 떨어진 빌은 눈을 부릅뜬 채 몸을 웅크렸다.

"빌! 괜찮니?" 젤리아가 달려왔다.

"······괜찮······지 않아." 빌은 덜덜 떨면서 말했다.

"닉, 너무하잖아."

"그래서 미안하다고 했잖아. 나쁜 뜻은 없었으니까 그렇게 난리치지 마. 금방 돋아날 테지." 닉은 전혀 주눅 드는 기색 없이 말했다.

*도룡뇽과 비슷하게 생긴 양서류.

"빌 말대로라면 원래대로 돌아오지는 않는 거잖아."

"뼈는 안 생……겨……." 빌은 기어드는 목소리로 말했다. "대신에 연골이 생기지. 물렁물렁해."

"빌, 자기 연민을 느끼니?" 젤리아가 물었다.

"그야 물론 그렇지. 하지만 뭐 다람쥐보다는 나을지도 모르겠네. 다람쥐도 위기에 처하면 마지막 수단으로 꼬리를 잘라내지만 전혀 재생이 안 되거든."

"꼬리가 없는 다람쥐라니 너무 볼품없겠다."

"꼬리가 없으면 다람쥐인지 햄스터인지 구분이 안 되겠지. 난 그나마 꼬리 같이 생긴 게 자라나니까 훨씬 나아."

"훨씬 나아서 다행이네, 빌. 축하해." 젤리아는 위로했다.

"그리고 꼬리 자르기를 하는 부분은 정해져 있어. 거기보다 위쪽이 잘리면 재생하기가 힘들지. 이번에는 꼬리 자르기를 하는 부분보다 아래쪽이 끊어졌으니까 다시 자를 수 있어. 운이 좋았네." 빌은 정해진 부분을 다시 절단했다.

"이 일은 오즈마 여왕님께 보고하겠어." 젤리아는 매서운 목소리로 말했다.

"먹으면 죄가 아니야." 닉은 태연하게 대꾸했다.

"넌 못 먹잖아."

"뭐, 배고픈 호랑이에게 주면 기꺼이 먹겠지." 닉은 팔딱팔딱 뛰는 꼬리 조각 두 개를 바라보았다. "맞다. 아까 허수아비가 어쩌고저쩌고 하지 않았어? 결국 뭐가 어떻게 된 건데?"

"유카는 지누가 죽었다고 했어. 알고 있는 건 그것뿐이야."

"허수아비가 살았는지 죽었는지는 모른다는 말이군."

"응. 그러니까 허수아비가 무사한지 확인하고 싶어."

"무사하지 않으면 확인할 수 없겠지만." 빌이 숨을 할딱이며 말했다.

"빌, 네가 이런 꼴을 당한 것도 말이 한마디 많았던 탓이야. 잘 알아둬." 젤리아가 따끔하게 말했다.

"어느 단어가 군더더기였는데? '무사', '확인'?"

"정정하려면 한마디가 아니라 백 마디쯤 정정해야겠지."

"내가 방금 백 마디나 말했어? 뭐, 태어나서 지금까지 따져보면 꽤 많이 말했겠지. 가령 매일 만 마디쯤 한다면 1년에 365만 마디나 366만 마디, 10년이면⋯⋯."

"빌, 넌 분명 결국에는 100억 마디 정도 쓸데없는 소리를 할 거야."

"우와, 굉장하다!" 빌은 행복한 듯한 표정을 지었다.

"빌, 꼬리는 좀 어떠니?"

"꼬리? 악, 꼬리가 잘렸다!" 빌은 다시 상심하여 기운을 잃었다.

"그러고 보니 요 한동안 허수아비를 못 봤군." 닉이 팔짱을 꼈다.

"한동안이면 어느 정도냐?"

"너희랑 똑같아. 네가 수사 책임자로 임명된 이후로 만난 적 없어."

"그렇다면 현재 시점에서 허수아비가 살았는지 죽었는지는 확인되지 않은 셈이네."

"그렇겠지. 질문이 끝났으면 좀 꺼져줄래? 난 아주 바빠."

"뭘 하느라 바쁜데?" 빌이 물었다.

"주로 고찰이지."

"무슨 고찰?"

"잘린 도마뱀 꼬리에 관한 고찰." 닉은 꼬리를 집어 들어 절단면에서 튀어나온 꼬리뼈를 단숨에 뽑아냈다.

뼈가 뽑히면서 피부가 홀랑 뒤집혀 꼬리는 근육이 드러난 상태로 꾸물꾸물 꿈틀거렸다.

젤리아는 불쾌한 듯이 눈을 돌렸다.

"야, 빌. 봐봐, 네 꼬리 속이 훤히 다 보인다."

"보고 있으니까 기분이 역해지는데, 안 보면 안 돼?" 빌은 물었다.

"보기 싫으면 안 봐도 돼. 자, 가자, 빌."

젤리아와 빌은 양철 나무꾼 닉 초퍼의 곁을 떠났다.

"빌, 몸이 안 좋으면 궁전에 누워 있어." 젤리아가 말을 걸었다.

"이제 괜찮아. 피도 멎었고." 빌이 대답했다.

"도마뱀은 다 그러니?"

"결국은 야생동물이니까. 야생동물은 다쳐도 일부러 아무렇지도 않은 척해. 안 그러면 약해졌다는 게 들통나서 천적에게 습격당할 테니까."

"야생동물은 힘들겠구나." 젤리아는 말했다. "내가 야생동물이 아니라서 다행이야."

"저거, 허수아비 아니야?" 빌이 가리켰다.

빌이 가리킨 방향에는 나무로 만들어진 못생긴 인형 같은 것이 농사 비슷한 일을 하고 있었다. 인간이라면 거한이라고 해도 될 만큼 키가 컸다.

"저게? 하나도 안 닮았는걸. 허수아비는 농사용 옷에 짚을 채웠는데, 저건 나무로 되어 있잖아."

"허수아비도 종류가 다양하니까 저것도 허수아비인 줄 알았어."

"아아. 허수아비라는 보통명사를 말한 거구나."

"안녕." 허수아비 같은 사람이 인사를 했다. 호박으로 만든 머리에 으스스한 얼굴이 조각되어 있었다.

"끄악!" 빌이 비명을 질렀다. "괴물이다! 괴물이 나타났다!"

"어휴. 이제 와서 놀라는 이유는 뭐니?"

"그게, 진짜 괴물을 본 건 처음이거든."

"허수아비랑 닉 초퍼를 보고는 아무렇지도 않았는데?"

"응? 걔들도 괴물이었어?"

"그러게." 젤리아는 팔짱을 꼈다. "뭐, 굳이 따지자면…… 괴물이 아닐 거야."

"일단 따져보기는 해야 하는 거네."

"뭐, 어쩔 수 없지. 애당초 괴물은 정의가 엄밀하지 않고 막연해. 뭐, 정의할 수 없으니까 괴물이라고 할 수도 있겠고, 그렇게 보면 괴물은 전부 막연한 존재라고 할 수도 있겠네."

"결국 어느 쪽이야?"

"어느 쪽이든 상관없다는 뜻이야. 하지만 이 호박 머리 잭은 허수아비와 닉 초퍼, 검프, 스크랩스와 같은 부류로 보는 편이 낫겠어."

"으음. 내가 괴물인지 아닌지를 두고 다투는 것 같은데?" 잭이 말했다.

"미안해, 잭. 나쁜 뜻은 없었어." 젤리아가 대답했다.

"그건 너한테도 나쁜 뜻이 없다는 말이야?"

"물론 내게도 나쁜 뜻은 없어."

"빌에게 나쁜 뜻이 없다는 건 바로 알았어. 그리고 네게도 나쁜 뜻이 없다는 건 지금 확인했고. 이제 아무 문제도 없군."

"빌에게 나쁜 뜻이 없다는 건 어떻게 알았니?"

"기껏해야 도마뱀이 흉계를 꾸미지는 못할 테니까."

"이 사람한테는 뇌가 없지?" 빌이 물었다.

젤리아는 빌의 입을 틀어막으려다가 멈췄다. 그리고 결국 입을 가볍게 쥐기로 했다.

이걸로 충분해. 또 숨이 막혀서 쓰러지기라도 하면 큰일이야.

"왜 뇌가 없다고 생각하지?" 잭이 물었다.

"호박이니까. 식물한테 뇌가 없다는 건 상식이야." 빌은 젤리아의 손을 뿌리치고 대답했다.

"역시 바로 들통나는군." 잭은 서글프게 말했다.

"대관절 누가 잭을 만들었어?"

"팁이."

"팁…… 어디서 들어본 이름인데."

"팁은 오즈마 여왕님의 예전 이름이야. 여자로 돌아오기 이전의."

"아아. 생각났다. ……앗!"

"왜 그래?"

"놀랐어."

"어, 그러니까 호박에게 생명이 있다는 사실에?"

"아니. 잭이랑 검프가 형제라는 걸 알았거든."

"형제?"

"둘 다 오즈마에게 생명을 받았잖아?"

"그렇군. ……그렇다면 오즈마 여왕님이 우리 아버지라는 뜻?"

"어머니가 아니구나."

"우리를 만들었을 때는 남자애였으니까."

"그럼 어머니는?"

"으음. 생각하기는 싫지만 몸비려나?"

"몸비가 누구야?"

"나쁜 마녀라고 할까."

"도로시가 죽였다는 마녀?"

"그렇게 악독한 사람은 아니야. 팁을 노예로 부려먹기는 했지만."

"그 사람이 어머니야?"

"그렇게 볼 수도 있겠지."

"그럼 팁과 몸비는 부부관계였구나."

"내가 태어나기 전에는 어땠는지 잘 모르지만, 그렇지 않았길

빌어."

"머릿속을 자세히 보여줘."

"빌, 예의 없게 그러면 못써." 젤리아가 주의를 주었다.

"뭐, 괜찮아." 잭은 꿇어앉아 머리를 숙였다.

"텅 비었네. 이래서야 기억력은 안 좋을 것 같아." 빌은 흥미롭다는 듯이 말했다.

"이건 처음에 달았던 머리가 아니니까 태어났을 때의 일은 기억이 안 나도 할 수 없지."

"엇? 처음에 달았던 머리가 아니야?"

"당연하지. 날호박이 얼마나 오래갈 것 같아? 기껏해야 일주일이야."

"그럼 일주일마다 머리를 바꿔 달아?"

"응. 너라도 썩은 머리를 달고 살기는 싫겠지?"

"썩지 않아도 호박 머리는 엄청 싫은데."

"빌, 예의 없이 굴지 마." 젤리아는 사무적으로 주의를 주었다.

"뭐, 괜찮아." 잭은 그다지 마음에 두지 않는 듯했다.

"새 머리는 채소가게에서 사와?"

"아니. 내가 재배해."

빌은 비로소 자기가 호박밭에 있다는 사실을 알아차렸다.

"진짜다. 호박이 엄청 많아."

"머리가 썩어 들어가면 여기서 적당히 크고 오래갈 것 같은 호박을 골라서 교체해."

"얼굴은 누가 조각해줘?"

"그때그때 달라. 친구에게 부탁할 때도 있고 내가 알아서 할 때도 있고."

"얼굴 모양이 마음에 안 들면 다른 호박으로 바꿔?"

"다소 마음에 안 들어도 보통은 그냥 사용하지. 어차피 일주일 후에는 바꿔야 하니까. 하기야 두 눈이 서로 연결되거나 입이 비뚤어져서 오른쪽 눈보다 더 오른쪽으로 치우치면 다른 호박으로 다시 얼굴을 만들지만."

"기억은 어떻게 이어받아?"

"뭐, 대개는 말로."

"말로 기억을 전달한다고?"

"말로 전달하면 충분하지 않을까. 그보다 말 말고 다른 방법이 있어?"

"코드 같은 걸 연결해서 순식간에 삐빗, 전달할 수는 없어?"

"오즈의 나라에 그런 기술은 없어."

"머리를 바꾸기 전에 새로운 머리에 말을 하는 거야?"

"그 방법뿐이니까."

"그런 식으로 기억이 전부 전달돼?"

"설마. 하지만 중요한 일은 대부분 전달되지. 왜, 중요한 일은 사실 사소한 일이니까."

"예를 들면 어떤 거?"

"예를 들면 내 이름이나, 친구 이름, 그리고 내가 태어난 경위 같은 거?"

"이름만 가지고 돼? 하긴 생김새를 말로 전달하기는 어렵겠다."

"그렇지도 않아. 허수아비나 양철 나무꾼은 대개 한마디로 설명이 되니까."

"도로시는?"

"뭐, 귀여운 여자애가 있으면 일단 넌 도로시냐고 물어보지. 그럼 대답해줘. 그런데 거기 있는 너는 도로시니?"

"아니. 난 젤리아야."

"젤리아?" 잭은 고개를 기웃했다. 너무 기울여서 머리가 뚝 떨어졌다. 잭은 허둥지둥 머리를 주워서 다시 달았다.

"잭, 괜찮아? 금이 간 것 같은데." 빌이 말했다.

"그 정도는 괜찮아. 어차피 일주일도 안 쓸 거니까."

"젤리아가 기억 안 나?"

"기억이 안 난다기보다 예전 머리가 전달하지 않았을지도 모르겠어. 아니면 이 머리가 잊어버렸을 수도 있고. 이번 머리는 완성도가 별로인 것 같으니까."

"그렇게 대강 만들었어?"

"대강 만들지는 않았어. 원래 호박이라는 점을 고려해야지. 호박인데 말을 할 줄 아는 것만으로도 대단하지 않아?"

"하지만 말로 기억을 이어받는 게 다라면 지금이랑 일주일 전은 다른 사람 아니야?"

"다른 사람이라니. 그게 무슨 소리야?"

"머리가 바뀌었으니까 다른 사람 아닌가 싶어서."

"머리가 바뀌었으니까 다른 사람?" 잭은 껄껄 웃었다. "이거 웃기는군."

"왜 웃어?"

"머리가 바뀌었으니 다른 사람이라면 난 일주일마다 죽는 셈인데."

"아니야?"

"그렇게 소름 끼치는 일이 있을 리 있나."

"어째서?"

"어째서냐니……."

"빌, 그 이야기는 이제 그만 하자." 젤리아가 걱정스러운 듯이 말했다.

"내 머리……." 잭은 중얼거렸다. "……새 머리…… 헌 머리…… 썩은 머리…… 우와아악!"

"잭, 왜 그래?" 빌이 물었다.

"난 누구지?" 잭은 땅에 머리를 찧기 시작했다.

"갑자기 웬 난리람? 정신 사납게." 잭의 머릿속에서 목소리가 들렸다.

"지금 누구야?" 빌이 물었다.

"나야." 잭의 눈 역할을 하는 구멍에서 암탉이 얼굴을 내밀었다.

"아까 봤을 때는 어두워서 잘 안 보였는데, 누가 있었구나. 넌 기생충이야?" 빌이 물었다.

"무례하기는. 내가 벌레로 보여?"

"새 같아. 그럼 기생조인가?"

"난 기생하는 거 아니야. 마침 이 안에 있었을 뿐이지."

"왜 그런 곳에 있어?"

"이 호박, 아직 먹을 수 있는 부분이 남았거든. 거기에다 벌레까지 있으니 벌레도 잡아먹을 수 있어."

"벌레 먹었구나. 그럼 품질이 썩 좋지는 않네."

"아니야. 내 머리는 질 좋은 호박이라고." 잭이 반론했다.

"하지만 벌레가 이미 입을 댔으니 먹기는 좀 그런데." 빌이 말했다.

"먹는다고? 내 머리는 식용이 아니라 관상용 호박이니까 벌레가 좀 먹었어도 문제될 것 없어."

"관상용 호박도 있구나."

"일본에서는 찾아보기 힘들지만. 핼러윈 장식은 대개 관상용이야."

"그럼 넌 서양인인가보구나."

"만담 연습하는 거야?" 암탉이 물었다.

"아니야. 잭은 머리를 바꿀 때마다 다른 사람이 되는 게 아닌가를 주제로 이야기하고 있었어."

"아아. 그랬지, 참." 잭은 어깨를 축 늘어뜨렸다.

"그딴 짓을 하다니 시간이 아깝다." 암탉이 말했다.

"왜 시간이 아까운데, 빌리나?"

"네 몸은 대부분 나무야."

"알아."

"호박으로 된 부분은 고작 10분의 1 정도지. 그게 바뀌어도 대부분은 예전과 똑같으니까 여전히 같은 사람인 거야."

"듣고 보니 그러네. 안심했어. 아아, 다행이다."

"하지만 머리는 다른 부분보다 중요하지 않을까?" 빌이 이의를 제기했다.

"어째서?" 빌리나가 물었다.

"왜냐하면 머리에는 뇌가 들었으니까."

"무슨 소린가 했더니만." 빌리나는 코웃음을 쳤다. "잘 봐. 잭의 머릿속은 텅 비었어. 중요한 건 어디에도 없다고."

"아아, 다행이다." 잭은 껄껄 웃었다.

"정말이네." 빌도 깔깔 웃었다.

"잭, 빌리나, 최근에 허수아비를 못 봤니?" 문제가 해결된 듯했으므로 젤리아는 질문을 시작했다.

"오늘은 못 봤는데." 잭이 말했다.

"어제는?"

"오늘 머리를 바꿨거든. 어제 일은 잘 모르겠어."

"예전 머리한테 전달 못 받았어?" 빌이 물었다.

"허수아비를 봤는지 못 봤는지 그런 시시한 일까지 일일이 전달하려고 하지는 않았을 거야."

"예전 머리는 봤을지도 모른다는 거네?" 젤리아가 물었다.

"응. 그럴지도 모르지."

"예전 머리는 어디에 있어? 어제까지 현역이었으니 다소 상했어도 아직 이야기할 수 있겠지?"

"어디 보자. 예전 머리는 음식물 쓰레기로 내놓은 것 같은데?"

"음식물 쓰레기통은 어디 있어?"

"저거야."

젤리아는 통을 뒤집었다. 반쯤 썩은 채소와 고기 조각이 이리저리 튀고 독특한 냄새가 일동의 코를 찔렀다.

"머리는 없는데."

"있어." 잭이 음식물 조각을 가리켰다. "너무 커서 통에 안 들어가기에 조각을 냈지."

"풀로 붙이면 붙을까?"

"그만둬." 빌리나가 말했다. "붙여본들 허튼소리밖에 더 하겠어? 어차피 속이 텅 빈 호박이야. 괜히 손만 더러워질걸."

"확실히 그럴지도 모르겠다." 젤리아가 말했다.

"난 봤어."

"뭘?"

"허수아비. 어제 궁전에 들어가는 모습을 봤지."

"누구랑 같이 있었니?"

"양철 나무꾼이랑. 사자도 있었고."

"그럼 새로운 정보는 아니네. 그 후로는 못 봤어?"

"응. 난 허수아비에게는 별로 흥미가 없거든. 왜, 난 오즈에서 꽤나 중요한 인물이잖아. 그에 비해 허수아비는 별 볼 일 없지 않나?"

"그는 예전에 오즈의 나라의 국왕이었어."

"지금은 보통 사람…… 허수아비잖아."

"빌리나는 왜 중요한 인물이야?" 빌이 물었다.

"무기 제조 담당자니까."

"오즈의 나라에서 무기도 제조해?"

"응. 오즈마는 이 나라에 무기 제조 산업이 존재한다는 사실을 공식적으로 인정하지 않지만, 난 생물병기를 제조해."

"굉장하다!" 빌은 눈을 반짝였다. "어떤 건데?"

빌리나는 꽁지를 가볍게 흔들었다. "지금 하나 만들었어."

"앗. 어디?"

"여기." 빌리나는 몸을 일으켰다.

거기에는 달걀이 있었다.

"앗. 어디?"

"여기 있다고 했잖아."

"달걀밖에 없는걸."

"그럼 당연히 그게 병기겠지."

"평범한 달걀로 보이는데?"

"눈이 삐지는 않았구나."

"평범한 달걀이라는 뜻?"

"맞아."

"왜 이게 생물병기야?"

"달걀로 놈을 죽일 수 있어."

"어째서?"

"독이거든."

"빌리나는 독이 함유된 달걀을 낳는 특별한 닭이구나."

"설마. 놈에게만 독이고 다른 사람에게는 독이 아니……. 달걀

어디 갔어?"

"어느 달걀?" 빌은 입가에서 노른자를 흘리면서 말했다.

"설마, 너 내 아이를 먹었어?"

"지금 단백질이 좀 부족하거든. 아까 닉 초퍼가······."

"살인자!" 빌리나가 빌을 쪼기 시작했다. "잘도 내 아이를 해쳤겠다!"

"빌리나, 그만해. 아직 달걀이지 병아리가 된 건 아니잖아." 젤리아가 말렸다.

"하지만 오즈의 나라에서 달걀은 전부 처음부터 수정란이라고!"

"이야. 교미 없이도 그렇구나." 빌은 입을 우물거리며 말했다.

"이 녀석을 당장 체포해!" 빌리나는 미친 듯이 날뛰었다.

"빌리나, 진정해. 빌은 싹 다 먹었으니까 죄가 없어." 젤리아가 말했다.

"그딴 법, 알 게 뭐야. 내 자식을 먹었으니 평생 용서하지 않겠어."

"빌, 빌리나한테 사과하렴."

"그냥 먹었을 뿐인데?"

"그래도 사과하는 게 좋겠어."

"왜?"

"용서받아야지."

"빌리나, 사과하면 날 용서해줄 거야?"

"누가 용서한대!" 빌리나는 불을 뿜어낼 듯한 기세로 말했다.

"무슨 일이 있어도 난 널 평생 용서 안 할 거야!"

"봐. 빌리나는 사과해도 날 용서하지 않겠대."

"그래도 사과하는 게 좋겠어." 젤리아는 말했다.

빌은 고개를 저었다. "사과한들 용서도 못 받는데 뭐 하러. 귀찮으니까 안 할래."

"거기 딱 기다리고 있어! 지금 눈알을 파버릴 테니까!"

잭이 뒤에서 빌리나의 두 날개를 잡았다.

빌리나는 꼬꼬댁 꼬꼬 울며 발버둥 쳤다.

"늘 이러니까 신경 안 써도 돼." 잭이 말했다.

"늘 그러는지 어떻게 알아?" 빌이 물었다.

"예전 머리가 전달해준 사항이야. ……뭐, 전달하지 않았는지도 모르지만, 분명 전달할 생각이었겠지."

"어수선한 와중에 미안하지만." 갑자기 사자가 나타났다. "중요한 일을 알리러 왔어."

"뭐야? 방해하면 네 눈알도 파버릴 거야!"

"그러지 마!" 사자는 겁을 먹고 앞발을 붕 휘둘렀다.

발톱이 잭의 눈구멍에 걸리자 호박이 쪼개지며 위쪽 절반이 날아갔다.

잭이 그대로 뒤로 쿵 쓰러지자 호박 아래쪽 절반도 박살 났다.

"또 음식물 쓰레기가 생겼네." 빌은 호박 조각을 주웠다. "이것도 먹어도 되려나."

"너 육식 아니야?" 젤리아가 물었다.

"잡식성이야." 빌은 호박 조각을 입안에 가득 넣었다.

"난 사양할게." 사자가 말했다.

"하지만 네가 죽였으니까 먹는 게 나을 텐데." 빌이 충고했다.

"고마워. 하지만 잭은 아직 안 죽었을걸. 머리가 떨어지는 건 늘 있는 일이니."

"그래? 그럼 내가 먹을게." 빌은 걸신들린 듯이 호박을 먹었다.

"사자야, 그런데 중요한 일은 뭐니?" 젤리아가 물었다.

"아아. 오즈마 여왕님이 '허수아비를 찾았다고 젤리아에게 알려요'라고 했어."

"다행이다! 무사했구나."

"글쎄, 과연 어떨까." 사자는 말하기 거북한 듯했다. "반드시 허수아비라는 뜻이 아니라 아마도 허수아비라는 뜻일 거야."

"그게 무슨 소리야? 허수아비를 찾았어, 못 찾았어?"

"남은 부분을 보건대 허수아비로 추정돼. 그…… 타다 남은 모자와 신발이 조금 발견됐거든."

14

"한밤중에 화재가 발생한 탓에 신고가 늦었어." 유카가 쉰 목소리로 설명했다. "그래도 거의 모두 살아남았으니 기적이지."

"지누만 대피를 못 한 거야?" 줄리아가 물었다.

유카는 말없이 고개를 끄덕였다.

"죽은 사람은 지누 씨가 확실해?" 이모리가 물었다.

"상황으로 보건대."

"시체는 발견됐어?"

"응. 그의 방에서 시커멓게 탄 채로. 성별조차 구별하기 불가능한 상태였지만, 지금 검시 중이니까 조만간 발표가 날 거야."

"만약 이게 살인이라 치면, 왜 그가 살해당했을까?"

"지누 말이야?" 줄리아가 물었다.

"아니. 살해당한 건 허수아비잖아. 지누 씨는 그 죽음에 연동돼서 죽은 것에 지나지 않아."

"허수아비가 살해당했다. 그가 살아 있으면 범인에게 불리했던 걸까?"

"허수아비 본인에게 원한을 품었을 가능성은?"

"그럴 가능성도 없지는 않겠지. 하지만 도로시 때와 동일범의 소행이라면 동기가 그려지지 않는데."

"그는 도로시와 함께 서쪽 마녀를 죽이지 않았던가?"

"도로시 혼자서 죽였어. 게다가 마녀는 죽었으니까 복수를 못 해."

"마녀의 부하는?"

"마녀가 죽자 아주 기뻐했지."

"마녀가 지은 죄에 연루된 사람은?"

"한 명도 없어."

"마녀가 거느린 군단은 악행을 꽤 많이 저질렀다고 들었는데. 오즈의 나라의 형법은 아주 느슨하구나."

"죄는 미워해도 사람은 미워하지 말라, 그런 걸까? 당시 오즈의 나라는 오즈마가 아니라 오즈의 마법사가 지배하고 있었으니 지금은 어떨지 모르지만."

"허수아비가 뭔가 본 걸까?"

"봤으면 모두에게 말하지 않았겠어?" 유카가 말했다.

"자기가 뭔가 봤다는 것조차 기억하지 못했다면? 허수아비라면 그럴 만도 해." 이모리가 말했다.

"기억하지 못한다면 굳이 위험을 무릅쓰면서까지 죽일 필요는 없을 텐데?"

"그럼 기억하고 있었을지도 모르지. 다만 그게 증거인 줄은 몰랐어."

"그럴 수는 있겠다. 하지만 그 시점에서 몰랐다면 영원히 모르지 않았을까?"

"그건······. 그렇구나. 지누 씨야. 지누 씨는 허수아비와 기억을 공유하니까 허수아비가 본 것이 무슨 의미인지 이해할 수도 있어. 범인은 그럴 가능성을 눈치챘지. 지누 씨한테 아무 말도 못 들었어, 줄리아?"

"응. 그 사람, 도로시가 죽어서 제정신이 아니었으니······."

"범인은 도로시의 죽음에 충격을 받은 지누 씨가 정신을 가누기 전에 죽여야 했던 거야."

"시노다는 뭔가 모르려나?" 유카가 말했다.

캄캄한 방에서 절규가 들렸다.

"그도 아직 제정신이 아니라서."

"일단 지누한테 무슨 일이 생겼는지 전하자. 뭔가 생각해낼지도 몰라." 줄리아가 말했다.

시노다는 부들부들 떨고 있었다.

"음, 둘 중 누가 시노다 씨랑 더 오래 알고 지냈어?"

"나야." 줄리아가 손을 들었다. "유카는 최근에 알았을걸."

"그럼 시노다 씨에게 다시 말을 걸어봐. 아무래도 더 익숙한 사람이 낫겠지."

줄리아는 웅크리고 앉은 시노다에게 다가갔다. "시노다, 잠깐 괜찮을까?"

시노다는 고개를 들었다. "아직도 악몽이 안 끝났나?"

줄리아는 이모리와 유카를 보았다.

이모리는 천천히 고개를 저었다.

유카는 무표정한 얼굴로 고개를 숙였다.

"응. 그럴지도 모르겠네."

"그럼 나 좀 내버려둘래? 불길한 이야기는 더 이상 듣기 싫어."

"꿈이니까 불길한 이야기를 들어도 상관없지 않아?"

"가능성에 대해 생각하고 있었어."

"무슨 가능성?"

"이게 전부 꿈이 아닐 가능성."

"그럼 어떻게 되는데?"

"난 분명 현실을 견디지 못하겠지."

줄리아는 말문이 막혔다.

"이게 꿈이 아닐 가능성은 항상 존재해." 시노다는 말했다.

"그래?"

"그러니까 더 이상 불길한 이야기는 듣기 싫어. 만약 이게 현실이라면 내 마음은 분명 망가질 거야. 그리고……."

"그리고?"

"난 이 세계를 받아들이지 못하고 꿈의 세계라 믿겠지."

"시노다, 너……."

"만약 이 세계가 현실이라면 말이야." 시노다는 빙긋 웃었다.

"중층적으로 얽히고설킨 이야기네. 그를 내버려두는 게 어때?" 새로운 목소리가 끼어들었다.

한 여자가 집 안에 들어와 있었다. 선글라스를 끼고 검은 고양이를 품에 안았다.

"아는 사람이야?" 이모리는 줄리아에게 물었다.

"응. 다나카 가즈미. 나랑 도로시 둘 다 알고 지내는 친구야."

"이 사람은 누구의 아바타라지?"

"가르쳐줘도 될까?" 줄리아는 가즈미에게 물었다.

가즈미는 고개를 살짝 갸웃했다. "특별히 문제는 없을 것 같아. 이쪽에서도 사건을 조사하려면 알려주는 편이 낫겠네."

"스크랩스 때는 금방 알려줬으면서 왜 이번에는 망설이는 거지?"

"이쪽은 중요인물이거든. 얘는 글린다야."

"왜 선글라스를?" 이모리가 물었다.

"신경 쓰여?"

"이제 저녁이니까 그렇게 눈부시지는 않을 것 같아서."

"하지만 아직 밝아. 어두워질 때까지 안 벗을 거야."

이모리는 더 이상 질문하지 않았다. 가즈미의 위압감에 눌렸다.

"대신에 얘의 눈을 봐." 가즈미는 품에 안은 고양이를 이모리 얼굴 앞으로 들어 올렸다.

고양이의 한쪽 눈은 금속 구슬이었다.

15

"제가 발견했을 때는 이미 불타고 있었습니다." 오즈군 최고사령관 옴비 앰비가 보고했다. "저는 응접실을 경비하는 중이었죠."

"왜 최고사령관이 경비를 서?" 빌이 젤리아에게 물었다.

"그가 경비를 서지 않으면 누가 서?"

"졸병은 없어?"

"없어. 오즈군은 최고사령관이 한 명, 대장이 여덟 명, 대령이 여섯 명, 소령이 일곱 명, 대위가 다섯 명이거든. 얼마 전까지는 병사가 딱 한 명 있었지만."

"그 병사는 어떻게 됐어? 전사했나?"

"아니. 출세했어. 최고사령관으로."

"확실히 허수아비였나요?" 오즈마는 타고 남은 잔해를 보며 물었다.

"예. 저 말고 다른 군인들도 모두 봤습니다. 허수아비가 틀림없었습니다." 옴비 앰비는 시원시원하게 대답했다.

"군인 여러분, 확실한가요?"

대장 여덟 명과 대령 여섯 명, 소령 일곱 명, 대위 다섯 명은 일제히 고개를 끄덕였다.

"허수아비와 흡사한 짚 인형에 불을 붙였을 수도 있잖아요?"

"그건 아닙니다. 분명히 평소와 똑같은 허수아비의 목소리로 말하고, 움직였으니까요."

"뭐라고 하던가요?"

"분명히 '뜨거워. 뜨겁다고. 누가 빨리 물 좀 가져와'라고 했습니다."

"누가 물을 가져갔나요?"

"아니요, 아무도요."

"아무도 물을 안 가져갔다고요?"

"저한테 부탁한 게 아니니까요."

"저한테 부탁한 것도 아닙니다."

"물론 제게 부탁하지도 않았습니다."

군인들은 저마다 말했다.

"하지만 허수아비는 '누가'라고 했어요."

"예, 그렇습니다."

"그런데 당신들은 물을 가져가지 않았군요."

"예. '누가'에게 부탁했으니까 저희하고는 관계없는 일입니다."

"그 '누가'가 본인들이라는 생각은 안 들었나요?"

"예. 물론입니다." 옴비 앰비는 절도 있게 경례했다.

다른 군인들도 동시에 절도 있게 경례했다.

"'뜨거워. 뜨겁다고. 누가 빨리 물 좀 가져와' 다음에는 아무 말도 안 했고요?"

"뭔가 말한 것 같습니다만, 불길이 너무 강해서 못 알아들었습니다."

"그럼 그 전에는 뭔가 말했나요?"

"'으악! 불이다! 내 몸에 불이 붙었어!'라고 했습니다."

"그 전에는요?"

"'점점 뜨거워지는걸'이라고 했습니다."

"그 전에는요?"

"'그리고 뭔가 타닥타닥 타들어가는 소리도 나'라고 했습니다."

"그 전에는요?"

"'뭔가 타는 냄새가 나는데'라고 했습니다."

"뭐가 타고 있었죠?"

"허수아비였습니다."

"어떻게 알았나요?"

"허수아비 등에서 연기가 났거든요."

"그때 물을 끼얹었다면 불이 꺼지지 않았을까요?"

"예. 초기에 진화했다면 큰일은 벌어지지 않았을 것으로 사료됩니다."

"당신들은 허수아비가 불탄다는 걸 알면서도 물을 끼얹지 않았군요."

"예. 그런 명령은 받지 못했으니까요."

"이 사람들 전부 사형이야?" 빌은 물었다.

"오즈의 나라에서는 의도가 없으면 죄가 아니야." 젤리아가 대답했다.

"그때 근처에 다른 사람은 없었나요?" 오즈마가 물었다.

"누더기 소녀가 이야기를 하고 있었을 겁니다." 옴비 앰비가 대답했다.

"스크랩스, 여기 있나요?"

"예, 여왕 폐하." 스크랩스가 춤을 추면서 오즈마 앞으로 나왔다.

"무슨 일이 있었는지 알려줘요."

"허수아비가 불탔어요."

"그건 알아요. 왜 불탔죠?"

"원인은 불명확합니다. 하지만 궁전에 사람이 아주 많았으니 그중 누군가가 불을 붙였을지도 모르겠네요."

"당신이 불을 붙인 건 아니겠죠?" 오즈마는 어디를 보고 있는지 알쏭달쏭한 스크랩스의 눈을 바라보았다.

"물론이죠. 저는 허수아비의 정면에 있었어요. 그리고 불은 허수아비의 등에서 났고요."

"당신과 허수아비가 이야기를 나눌 때 누가 허수아비 뒤를 지나갔나요?"

스크랩스는 잠시 생각했다. "아마 5, 60명은 지나갔을 거예요."

"그중에 행동이 수상했던 사람은 없었나요?"

"많은 사람들이 허수아비의 어깨와 등, 허리를 두드리고 지나갔죠. '이야! 허수아비 나리 아냐. 잘 지내시나?' 그런 말을 하면서요."

"그는 사랑받는 캐릭터였으니까요."

그 자리에 있던 몇 사람이 눈시울을 눌렀다.

물론 틱톡은 반응하지 않았다.

양철 나무꾼 닉 초퍼는 아무 반응도 없다가 주변 사람들이 눈시울을 누르는 모습을 보고 황급히 우는 시늉을 했다.

"그렇듯 사랑받았던 허수아비를 의도적으로 불태울 사람은 없었겠죠. 이번 일은 불행한 사고였다고 판단할 수 있습니다." 오즈마가 선언했다.

오즈마가 선언했으므로 이 일은 사고가 틀림없다.

"여왕 폐하!" 겁쟁이 사자가 입을 열었다. "이번에야말로 글린다의 마법책으로 무슨 일이 있었는지 알아보는 게 어떨까요?"

오즈마는 고개를 저었다. "안타깝지만 전에도 말했다시피 궁전에 보호 마법이 걸려 있어서 책에는 기록되지 않아요." 오즈마는 기묘한 몸짓을 하며 주문을 외웠다. "이제 보호 마법은 해제됐습니다. 이럴 줄 알았으면 좀 더 일찍 해제해두는 건데."

"이건 적절하지 못한 조치 같은데." 젤리아는 중얼거렸다.

"보호 마법을 해제한 거 말이야?" 빌이 물었다.

"오즈마 여왕님이 보호 마법의 존재를 밝히고 그걸 해제했음을 모두에게 공개한 거 둘 다."

"그게 왜?"

"범인이 원래부터 보호 마법의 존재를 알고 있었다면 또 궁전 안에서 살인을 저지를 가능성이 있었어. 만약 몰래 보호 마법을 해제했다면 범인이 그런 줄도 모르고 자기 묏자리를 팠을지도 몰라."

"원래부터 보호 마법의 존재를 몰랐다면? 어쩌다 보니 궁전 안에서 사람을 죽였다든가."

"그럴 경우에도 사정은 똑같아. 범인은 오즈의 나라 어딘가에서 또 살인을 저질렀을지도 몰라. 하지만 지금 다 공개했으니 범인은 이제 결코 살인을 저지르지 않을 거야."

"물론 오즈마 여왕님은 그걸 알고 계십니다." 젤리아와 빌의 뒤에서 목소리가 들렸다.

돌아보자 글린다가 서 있었다.

"여왕 폐하께서 의도적으로 보호 마법에 대해 누설하셨다는 건가요?" 젤리아는 물었다.

글린다는 고개를 끄덕였다. "또 살인이 벌어지면 마법책으로 범인을 알아낼 수 있겠죠. 하지만 그러면 희생자가 늘어납니다. 마법책으로 감시하고 있음을 범인에게 암시하면 더 이상 살인은 벌어지지 않겠죠."

"하지만 그럼 범인을 밝혀내기가 힘들어지는데요."

"오즈마 여왕님은 범인을 밝혀내는 것보다 살인을 방지하는 게 중요하다고 판단하신 거예요. 저도 그 판단에 동의하고요. 오즈의 나라에서는 범죄가 일어나면 안 됩니다."

"제 생각이 얕았어요." 젤리아는 머리를 숙였다.

"사과할 필요는 없어요. 당신은 수사 책임자로 임명됐습니다. 사건 규명을 최우선시하는 건 당연하죠. 하지만 위정자의 사명은 다양합니다."

"글린다, 당신은 허수아비가 살해당했다고 생각하세요?"

글린다는 지팡이를 흔들었다.

젤리아와 빌, 오즈마와 오즈의 마법사를 제외한 모두가 얼어붙었다.

"이제 느긋하게 이야기를 나눌 수 있겠군요." 글린다는 말했다.

"이런 일도 가능한가요?"

"예. 오즈마 여왕님과 오즈의 마법사도 할 수 있습니다."

"마법으로 보호되는 곳에서도 가능한가요?"

"밖에서는 불가능합니다. 하지만 내부에서는 가능하죠. ……젤리아, 날 의심하는 건가요?"

"그런 건 아니에요."

"대단하다." 빌이 말했다. "이런 힘이 있으면 사람을 죽이는 건 일도 아니겠네. 돌아다니면서 마음에 안 드는 녀석들을 죽일 수 있겠어."

"방금 전 질문에 대답하죠." 글린다는 빌을 무시했다. "허수아비는 살해당했을 겁니다."

"왜 그렇게 생각하시죠?" 젤리아는 물었다.

"궁전 안에서 화재가 일어난 적은 한 번도 없어요. 궁전 안은 금연이니까 담배를 피우는 사람이 있다면 금방 눈에 띌 겁니다. 즉 누군가 허수아비에게 의도적으로 불을 붙인 거예요."

"허수아비는 왜 살해당했을까요?"

"뭔가를 봤겠죠."

"줄리아와 이모리도 같은 결론을 내렸어요."

"그렇다면 그 추측이 틀림없이 옳을 거예요."

"허수아비를 부활시킬 수는 없어?" 빌이 물었다. "마법으로 짠 하고."

"그게 가능하면 도로시를 먼저 부활시켰겠죠." 글린다는 말했다. "마법도 물리법칙을 거스르지는 못합니다. 엔트로피를 감소시키고 잃어버린 정보를 부활시킬 수는 없죠. 농부 옷과 주머니와 지푸라기를 준비해 허수아비를 새로 만들 수는 있지만, 그건 예전과는 다른 허수아비입니다."

"그럼 잭은? 늘 머리를 바꾸잖아?"

글린다는 헛기침을 했다. "그건 뭐, 완전히 똑같지는 않고 원래와 약간은 다릅니다. 잭이 약간 달라진다고 해서 신경 쓸 사람은 없겠죠."

"그건 그렇지." 빌은 납득했다.

"젤리아 젬." 오즈마가 불렀다. "수사에 진전은 있나요?"

"여러모로 불가해한 점이 발견됐습니다. 하지만 확증은 얻지 못했어요."

"허수아비는 뭘 봤을까요?"

젤리아는 어깨를 으쓱했다. "그걸 허수아비 본인에게 묻고 싶었는데요."

"하지만 허수아비는 불타 죽었어요. 그가 가지고 있던 정보는 영원히 사라졌습니다."

"꼭 그렇다고 할 수는 없죠."

오즈마와 글린다가 젤리아를 보았다.

"호박 머리 잭은 일주일마다 머리를 교환해요." 젤리아는 말했다. "하지만 다들 잭을 잭으로 여기죠."

"그건 바뀐 잭이 예전 잭과 거의 같기 때문이에요." 오즈마가 말했다.

"그뿐만이 아닙니다. 머리를 바꿔도 잭이 잭인 건 정보를 이어받기 때문이에요."

"하지만 허수아비는 아무에게도 정보를 넘겨주지 않았어요."

"그렇다고 단정할 수는 없지 않을까요? 허수아비는 불타기 직전 누군가와 이야기를 나눴어요." 젤리아는 스크랩스를 쳐다보았다.

"글린다. 누더기 소녀를 해동하도록 해요."

글린다가 지팡이를 흔들었다.

누더기 소녀는 해동되는 것과 동시에 춤을 추기 시작했다. 한바탕 춤을 추고 나서 주위를 둘러보고 말했다.

"이건 마법이네. 그리고 여기에 오즈마 여왕님이 계시니까 부정하게 사용된 건 아니고. 흠. 얼어붙은 과정이 기억나지 않으니까 난 분명 모두와 함께 얼어붙었다가 혼자만 해동된 거야."

"만약 당신에게 진정한 지혜가 있다면, 지금까지 자신이 현명하다는 사실을 숨겨왔던 거겠죠." 오즈마가 말했다.

"여왕님, 화나셨어요?"

"아니요, 스크랩스. 화난 것처럼 보여요?"

"그렇게는 안 보여요. 하지만 웃고 계신데 눈에는 전혀 웃음기가 없으시네요."

"스크랩스, 말조심하는 게 좋을 겁니다." 글린다가 조언했다.

"죄송해요, 여왕님. 제가 상식이 없어서요. 어쨌거나 평범한 헝겊인형이다 보니." 스크랩스가 서둘러 변명했다.

"스크랩스, 저는 당신을 나무라려는 게 아니에요. 젤리아가 당신에게 물어볼 게 있다는군요."

"그렇군요." 스크랩스는 날듯이 뛰어오르며 중앙정원을 돌아다녔다. "모두를 얼린 걸 보니 들어서는 안 되는 이야기를 하고 계셨구나."

"스크랩스……." 젤리아는 스크랩스를 달래려고 했다. "쓸데없는 소리 말고 내가 묻는 말에만 대답해."

"젤리아, 넌 얼어붙지 않았어. 즉 이건 살인사건 수사의 일환이야. 그렇다면 허수아비도 사건에 휘말린 셈이겠지."

"젤리아." 오즈마가 조용히 말했다. "스크랩스에게 이야기했나요?"

"아니요, 여왕 폐하. 스크랩스는 얼마 안 되는 증거를 토대로 추리를 한 거예요."

"스크랩스는 총명한 아이로군요."

"저보다 수사 책임자에 적합할지도 모르겠네요."

"아니요, 젤리아. 그저 총명하다고 해서 수사를 맡을 수는 없어요. 지성과 양식을 겸비할 필요가 있죠."

"옳으신 말씀이에요. 저한테 수사는 무리예요. 라라~." 스크랩스는 노래를 부르기 시작했다.

"젤리아, 수사를 진행하도록." 글린다가 젤리아를 재촉했다.

"스크랩스, 네가 허수아비와 마지막으로 이야기를 나누었지?" 젤리아는 확인했다.

"응, 맞아."

"무슨 이야기를 했니?"

"뭐였더라? 별로 진지하게 안 들어서."

"왜 허수아비 이야기를 진지하게 안 들었어?"

"특별한 이유는 없어. 난 언제나 남의 이야기보다 내 노래와 춤이 우선이거든."

"그럼 지금도 내 이야기를 진지하게 안 듣는 거야?"

"방금 말했잖아?"

"중요한 일이니까 진지하게 들어줘."

"걱정 마. 네 말을 흘려듣지는 않을 테니까. 진지하게 귀 기울이지 않아도 무슨 뜻인지는 알아들어."

"스크랩스, 허수아비와 무슨 이야기를 했는지 떠올려봐."

"보자. ……허수아비는 조바심을 냈어."

"왜 조바심을 냈는데?"

"보고해야 한다고 했는데."

"보고? 누구한테? 뭘?"

"그건 몰라. 하지만 몹시 서두르는 눈치였으니까 분명 살인……." 스크랩스는 오즈마를 힐끗 보고 나서 목소리를 낮추었다. "사건에 관한 일이겠지."

"그가 무슨 말을 했는지 최대한 정확하게 알려줘."

"'진저의 말이 무슨 뜻인지 겨우 알았어. 난 얼간이야. 살인자는 밖에서 왔어.'"

"허수아비가 그렇게 말한 거지?"

"걔, 자신의 본질을 겨우 이해한 모양이더라."

"진저의 말이라니, 그게 뭘까?"

"글쎄. 걔, 예전에 진저랑 다투지 않았었나?"

"허수아비가 국왕이었을 때 진저가 혁명을 일으켜서 그를 궁전에서 내쫓았어."

"그때 뭐라고 한 거 아닐까?"

"그걸 이제 와서 어떻게······."

"그때 진저는 외부에서 에메랄드 시에 쳐들어왔습니다. 따라서 허수아비와 직접 교섭하지는 않았어요." 글린다가 말했다. "교섭을 한 건 접니다."

"진저가 뭔가 중요한 말을 하지는 않았나요?" 젤리아는 물었다.

"물론 중요한 말을 많이 했죠. 하지만 전부 에메랄드 시의 양도에 관련된 말이었어요. 이번 사건에 관련된 말은 하지 않았습니다."

"'진저가 남긴 말로 도로시를 죽인 범인이 누구인지 똑똑히 알았어. 진저는 입막음을 당한 거야. 이대로 있다가는 나도 입막음을 당하겠지.'" 스크랩스가 말했다.

"허수아비는 사건의 진상에 도달한 거군요." 오즈마가 말했다.

"어떻게 허수아비에게 그런 통찰력이 있었을까요?" 오즈의 마법사가 말했다.

"허수아비의 아바타라는 지누라는 사람이었어요." 젤리아가 말했다. "도로시가 죽어서 잠시 정신을 놓았지만, 원래 그는 냉정한 분석이 가능한 사람이었습니다."

"즉 허수아비의 기억을 토대로 지누가 추리해서 범인을 알아냈다는 건가?"

"분명 그렇겠죠."

"하지만 진저는 이미 살해당했고, 허수아비도 불타 죽었어. 진저가 무슨 말을 했는지는 이제 아무도 모를 텐데."

"꼭 그렇다고 볼 수는 없죠." 젤리아는 말했다. "진저가 허수아비 말고 다른 사람에게도 같은 말을 했을 수도 있고, 허수아비도 남에게 말했을지 모르고요."

"그럴 가능성도 있겠군요." 오즈마가 말했다. "하나 그 말을 들었지만 무슨 뜻인지 모를 가능성도 있어요. 역시 그 말 자체가 뭔지 알아야 할 것 같네요."

"스크랩스, 진저가 무슨 말을 했는지 정말로 허수아비가 안 가르쳐줬어?" 젤리아는 다시 확인했다.

"응. 지금까지 내가 한 말 말고 다른 말은 못 들었어." 스크랩스는 단언했다.

일동은 입을 다물었다. 간신히 잡을 뻔한 해결의 실마리를 놓치고 말았다.

"내가 한마디 해도 괜찮을까?" 빌이 침묵을 깼다.

"뭐니, 빌? 그러고 보니 한동안 조용히 있었네." 젤리아가 말했다.

"나 이제 틀린 것 같아."

"그게 무슨 소리야, 빌?"

"야생동물은 다쳐도 아무렇지도 않은 척해. 아무리 아파도."

"그 이야기는 아까 들었어."

"하지만 그것도 한계가 있어."

"물론 그렇겠지."

"지금 한계가 온 모양이야." 빌은 말을 마치자마자 쓰러졌다.

16

"괜찮아?" 줄리아가 얼굴을 들여다보고 있었다.

"무슨 일 있었어?" 이모리는 자신이 아주 더러운 방에 누워 있다는 걸 깨달았다.

방 안은 어둑어둑했다.

"너, 내가 고양이 눈을 보여준 후에 정신을 잃었어." 가즈미가 말했다.

"정신을 잃은 지 얼마나 됐지?" 이모리가 물었다.

"얼마 안 됐어. 1분도 안 지난 것 같은데."

"괜찮아?" 줄리아가 걱정스러운 듯이 말했다. "열중증의 후유증인가?"

"아마 아닐 거야. 통증이 너무 심해서 실신했겠지." 이모리는 대답했다.

"아, 혹시 그거? 빌의 꼬리가 끊어진 거랑 관계있어?"

"응."

"호기심에서 묻는 건데, 어디가 아파?"

"으음. 꼬리?"

"꼬리가 있어?"

"꼬리가 달린 사람도 드물게 있기는 있는 모양이던데, 나한테는 없어."

"그럼 안 아프겠네."

"하지만 꼬리가 아파."

"구체적으로 어디가 아픈 거야?"

"이 언저리." 이모리는 허리 뒤로 30센티미터쯤 떨어진 공간을 가리켰다.

"아무것도 없는데."

"알아."

"환상통* 같은 건가?"

"환상통은 경험한 적 없지만, 아마도 이런 느낌일 거야."

"어떤 느낌인데?"

"바이스로 꼬리를 꽉 죄고 있는 듯한 느낌."

"진통제 먹을래?"

"효과가 있을까? 실제로는 존재하지 않는 통증이니까 약이 안 들을 것 같다만."

"그럼 자신에게 꼬리가 없다는 사실을 이해하고 받아들이는 수밖에 없나?"

---

*물리적으로 이미 없어진 신체 부위에 통증을 느끼는 현상.

"이해는 이미 했어."

"지식으로서 이해는 했지만, 뇌가 감각을 받아들이지 못하는 것 아닐까? 엉덩이를 보고 꼬리가 없다는 걸 계속 확인하면 도움이 될지도?"

"자기 엉덩이를 보기는 꽤나 힘들어. 꼬리의 통증이 사라져도 등이랑 허리가 아플 것 같아."

"그럼 거울로 보지그래?"

"남이 보기에는 그것도 이상하지 않을까?"

"어차피 여기에는 우리밖에 없으니까 괜찮잖아?"

"하지만 난 거울이 없는걸."

"내가 콤팩트를 빌려줄게, 이걸로 봐봐."

이모리는 옆에 콤팩트를 놓고 엉덩이를 비춰 보려고 했다.

"으음. 거울이 너무 작아서 뭐가 뭔지 잘 모르겠어." 이모리는 콤팩트를 줄리아에게 돌려주었다. "이제 정신을 잃을 정도는 아니니까 그냥 참아볼게."

"경찰 발표가 나왔어." 가즈미가 스마트폰을 조작하면서 말했다. "지누임이 확인됐네."

"허수아비가 불탔으니 틀림없이 지누 씨도 죽었겠다 싶기는 했지만." 이모리는 한숨을 쉬었다. "이리하여 세 명이나 죽었군. 맙소사."

"세 명 중에 진짜 목표는 있을까? 아니면 처음부터 세 명 다 목표였을까?" 줄리아가 말했다.

"네 생각은 어때?" 이모리는 물었다.

"확증은 없어. 하지만 스크랩스 말처럼 허수아비가 진저의 말에서 뭔가 알아냈다면 적어도 허수아비는 입막음을 위해 살해했을 가능성이 커. 아마 진저도."

"허수아비가 죽기 전에 한 말 중에 스크랩스가 빼먹은 건 없어." 유카가 말했다. "나도 기억나."

"살인자는 밖에서 왔다고 했지?" 이모리가 물었다.

"응. 허수아비는 그렇게 말했어."

"밖은 어딜 가리키는 걸까? 궁전 밖?"

"그럴지도 모르지만 약간 부자연스러워. 범인이 궁전 안에 있다는 근거는 전혀 없잖아. 그런데 무슨 대발견이라도 한 것처럼 굳이 궁전 밖에 있다고 말할까?" 줄리아는 말했다.

"그럼 에메랄드 시 밖이라는 뜻일까?"

"그럴 가능성도 있지만 글린다와 허수아비, 호박 머리 잭처럼 평소 도시 바깥에 사는 사람도 많아. 그걸 두드러지는 특징이라고 할 수 있을까?"

"즉 외국에서 초대받아 온 손님이 수상하다는 거야?"

"그날은 오즈마 여왕의 생일 축하 파티가 열렸어. 여러 나라 사람들이 궁전에 모였지."

"하지만 살인은 안채에서 발생했어. 범인은 안채에 들어간 셈이야."

"응, 그렇겠지."

"그렇다면 진저는 범인의 얼굴을 봤겠군."

"진저는 그래서 살해당했을 거야."

"그리고 허수아비는 진저에게 무슨 말을 들었어. 범인의 이름일까?"

"그렇게 직접적인 단서는 아닐지도 모르지만, 범인이 누구인지 추정할 수 있는 말이었을 가능성이 커."

"범인의 이름은 아니라 그건가. 하지만 그렇다면 진저는 왜 범인의 이름을 말하지 않았을까."

"그 시점에서는 범인인 줄 몰랐을 테니까."

"그렇군. 합리적인 고찰이야. 물론 그 시점에서는 허수아비도 그 인물이 범인인 줄 몰랐을 테니 진저의 말을 흘려들었을 가능성이 커."

"그리고 살인사건이 발각됐어. 진저가 범인의 정체를 눈치챘는지 눈치채지 못했는지는 모르겠지만, 적어도 범인은 진저를 죽여야 한다는 걸 깨달았어. 그 후에 허수아비가 진저에게 무슨 말을 들었다는 사실을 알아내고 허수아비도 살해한 거야."

"허수아비를 죽이려면 불태우는 게 최고겠지." 유카가 말했다.

"그럼 어떻게 할래? 현재 에메랄드 시에 머무는 외국 손님을 모조리 붙들어놓고 신문할까?"

"어때, 가즈미? 오즈마 여왕은 승낙할까?" 줄리아가 물었다.

"어림도 없을걸. 외국에서 온 손님을 의심하면 즉시 국제 문제로 번질 거야. 오즈마는 허락하지 않겠지."

"딱히 의심하는 건 아닌데. 수사의 일환으로 이야기를 들으려는 것뿐이야." 이모리는 말했다.

"그게 그렇게 단순한 일이 아니거든. 상대는 범인으로 점찍었으니까 신문을 한다고 받아들일 게 뻔해."

"그럼 어쩌지? 이제 수사를 포기하려고?"

"오즈마를 설득할 만한 증거가 있으면 돼." 유카가 말했다. "증거가 있으면 오즈마도 납득하겠지."

"그 증거는 어디에 있는데?"

"끈기 있게 찾아보는 수밖에." 유카는 어깨를 움츠렸다.

이모리는 팔짱을 끼고 생각에 잠겼다. "뭔가 방법이 있을 거야."

"넌 빌과 달리 생각하는 걸 좋아하는구나."

"너희들도 뭔가 생각나는 게 있으면 말해줘." 이모리가 말했다.

"우리도?" 줄리아가 말했다.

"빌의 기억에 따르면 젤리아 잼과 스크랩스는 사건에 관해 뭔가 알아차린 모양이던데?"

"착각 아니야?"

"빌은 얼빠진 도마뱀이지만 기억은 확실해. 적어도 젤리아 잼은 뭔가 알아차린 낌새였어."

"솔직히 말하면 잘 기억이 안 나."

"너, 젤리아와 일체감을 느낀다고 하지 않았던가?"

"응. 하지만 종류에 따라서는 잘 전달되지 않는 기억도 있어." 줄리아는 말했다. "언어화된 기억과 강한 감정을 동반한 기억은 잘 전달되지만, 언어화되기 이전의 막연한 생각은 누락되는 것 같아."

"젤리아는 아직 범인의 정체까지는 도달하지 못했다는 뜻?"

"응. 뭔가 위화감을 느낀 건 확실해. 다만 그걸 언어의 형태로는 바꿀 수 없어."

"유카, 넌 어때?"

"나?"

"너라기보다는 스크랩스."

"스크랩스는 수사 책임자가 아니야."

"하지만 빌의 기억에 따르면 스크랩스는 오즈의 나라에서 제일 통찰력이 뛰어나. 진실을 꿰뚫어 보는 눈을 가졌다고 해도 되겠지."

"스크랩스에게 말해주면 기뻐하겠네."

"그렇게 기뻐할까?"

"아니. 크게 기뻐하지는 않을 거야. 물론 슬퍼하지도 않겠지만. 스크랩스는 늘 기분이 좋으니까." 유카는 미소를 지었다. "나랑은 정반대지."

"스크랩스는 뭔가 알아차렸지?"

"만약 스크랩스가 진심을 다한다면 금방 진상에 도달하겠지. 하지만 걔는 굳이 그런 짓은 안 해."

"어째서?"

"지금까지처럼 재미있고 즐겁게 살고 싶으니까. 스크랩스는 특별한 역할을 맡기를 바라지 않아."

"수사에 협력해도 지금까지처럼 살 수 있을 텐데."

"오즈마가 어떤 마음을 먹을지는 아무도 모를 일이지."

"스크랩스는 오즈마를 두려워해?"

"스크랩스는 결코 두려워하지 않아. 그저 지금까지 살아온 삶을 지키고 싶을 뿐이야."

"그럼 이렇게 하자. 아무에게도 스크랩스의 생각이라고 말 안 할게. 그러니까 스크랩스의 생각을 가르쳐줘."

유카는 가즈미를 힐끗 보았다.

"나도 쓸데없는 소리는 안 할 거야. 범인만 알아내면 되니까. 좋은 게 좋은 거지." 가즈미는 선글라스를 벗었다. 눈동자가 아름다웠다.

"스크랩스는 이번 사건을 그렇게 어려운 수수께끼로 여기지 않아." 유카는 말했다. "직소퍼즐을 맞추는 것 같다고 생각해. 퍼즐 조각은 이미 다 갖춰졌어."

"그래서 범인은 누군데?" 이모리는 물었다.

"스크랩스는 퍼즐 조각을 맞추지 않았어."

"그게 무슨 소리야?"

"걔는 추리를 안 해."

"어째서?"

"그게 스크랩스가 살아가는 방식이야. 즐거운 일만 하지. 즐거움을 앗아갈지도 모르는 쓸데없는 짓은 안 해."

"그럼 아무 도움도 안 되잖아."

"그렇지도 않아. 스크랩스가 간단한 수수께끼로 여겼으니 진짜로 간단한 수수께끼가 틀림없어."

"힌트 좀 주지 않을래?"

"힌트는 누구나 알고 있는 사실이야. 범인은 왜 허수아비를 죽일 결심을 했을까?"

"그야 허수아비가 진저에게 범인에 관한 정보를 얻었으니까."

"범인은 왜 그토록 많은 사람들의 시선을 감수하면서까지 허수아비 살해를 결행했을까?"

"허수아비가 당장에라도 범인에게 불리한 말을 입 밖에 꺼낼지도 몰라서?"

"아니면 이미 말했든지."

"말했다……." 이모리는 생각에 잠겼다. "줄리아, 허수아비가 우리에게 뭔가 중요한 말을 했을까?"

"허수아비는 조용히 있었던 적이 없어. 이제 와서 뭐가 중요한 말이었는지 어떻게 알아?"

"그래, 그는 언제나 무의미하게 느껴지는 말을 계속했어. 하지만 그중에 진실이 있었다면?"

"그래서, 그 진실이 뭔데?"

"모르겠어." 이모리는 머리를 끌어안았다.

17

 빌은 제일 먼저 지독한 악취와 구역질을 느꼈다. 대소변과 피 냄새가 뒤섞인 농후한 악취였다. 희미한 불빛에 의지해 주변을 둘러보자 기분 나쁜 색깔의 연기 아니면 김이 피어오르고 있었고, 물기를 머금은 음산한 소리가 울려 퍼졌다.
 검은 덩어리가 빌에게 구물구물 다가왔다. "누구냐?"
 "난 도마뱀 빌이야." 빌은 구역질을 참으며 대답했다.
 "살기가 싫어졌나?"
 "아닌데."
 축축하고 냄새나는 뭔가가 빌의 머리를 눌렀다. "재미있군. 진짜로 그냥 도마뱀인 모양이야."
 "아까 말했잖아."
 "괌파즘의 나라에는 어떻게 왔지?"
 "마법으로."
 "누구 마법?"

"오즈마 여왕의 마법."

"어디의 여왕인데?"

"오즈의 나라."

"거기는 좋은 곳인가?"

"사람에 따라 달라. 난 꽤나 좋은 곳 같은데 이모리는 회의적이야."

수많은 형체가 빌에게 다가왔다. 제각각 뜨거운 증기와 참기 힘든 냄새를 뿜어냈다.

"간에 기별도 안 갈 것 같은 도마뱀이지만, 안 먹는 것보다는 요기가 되겠지." 머리는 개구리고 몸체는 문어인 커다란 괴물이 빌을 붙잡았다. 그리고 침을 질질 흘리며 큰 입을 벌리고 빌을 잡아먹으려고 했다.

"잠깐 기다려." 제일 처음에 말을 걸었던 팜파즘이 만류했다. "아직 물어보고 싶은 게 있어."

하지만 개구리와 문어가 합쳐진 팜파즘은 그 말을 귓등으로도 안 듣는 것 같았다. 그대로 빌을 입안에 넣고 씹었다.

개구리인데 날카로운 송곳니가 있었다.

빌은 너무 무서워서 똥을 지렸다. 하지만 팜파즘은 개의치 않는 것 같았다. 이빨에 힘이 들어갔다.

몸통이 찢겨나가리라 생각한 순간 빌에게서 개구리와 문어가 합쳐진 팜파즘의 송곳니가 떨어졌다.

입이 크게 벌어지자 줄줄 흘러내리는 질척질척한 오물 같은 침과 함께 빌은 축축한 곳에 떨어졌다.

빌이 올려다보자 털이 북실북실한 양손이 개구리의 위턱과 아래턱을 잡고 있는 모습이 흐릿하게 눈에 들어왔다.

"내가 잠깐 기다리라고 했을 텐데?"

개구리와 문어가 합쳐진 팜파즘이 웅얼웅얼 말했다.

"엉? 뭐라고 했나? 하나도 못 알아듣겠어."

개구리와 문어가 합쳐진 팜파즘은 다시 웅얼웅얼 말했다.

"네게 기회를 주지." 털이 북실북실한 팜파즘이 말했다. "지금 당장 내게 변명을 해. 날 설득할 수 있으면 목숨을 살려주지."

개구리와 문어가 합쳐진 팜파즘은 웅얼웅얼 말했다.

"엉? 뭐라는지 모르겠어. 안됐지만 알아듣도록 말하지 않으면 목숨은 없는 줄 알아라."

개구리와 문어가 합쳐진 팜파즘은 웅얼웅얼 말하려고 했지만 그럴 수 없었다. 입이 위아래로 쫙 찢어졌기 때문이다. 개구리와 문어가 합쳐진 팜파즘의 몸은 깨끗하게 앞뒤 두 조각으로 갈라졌다.

엄청난 양의 액체와 소화액이 사방에 튀었다.

털이 북실북실한 팜파즘은 껄껄 웃더니 방금 죽인 팜파즘의 피와 살점을 게걸스럽게 먹었다.

"생각해보니 내가 입에 손을 쑤셔 넣어서 말을 못 했군. 웃겨라." 팜파즘은 쾌활하게 말했다.

"지금, 동료를 죽였어?" 빌의 눈이 휘둥그레졌다.

"그래. 난 제일인자 팜파즘이니까 무슨 짓을 해도 괜찮아."

늑대 머리와 박쥐 날개가 달린 팜파즘이 군침을 흘리며 빌에게

다가왔다.

"제일인자 팜파즘이 이 나라의 지배자야?"

"뭐, 그렇겠지?"

"그럼 지금 날 먹으려고 하는 이 녀석 좀 말려줄래?"

"야, 잠깐 기다려. 내가 도마뱀이랑 이야기하는 중이잖아."

하지만 늑대와 박쥐가 합쳐진 팜파즘은 귓등으로도 듣지 않는 것 같았다. 그 녀석이 빌에게 날아들었다.

제일인자 팜파즘은 그 녀석을 공중에서 붙잡았다.

"귀찮으니까 목숨을 구걸할지 말지 물어보는 건 생략할게." 제일인자 팜파즘은 늑대와 박쥐가 합쳐진 팜파즘의 머리를 떼어냈다.

엄청난 양의 피와 함께 부서진 뼈와 살점, 혈관이 사방에 흩뿌려졌다.

제일인자 팜파즘은 떼어낸 머리를 내던지고, 머리가 떨어져 나간 목을 가만히 들여다보며 입맛을 다셨다. 식도에 손가락을 쑤셔 넣어 벌렸다. 그리고 자기 사타구니로 가져가더니 천천히 허리를 움직이기 시작했다.

빌은 너무나 처참한 광경을 보고 제자리에서 웩웩 토했다.

"왜 그러나, 도마뱀? 기분이 별로야? 난 이렇게 기분이 좋은데. 하아. 히이. 후우."

"너희들은 늘 이런 짓을 하며 지내?"

"이런 짓?" 제일인자 팜파즘의 하반신은 방금 죽인 팜파즘과 융합되기 시작했다. "동료끼리 죽이고, 먹고, 범하는 거?"

"응."

"그렇다면 대답은 예스야. 우리는 늘 이런 짓만 하며 지내."

"왜 그렇게 끔찍한 짓을?"

"끔찍하다고? 아니야. 멋진 일이지. 들뜨고 가슴이 설렌다고." 제일인자 팜파즘은 황홀한 표정을 지었다. "여기가 천국인가 싶을 정도야."

"내가 생각하는 천국이랑은 엄청 다르네."

"오즈의 나라에서 왔다고 했던가?"

"응."

"그곳 인간은 선량해?"

"글쎄. 착한 사람이 많지 않으려나?"

"그 나라는 어디에 있지?"

"그건 말하기 싫은데."

"이제 곧 말하고 싶어질 거야." 제일인자 팜파즘은 양손을 펼쳤다.

다양한 형상의 팜파즘들이 진흙 속에서 솟아올랐다. 다들 여러 가지 생물이 어중간하게 합쳐진 모습이었다.

"우리는 융합해." 제일인자 팜파즘의 오른쪽 어깨에 개구리 얼굴이, 왼쪽 어깨에 늑대 얼굴이 나타났다. "상대의 힘을 흡수해서 더 강해지지. 우리는 그렇게 진화해왔어."

"그건 일반적인 진화의 과정이 아니야."

"일반적인 진화는 감질나서 못 견디겠어. 우리는 강해. 초능력과 마법도 쓸 수 있지." 제일인자 팜파즘의 몸이 화염으로 변했다.

빌의 몸이 지글지글 타들어갔다.

화염은 아름답고 젊은 여자 모습으로 변했다. "어때? 나랑 오즈마 여왕 중에 누가 더 예쁘지?"

"옷을 안 입으면 비교를 못 해. 같은 조건이 아니니까."

"괴로워하며 죽는 것과 괴로움 없이 죽는 것 중 뭐가 더 좋지? 오즈의 나라에 관한 정보를 준다면 원하는 대로 해주마."

"둘 다 싫은데."

"그럼 차라리 죽는 게 낫겠다고 생각할 만큼 고통스럽게 몇 만 년이나 살려둬야겠군. 자, 어느 꽘파즘과 융합되고 싶지?"

무수히 많은 꽘파즘들이 빌에게 다가왔다.

"내 질문에 대답해줄래?" 빌이 물었다.

"싫다. 일단 네가 먼저 대답해라. 이 더럽게 짜증 나는 짐승아!"

"하는 수 없네. 배고픈 호랑아." 빌은 뒤에 있던 배고픈 호랑이를 불렀다. "여기에 도착하면 너한테 말하라고 오즈마가 분부했어."

"무슨 말인데?" 배고픈 호랑이가 물었다.

"인정사정 봐줄 것 없이 꽘파즘을 실컷 먹어도 된대."

"진짜? 먹고 싶어서 죽는 줄 알았어." 배고픈 호랑이는 신바람을 내며 꽘파즘 사이로 뛰어들어 차례차례 찢어발기고 덥석덥석 먹었다.

"맛은 어때?" 빌이 물었다.

"퍽퍽한데. 인간의 아기가 훨씬 육즙이 많아. 하지만 뭐, 고기는 고기니까 배부른 소리는 하면 안 되겠지."

제일인자 팜파즘의 눈이 분노로 불타올랐다. "팜파즘들이여, 이것들을 붙잡아 피의 축제를 벌여라. 갈기갈기 찢고 융합하여 수백만 년간 고통을 안겨줘라."

팜파즘들이 빌 일행에게 달려들었다.

"그러지 마. 무서워!" 배고픈 호랑이 옆에 있던 겁쟁이 사자가 두 앞발을 휘둘렀다.

팜파즘들의 팔다리와 목, 내장이 뿔뿔이 흩어졌다.

"으앗! 역겨워!" 혼란에 빠진 사자가 더욱 날뛰자 팜파즘들은 저민 고기로 변했다.

"이 자식! 날 얕보지 마라! 마법으로 산산조각 내주겠다!" 제일인자 팜파즘이 양손을 들었다.

"헛! 무서운 소리 하지 마!" 사자는 제일인자 팜파즘의 손을 서둘러 내리려고 했다.

사자 발톱이 파고들자 제일인자 팜파즘의 양팔이 어깨에서 찢겨나갔다.

심장 박동에 맞추어 피가 쭉쭉 뿜어져 나왔다.

제일인자 팜파즘은 멍하니 자기 어깨를 바라보다가 갑자기 절규했다.

절규에 놀란 사자는 뒤로 돌아 제일인자 팜파즘을 걷어찼다. 등뼈가 부러지는 소름 끼치는 소리가 들렸고 입과 항문에서 장기가 튀어나왔다. 제일인자 팜파즘은 그 자리에 쓰러졌다.

"잘 먹겠습니다!" 배고픈 호랑이가 제일인자 팜파즘의 가슴을 물어뜯었다. 그리고 얼굴을 씹어 먹으려고 했다.

"얼굴은 아직 먹지 마!" 빌이 황급히 말렸다. "그 사람한테 몇 가지 물어볼 게 있어."

"알았어. 잠깐 기다릴게. 하지만 최대한 빨리 끝내줘. 난 배가 고파." 호랑이가 대답했다.

"제일인자 팜파즘아, 너희들은 이 나라에서 행복하게 살고 있지?"

"물론이다." 제일인자 팜파즘은 피를 왈칵 토해내며 말했다.

"그럼 오즈의 나라를 공격하고 싶은 마음은 없겠네."

"오즈의 나라에는 선량한 인간이 많지?"

"응, 맞아."

"그렇다면 그 녀석들에게 고통을 주고 싶어. 가족을 한 명씩 괴롭히며 천천히 죽이는 거지. 사람들이 불행의 나락에 떨어지는 모습을 보는 게 우리의 낙이야."

"너희들이 오즈의 나라에 위험하다는 사실을 잘 알았어."

"질문은 끝났나?"

"아직 남았어. 너희들 중 한 명이 오즈의 나라에 와서 도로시라는 여자애를 죽이지 않았어?"

"무슨 소리인지 모르겠지만, 우리 중 한 명이라도 오즈의 나라에 침입했다면 여자애 하나를 죽이는 걸로 끝날 리 없어. 한 번 숨 쉴 때마다 인간을 천 명은 죽이겠지."

"그럼 너희들은 도로시 살해사건과는 관계가 없나보구나. 좋아, 마지막 질문이야. 이상한 나라가 어디에 있는지 알아?"

"어디라고?"

"이상한 나라. 붉은 여왕이 다스리는 곳이지."

"어딘지 모르지만 어디 있는지 알려주면 그 나라의 국민을 노예로 삼아 차례대로 고통스럽게 학살해주마."

빌은 고개를 숙였다. "애써 왔는데 별 수확은 없네."

"무슨 소리냐? 뭣 때문에 날 이런 꼴로 만들었어?"

"이제 질문은 끝났지?" 호랑이가 물었다. "먹어도 돼?"

"응. 먹어." 빌은 대답했다.

호랑이는 제일인자 팜파즘의 얼굴을 덥석 물고 뼈째 우둑우둑 씹어 먹었다.

호랑이가 입을 떼자 뻥 뚫린 구멍이 생겼지만 금세 피로 가득 찼다.

혀도 이빨도 없어진 탓에 제일인자 팜파즘은 짐승처럼 신음하는 것이 고작이었다. 기관지로 피가 흘러들었는지 세차게 콜록거리자 피가 사방으로 튀었다.

호랑이는 얼굴뼈를 우둑우둑 씹다가 떨떠름한 표정을 지었다. "뭐야. 생각보다 맛없잖아."

곰 같은 팜파즘이 제일인자 팜파즘 위에 올라앉아 범하면서 먹기 시작했다.

너무 처참한 광경에 빌은 위액을 토해냈다.

"이 힘은 내 거야." 곰 같은 팜파즘은 들뜬 목소리로 말했다. "내가 새로운 제일인자 팜파즘이다!"

호랑이는 팜파즘들을 차례차례 먹어 치웠고, 사자는 눈을 감은 채 팜파즘들을 해치워 시체의 산과 피바다를 만들어냈다.
"이제 여기에 있을 이유가 없네." 빌은 오즈마에게 신호했다.
팜파즘의 나라에서 빌과 사자, 호랑이의 모습이 사라졌다.

18

"아아. 힘들어 죽겠네." 이모리는 앓는 소리를 했다.
여기는 대학 부지 안에 있는 작은 광장이다. 벤치도 있어서 마치 공원 같은 분위기다.
"어느 세계에서 그렇다는 거야?" 조금 떨어져 앉은 줄리아가 물었다.
"양쪽 다지만 주로 요정의 땅에서."
"빌의 꼬리는 다 나았지?"
"그 후의 이야기야."
"아아. 팜파즘의 나라에 갔었지, 참."
"그 녀석들은 최악이야."
"신들조차 두려워한다고 하던데."
"악마 그 자체야. 고도의 지성을 지니고 있으면서도 본능이 시키는 대로 살고, 양심이나 죄악감 따위는 눈곱만큼도 없어."
"왜 그런 녀석들이 사는 곳에 갔어?"

"뭔가 건질 수 있을 것 같아서?"

"뭘?"

"이상한 나라에 대한 정보나, 로드에 대한 정보."

"왜 팜파즘이 그런 정보를 가지고 있을 거라 생각했는데?"

"녀석들은 너무나 흉포한 탓에 다른 종족과는 접촉이 거의 없었어. 접촉한 종족은 잡아먹히거나, 능욕당한 끝에 잡아먹히거나, 능욕당한 끝에 융합돼."

"절대로 가까이하기 싫다."

"오즈의 나라와 국교를 맺은 나라에서 온 사람들은 이상한 나라를 몰랐어. 그래서 지금까지 접촉이 없었던 팜파즘이라면 뭔가 알지 않을까 싶었지."

"하지만 몰랐구나."

"응. 하긴 그런 녀석들이 이상한 나라를 알고 있었다면 가만히 놔뒀을 리 없어."

"모를 일이지. 이상한 나라도 오즈의 나라처럼 강력한 마법으로 보호받고 있을 수도 있잖아."

"그런 느낌은 없었는데. 만약 그런 인물이 있었다면 그야말로 정체를 잘 숨기고 있었던 셈이니까 오즈마나 글린다보다 더 강한 마법사라는 뜻이야."

"로드에 대해서는?"

"녀석의 수법이 너무 무자비해서 팜파즘이 관여한 게 아닐까 싶었어. 하지만 아니었지. 팜파즘이 오즈의 나라에 침입했다면 몰래 살인을 저지르지 않고 즉각 대량살육을 벌였을 거야." 이모리는 창백한 얼굴을 숙인 후 이마의 땀을 닦고 한숨을 내쉬었다.

"침울해 보이네. 팜파즘의 무시무시한 만행이 생각나서 그래?"

"아니. 팜파즘도 무섭기는 하지만."

"뭐야, 팜파즘보다 더 무서운 게 있어?"

"응. 눈치가 없어서 그동안 몰랐지만 그 무시무시한 팜파즘을 갈기갈기 찢고 우둑우둑 씹어 먹은 녀석들이 있어. 그들이 진심으로 두려워."

"도대체 누군데?"

"겁쟁이 사자와 배고픈 호랑이."

"난 또 누구라고."

"무슨 반응이 그래?"

"개들은 강한 거로 유명해."

"하지만 사자는 겁쟁이잖아?"

"겁쟁이지."

"그런데 몹시 강했어."

"응. 몹시 강해."

"……그리고 호랑이는 엄청난 기세로 먹더라."

"그건 이상할 것 없잖아?"

"배고프니까?"

"응. 배고프니까."

이모리는 입을 다물었다.

"왜?"

"생각 좀 하느라고."

"도로시를 죽인 범인이 누군지?" 줄리아가 물었다.

"사자는 아주 강한데 왜 겁쟁이인가."

"허수아비에게는 왜 지혜가 없는가, 닉에게는 왜 마음이 없는가. 그거랑 궤를 같이 하는 의문이야?"

"으음, 글쎄? 그 둘은 일종의 마법생물이니까 설계에 실수가 있다고 할까……."

"설계에 실수가?"

"처음부터 그런 식으로 설계했으니까 실수잖아. 그거야, 불량품."

"사자도 똑같지 않나?"

"사자는 마법생물 같은 느낌이 아니던데."

"나도 그런 이야기는 못 들었어. 자연계의 야생동물일걸."

"그럼 불량품이라는 말은 어울리지 않지."

"그러니까 원래부터 그런 성격을 타고난 거야."

"보통 아주 강하면 용맹해지지 않나?"

"강한 탓에 겁쟁이가 된 것 아닐까? 너무나 강대한 자신의 힘에 도리어 위축됐다든가."

"야생 사자가?"

"분명 이런저런 사정이 있겠지. 사냥감으로 착각하고 친구를 해쳤다든가."

"그런 일화가 있어도 이상할 것 같지는 않지만, 평소 말과 행동을 보면 그런 일이 생겨도 마음에 담아두지는 않을 것 같은데."

"사자의 내면에 관련된 문제니까 우리가 왈가왈부할 수는 없지."

"그럼 배고픈 호랑이는 어때?"

"아까도 말했지만 호랑이는 그저 배가 고파서 강한 거야. 이제 의문이 풀렸지?"

"아니, 이상하잖아. 그렇게 흉포한 녀석이 늘 바로 옆에 있다니."

"걱정 마. 걔는 식욕이 왕성하지만, 이성이 식욕을 앞서니까."

"다시 말해 오즈의 나라 사람들은 야생동물의 이성을 믿는다는 뜻?"

"의심할 이유가 있어?"

"만약 그에게 이성이 있다면 교활함도 갖추었을지 몰라."

"그게 무슨 뜻이야?"

"어린애와 노인을 몰래 잡아먹는지도 모르지."

"그거, 무슨 근거라도 있어?"

"아니. 그냥 가능성의 문제야."

"근거도 없이 그런 식으로 말하면 안 되지."

"오즈의 나라에서 행방불명된 사람은 없어?"

"물론 가끔 그런 일이 생기기는 생겨."

"사자나 호랑이가 의심받은 적은?"

"의심하다니, 걔들은 오즈마 여왕의 애완동물이니까 그런 송구한 짓은 안 해."

"어디까지나 가정인데, 그들이 인간을 먹는다고 판명되면 어떻게 될까?"

"잊어버렸나본데, 먹는 건 죄가 아니야."

"인간을 먹어도?"

"오즈의 나라에서는 인간의 정의가 애매하거든. 동물은 대부분 사람 말을 알아. 즉 토끼나 사슴을 먹는 것도 인간을 먹는 것도 기본적으로는 동일한 행위야."

"그들이 사람 말을 아는 동물을 먹는 건? 그냥 놔둬?"

"당연하지. 걔들은 육식동물이야. 그건 자연의 섭리라고."

"하지만 만약 오즈마의 애완동물이 국민을 먹으면 앙금이 남지 않을까?"

"그야 당연히 그럴 수도 있겠지."

"그럼 왜 방치해둬? 제대로 조사하면 되잖아."

"그러니까 방치하는 거잖아. 여왕의 애완동물이 식인행위를 한다는 게 밝혀지기라도 하면 서로 몹시 거북해질 테니까. 그런 일이 벌어지지 않도록 다들 배려해서 조사를 안 하는 거야."

"그렇군. 합리적인 이유야." 이모리는 말했다. "다만 빌을 먹지 않는 걸로 보아 아는 사이면 괜찮은 모양이군."

"응. 사자와 둘이서만 있지 않도록 유의한다면."

이모리는 잠시 생각했다. "그 말인즉슨……."

"그것보다 로드를 붙잡을 방법은 없을까?"

"로드를? 그게 무슨 의미가 있어?"

"자기가 살인범이라고 자백했잖아."

"로드의 말을 100퍼센트 믿을 필요는 없겠지."

"하지만 제 입으로 범인이라고 했으니 그냥 넘어갈 수는 없어."

"뭐, 내 생각에도 그 인물이 거의 확실히 범인일 것 같아. 하지만 범인이라 한들 지구의 법률로는 어쩔 도리도 없잖아. 도로시를 실제로 살해한 건 오즈의 나라에 있는 로드의 본체야."

"범인에 관한 단서를 얻어낼 수 있을지도 모르지."

"그런 경솔한 짓은 안 할 것 같은데. 굳이 나서서 범인임을 밝혔으니 자신이 있겠지."

"그 자신감이 결점이야."

"그게 무슨 뜻이야?"

"완벽하게 합리적인 인물이라면 자신에게 다다를 실마리를 일절 남기지 않을 거야. 하지만 그 혹은 그녀는 일부러 피해자의 관계자 앞에 나타나서 자신이 범인임을 밝혔어."

"그야 아바타라가 범죄를 저지른 게 아니니까 잡힐 리 없다고 얕잡아본 거겠지."

"하지만 원래 그런 짓은 불필요해. 자기 정체를 감추는 게 우선이라면 약간의 확률도 무시하지 않겠지. 일부러 자신의 정보를 누설하는 짓을 할 리 없어, 안 그래? 그 인물은 사실 오즈의 나라에서 자신이 범인임을 밝히고 싶었던 게 아닐까 싶어. 하지만 그랬다가는 붙잡힐 테니 지구에서 범인임을 밝혀서 대리만족한 거야."

"왜 그런 짓을 하지?"

"자기현시욕이 강하니까. 자신이 저지른 범죄를 자랑하고 싶어서 못 견디는 거야."

"과연. 그 추측이 옳다면 지구에서 로드와 접촉했을 때 알아서 뭔가 정보를 제공할 가능성이 크겠군."

"그러려면 일단 로드가 어디 있는지 알아내야 해."

"그건 간단하지 않을까?"

"간단하다고?"

"그 녀석은 자기현시욕이 강하잖아? 그럼 자기가 어디 있는지 말하고 싶어서 입이 근질근질하지 않을까? 우리가 공공연하게 로드를 찾아 나서면 알아서 나타날 거야."

이모리와 줄리아는 분담하여 학교 안팎을 돌아다니며 로드에 대해 물어보았다. 그래 봤자 위아래로 검은색 옷을 입고 로드라고 자칭하는 사람을 모르냐고 닥치는 대로 물어보는 것이 전부다. 물론 목적은 정보를 얻는 것이 아니다. 이쪽에서 찾고 있다는 사실을 로드에게 전하는 것이 목적이다.

며칠 후, 이모리가 연구실로 들어가자 위아래로 검은색 옷을 입은 사람이 그의 책상에 앉아 있었다. 마침 방에는 다른 학생이나 직원이 없었다.

"우와아앗!" 이모리는 방어 자세를 취했다. 물론 무술을 배운 적은 없으므로 영화에서 본 액션 신을 그럴듯하게 따라 했을 뿐이지만.

검은색 옷차림을 한 사람은 그런 이모리를 가만히 바라보았다.

"네가 로드냐?" 이모리가 먼저 말을 걸었다.

"그래. 분명 그때는 그런 이름을 댔지." 검은색 옷차림을 한 인물이 말했다. 한 번도 들어본 적 없는 목소리였다. "너희들, 날 찾는 것 같던데."

"네가 도로시와 진저, 허수아비를 죽였나?"

"글쎄? 난 살인범의 아바타라는데, 내가 죽였다고 해도 되는지 모르겠군."

"세 명을 죽인 기억은 있지?"

"당시 상황을 이야기해줄 수도 있어. 다만 이야기를 듣다가 감정이 격해져서 나를 죽이지는 말기를 부탁해."

이모리는 자칭 로드라는 남자를 가만히 관찰했다.

온통 검은색이다. 하지만 검은 천을 두른 건 아니다. 검은색 셔츠에 검은색 양복을 입고, 검은색 넥타이를 맸다. 거기에다 검은색 마스크에 선글라스까지 꼈다. 총이나 칼 같은 무기는 갖고 있지 않았다. 다만 옷 안에 숨겼을 가능성은 있다.

"말해두겠는데 우리 학교에는 방범카메라가 수두룩해. 이 방에도 보이지 않는 곳에 카메라가……."

"허세는 집어치워." 로드는 성가시다는 듯이 말했다. "그딴 데다 돈을 쓰는 학교는 없어."

이모리는 자세를 가다듬었다.

"안심해. 널 여기서 죽일 마음은 없어. 지구에서 살인을 저질렀다가는 까딱하면 본전도 못 찾을 테니까."

"오즈의 나라에서는 죽일 마음이 있다는 건가?"

"그야 모르지. 빌이 어떻게 나오느냐에 달렸어."

"네 정체는 뭐야?"

"지구에 있는 내 정체? 아니면 오즈의 나라에 있는 내 본체의 정체?"

"넌 우리가 알고 있는 인물인가?"

"지구에서는 모르겠지."

"오즈의 나라에서는 아는 사이라는 뜻?"

"글쎄. 그건 알아서 해명하도록 해."

"내 앞에 나타나놓고 멀쩡히 돌아갈 수 있을 것 같아?"

"응."

"경찰을 불러 체포할 수도 있어."

"그건 안 되지. 난 지구에서는 범죄자가 아니니까."

"제압해서 감금할 수는 있겠지."

"그런 짓을 했다가는 그쪽이 범죄자가 될 텐데. 그리고 넌 날 제압 못 해."

"어째서 그렇게 자신만만하지?"

"다 봤거든. 시노다와 지누 같은 녀석들한테도 쩔쩔매시던데."

"그게 그때는 허를 찔려서……."

어느새 로드가 이모리의 멱살을 잡고 있었다. 2, 3미터 거리를 단숨에 도약한 모양이다.

"어때? 나도 언제든지 기습할 수 있어." 로드는 이모리의 귓가에 속삭였다.

이모리는 등골이 오싹하여 부릅뜬 눈으로 로드를 쳐다보았다.

"무서워하지 마. 안 죽인다고 했잖아." 로드는 손을 가만히 놓았다.

죽일 마음은 분명 없는 듯했다. 하지만 죽일 마음을 먹으면 언제든지 죽일 수 있다. 로드에게서 그런 살기가 느껴졌다.

이 녀석은 이미 세 명이나 죽였다. 죽이면 문제가 된다는 건 알지만 죽이는 행위 자체에는 거부감이 없는 것 같다. 너무 자극하면 좋지 않을지도 모른다.

"날 죽일 마음이 없다면 뭐 하러 왔지?"

"좋은 질문이야." 로드는 손톱을 만지며 말했다. "으음. 그러고 보니 나도 잘 모르겠군. 잠깐 심심풀이 삼아?"

역시 자기현시욕이 아주 강한 모양이다. 어쩌지? 자기현시욕을 만족시켜주면 될까? 아니면 만족시켜주지 않는 편이 나을까?

이모리는 열심히 머리를 굴렸지만 답은 나오지 않았다. 로드에 관해 아는 게 너무 없어서 추측조차 불가능했다.

에라. 도 아니면 모다.

"트릭은 어떻게 고안했지?" 이모리는 큰 소리로 물었다.

"응? 트릭이 있었나."

"피가 튄 옷을 벗고 틱톡을 도로시 얼굴 위로 쓰러뜨리는 등 이래저래 조치를 취했잖아."

"누굴 바보로 알아? 그런 건 트릭이 아니야!"

"그럼 트릭은 뭔데?"

"트릭은 만들어내는 게 아니야. 어떻게 우연과 환경을 잘 이용할 것인가, 거기에 머리를 써야지."

"예를 들어 이번 사건에서는 어떤 식으로 했는데?"

"이번에 난 내 정체가……."

이모리는 몸을 내밀었다.

로드는 껄껄 웃었다. "이봐, 내가 정말로 네 말에 놀아나서 나불나불 떠들 줄 알았나?"

"시험 삼아 해봤을 뿐이야. 기대는 안 했어."

"아쉽나?"

"널 여기까지 끌어내는 데 성공했어. 효과는 있었던 셈이지."

"하지만 네가 할 수 있는 일은 없어."

"꽤 있을 것 같은데?"

"머리만 좋다고 다 되는 게 아니야. 넌 무력한 대학원생에 불과해."

"오즈의 나라에서는 더 무력하지만."

"하지만 거기에는 네게 협력하는 자들이 있지. 그러니까 난 그쪽에서는 결코 모습을 드러내지 않을 거야."

"이쪽에도 협력자는 있어." 이모리는 조금 큰 소리로 말했다.

"그 계집애? 둘이 힘을 합치면 좀 나을 것 같나?"

유카와 가즈미는 모르는 모양이다. 굳이 알려줄 필요는 없겠지.

"내가 두려워하는 건 오즈마와 글린다 그리고 오즈의 마법사의 강력한 마법이야. 특히 오즈마와 글린다는 각별히 주의해야 하지." 로드는 말을 이었다.

"이쪽에 그 두 사람의 아바타라가 있을지도 몰라."

"하지만 여기서는 마법을 못 쓰지."

"지구에는 마법이 없으니까."

로드는 소리 높여 웃었다. "이봐, 정말로 모르나? 지구에도 마법은 있어."

"뭐, 지구가 다른 세계와 연결되는 건 하나의 거대한 마법이라고 생각하지만……."

"물론 그것도 그렇지만 그뿐만이 아니야. 이 세계에는 이 세계 나름의 마법이 있다고."

"'충분히 발달한 과학 기술은 마법과 구별이 되지 않는다.' 아서 클라크의 과학 3법칙 중 하나지. 네가 하고 싶은 말은 그거야?"

"마법이든 과학이든 상관없어. 요는 이 세상에 인간이 모르는 힘이 있다는 거야."

"그야 그런 힘이 있을지도 모르지만 일상생활하고는 관계없잖아."

"너한테는 그렇겠지."

"너하고는 관계가 있나?"

"난 한 번 죽었어."

"비유가 아니라?"

"비유 아니야."

"심폐가 정지된 상태에서 목숨을 건지는 사람도 있어."

"아니. 그런 게 아니라 완전히 죽었어."

"넌 그렇게 여기는 거로군."

"망상이 아니야."

"증명할 수 있나?"

"가족에게 이야기를 듣든지 병원에 남아 있는 의료 기록을 보면 되겠지."

"의료 기록에 네가 죽었다고 쓰여 있어?"

"아니. 한 번 죽었다가 되살아난 이후에 발생한 이상한 현상이 기록되어 있어."

"즉 직접적인 기록은 아닌 거네?" 이모리는 어깨를 으쓱했다.

"하지만 난 누나에게 살해당한 걸 똑똑히 기억해."

"기억한다고 여기는 거잖아? 그런 이야기는 그렇게 드물지 않을 텐데. 뭐, 일단 누나와 사이가 좋지 않다는 건 알겠어."

"전부 내 망상이다 그거지?"

"상식이 있는 사람이라면 보통 그렇게 생각할 거야."

"그렇겠지. 하지만 이게 망상이 아니라는 건 나 자신이 제일 잘 알아."

"망상인지 아닌지 본인은 모르지 않아?" 이모리는 조금씩 이동했다.

"그토록 강렬한 체험이 현실인지 아닌지 모를 리가 있나. 하지만 그때는 신기하다는 생각이 안 들었어. 그저 무섭고 괴로웠어."

"괴로웠다고?"

"잘게 분해되는 건 아무렇지도 않았어. 죽었으니까. 하지만 조립될 때 난 조금씩 의식을 되찾았지. 조립되는 것도 분해되는 것에 뒤지지 않을 만큼 아파."

"미안. 네 말이 무슨 뜻인지 전혀 이해가 안 가. 네가 말한 아픔도 상상이 안 되고."

"상상력에 한계가 왔나? 뭐, 됐어. 이 세계에도 마법이 존재한다, 내가 하고 싶은 말은 그거야. 그리고 그 마법은 아주 사위스럽지. 난 그 힘을 손에 넣으려고 했어."

"뭣 때문에?"

"그 힘이 있으면 바라는 걸 뭐든지 다 이룰 수 있거든. 나는 진정한 인간이 되고 싶었어."

"참사람이 되고 싶었다고?"

"아니. 조립된 가짜 인간 말고 진짜 인간이 되고 싶었어. 너희 같은."

"비슷한 고민에 빠진 여자를 아는데, 소개해줄까?"

"하지만 마법의 힘을 손에 넣을 힌트를 찾을 수가 없었어. 그 힘은 분명히 이 세계에 존재하는데 말이야."

"뭐, 착각은 자유니까."

"그때 이상한 꿈을 꾼다는 걸 인식했지."

"뭐야. 꿈 이야기야?"

"그만 놀려. 너도 매일 꾸는 요정의 땅 꿈이야."

"그 자체가 망상일지도 모르지."

"그럼 왜 네 꿈과 앞뒤가 맞는 걸까?"

"글쎄. 집단망상일 수도 있고."

"쓸데없는 논쟁은 사양하겠어. 아무튼 난 두 세계가 연결되어 있음을 알아차리고 면밀히 관찰해서 법칙을 도출했어. 그리고 그거야말로 마법임을 깨달았지."

"축하해. 바람이 이루어져서 다행이네."

"바람은 이루어지지 않았어. 다만 누나한테 약간은 앙갚음을 해줄 수 있지 않을까 싶었지."

"도로시가 누나? 아니면 진저가?"

"아니야. 하지만 10년 묵은 체증이 조금은 내려갔어. 누나의 체면도 망쳤고."

"즉 네 누나의 체면을 망치려고 도로시를 죽였다는 건가?"

"그것도 그렇지만, 도로시가 죽은 건 어느 정도 자업자득이야."

"그게 무슨 뜻이야?"

"그건······." 로드는 갑자기 생각에 잠겼다.

"왜?"

"이상하다 싶어서."

"어떤 점이?"

"넌 날 붙잡고 싶을 거야."

"그야 그렇지."

"그렇다면 내 도주로를 막으려고 할 테지."

"그런가?"

"시치미 떼지 마. 이 방에 출구는 저 문 하나뿐이야. 넌 내가 달아나지 못하도록 출구로 향하는 길을 막아서야 자연스러워."

"그래야 자연스럽다지만 그냥 네가 그렇게 느끼는 거잖아?"

"넌 방금 전부터 조금씩 출구 반대편으로 이동하고 있어."

"무의식중에 그랬나보네. 별 뜻은 없었어."

"솔직히 난 네가 출구를 막을 줄 알았다. 그래서 대책을 생각했지."

"뭔데?"

"손에 든 카드를 상대에게 보여주는 바보가 어디 있나." 로드는 활짝 열린 문을 보았다. 그 순간 이모리는 로드의 사각에 들어갔다.

이모리는 잠깐 망설였지만 조심조심 로드에게 다가갔다.

1미터쯤 남았을 때 로드가 고개를 돌렸다. "물론 보지 않아도 네가 뭐 하는지 다 알아. 설령 뒤에서 덮치더라도 달아날 자신은 있어. 문제는 문 뒤편에 숨은 녀석이야."

"아무도 없어."

"넌 이동하기 전에 문 근처에서 일부러 크게 말했어. 이쪽으로 다가오는 사람의 주의를 끌기 위해서지. 지금 누군가와 이야기하고 있으니 들키지 않도록 조용히 방으로 다가오라는 뜻을 전하려고 한 거야."

"네게 그런 생각을 심으려고 일부러 그랬는지도 모르지. 정 의심스러우면 확인해보든가."

로드는 생각에 잠겼다. "젠장. 너 정도는 거뜬할 줄 알았는데 좀 골치 아파졌군."

"이제 단념하는 게 어때?"

"하지만 생각해보면 붙잡힌대도 겁날 건 없지. 아까도 말했다시피 난 이 세계에서는 아무도 안 죽였어. 만약 날 감금하거나 고문하면 체포되는 건 너희야."

"그런데 감금하고 고문했다는 증거를 간단히 인멸하는 방법이 있거든. 넌 모르는 모양이지만."

"허세 부리기는."

"허세 아니야."

"그럼 그 방법이 뭔데? 말해봐."

"널 죽이면 돼."

"뭐? 여기서 사람을 죽이면 죄가 더 무거워질 텐데."

"그게, 넌 오즈의 나라에 사는 누군가의 아바타라니까 죽여도 안 죽어. 널 죽이면 감금도 고문도 없었던 일이 되겠지. 그리고 알아낸 정보는 우리 기억 속에 남아."

사실 이모리는 감금하고 고문한 것도 없었던 일이 될지 자신이 없었고, 그런 짓을 할 생각도 없었다. 하지만 그렇게 으름장을 놓아서 로드를 포기시키려고 했다.

"넌 방 밖의 사람에게 여기 있는 사람을 붙잡으라는 말은 한마디도 안 했어. 바깥에 대기하고 있는 사람은 자초지종을 아는 셈이지. 즉 십중팔구 줄리아야. 그렇다면 승산은 있어."

"여자니까 별것 아니다?"

"아니. 처음부터 너랑 줄리아 두 명을 상대하는 상황은 가정하고 왔거든. 되살아나기야 하겠지만 죽기는 싫으니까 이만 실례할게." 로드는 출구를 향해 재빨리 움직였다.

"간다!" 이모리는 소리를 질렀다.

"앗!" 로드는 놀라서 움직임을 멈췄다.

이모리는 뒤쫓아갔다.

출구로 뛰쳐나간 순간 로드는 방어자세를 갖추며 좌우를 살폈다.

문밖에는 줄리아와 가즈미 두 명이 숨어 있었다.

이모리는 즉시 문간에 버티고 섰다.

로드는 세 명에게 포위됐다.

"이런. 합쳐서 세 명이었군."

"뭐, 우연이지만. 둘이 함께 올 줄은 나도 몰랐어." 이모리가 말했다.

"운수대통이라 좋으시겠어." 로드가 말했다.

"운이라. '하늘은 스스로 돕는 자를 돕는다'라는 말도 있잖아. 늘 상황을 적확하게 판단하고 행동하는 사람은 운이 좋은 것처럼 보일지도 모르지."

"그럼 분명 나도 운이 좋은 것처럼 보이겠군."

"둘 다 조심해. 뭔가 꿍꿍이가 있는 모양이야." 이모리는 두 사람에게 경고했다.

"목소리를 듣고 대충 짐작했지?" 로드는 가즈미를 보았다.

가즈미는 움찔 반응했다.

"나야." 로드는 마스크와 선글라스를 벗었다.

가즈미의 눈이 동그래졌다.

다음 순간 로드는 가즈미의 옆을 빠져나가서 냅다 달렸다.

이모리와 줄리아가 쫓아가려고 했지만 우두커니 선 가즈미를 피하느라 한 박자 늦었다.

로드는 복도 모퉁이를 돌았다. 두 사람이 모퉁이에 도착하자 로드는 이미 계단을 내려갔는지 어디에도 보이지 않았다.

두 사람도 계단을 내려갔다. 계단을 내려가면 바로 밖으로 통하는 출구다. 점심시간이라 출구 부근은 몹시 붐볐다.

"지금 여기로 내려온 사람 어디로 갔는지 몰라?" 이모리는 큰 소리로 말했다.

몇 명이 이모리를 흘끗 쳐다보았지만 대답하는 사람은 없었다.

무리도 아니다. 건물에서 뛰쳐나가는 사람은 얼마든지 있다. 아무도 관심을 주지 않았을 것이다.

가즈미도 두 사람을 쫓아 내려왔다.

"도대체 어떻게 된 거니?" 줄리아가 가즈미에게 물었다.

"아는 사람이었어."

"그럼 놓쳤지만 정체는 알아낸 건가?" 이모리가 말했다. "그 녀석, 누구야?"

"로드는…… 걔는…… 오시나리 미치오, 내 남동생이야."

19

"결국 마법은 뭐야?" 빌은 오즈의 마법사에게 물었다.

마법사는 어스름한 방에서 기묘한 약을 조합하는 중이었다.

"그것참 어려운 질문이로군." 마법사는 말했다. "철학적이기까지 해."

"내 질문이 그렇게 어려워? 마법사는 과학을 알지? 과학과 마법은 어떻게 달라?"

"난 과학자가 아니야. 하지만 옛날에는 일류 마술사였지."

"사기꾼이었잖아?"

"마술사였어."

"모두를 속였다고 들었는데."

"뭐, 결과적으로는 그렇다고 할 수도 있겠지만." 마법사는 약간 화가 난 것 같았다. "국민이 그러길 바랐어. 이 나라에는 마법사 왕이 필요하다면서."

"하지만 이 나라에는 원래 국왕이 있었잖아? 오즈마의 아버지

패스토리아라는."

"그 이야기는 하기 싫군." 마법사는 말했다.

"하지만 난 알고 싶어. 사기꾼이 진짜 마법왕에게 어떻게 왕좌를 빼앗았는지."

"네게 그 이야기를 들려줄 수는 없어."

"어째서?"

"이런저런 금기에 저촉되니까."

"오즈의 나라의 금기잖아? 난 이상한 나라에서 왔으니까 상관없어."

"안 돼. 넌 입이 너무 가벼워."

"그럼 마법 이야기를 해줘." 빌은 입을 삐죽 내밀었다.

"지금 바빠."

"가루를 섞는 게 그렇게 바쁜 일이야?"

"이건 마법 가루야."

"그거, 약사가 약을 조합하는 거랑 똑같아?"

"비슷해 보이지만 전혀 다르지."

"어떻게 다른데?"

"약사가 다루는 약품은 화학물질이야. 하지만 우리가 다루는 마법약은 그거랑 달라."

"화학물질이 아니라는 뜻?"

"아니. 물질 자체는 화학물질이지만, 마법의 힘을 띠고 있어."

"내가 알고 싶은 건 그거야. 마법의 힘이 뭐야? 전기나 자기장이나 방사능 같은 거야?"

"지금 네가 말한 것들은 전부 물리적인 실체를 가지고 있어. 마법의 힘에는 물리적인 실체가 없지."

"하지만 물체에 다양한 물리 현상을 일으킬 수 있지?"

"못 일으키면 마법이 아니라 그냥 망상이야."

"그럼 물리적인 실체가 있는 거 아닌가?"

"뭐라고?"

"전기, 자기장, 방사능도 옛날에는 물리적인 실체가 없다고 여겨졌어. 하지만 물리 현상을 일으키니까 물리적인 실체가 있음을 알게 된 거잖아?"

"도마뱀아." 오즈의 마법사는 진지한 표정을 지었다. "지금 그건 네 생각이냐?"

"아니." 빌은 고개를 저었다. "이모리의 생각이야. 이모리는 지금 마법에 대해 생각하는 중이야."

"네가 하는 말이 무슨 뜻인지는 알고 말하는 거냐?"

"단어의 뜻은 알아. 하지만 이모리가 뭘 알고 싶어 하는지는 전혀 모르겠어."

"이 세계에 이모리의 기억만 가져오고 지성은 가져오지 않은 걸 다행으로 알거라."

"왜?"

"만약 이모리의 지성도 가져왔다면 위험인물로 간주됐을 테니까."

"위험인물로 간주되면 어떻게 되는데?"

"그런 인물은 없어."

"만약에 말이야."

"오즈의 나라에 위험인물은 없다. 그런 줄 알아."

"만약 내가 위험인물이면 어떻게 되느냐고 물었는데."

"그러니까 그럴 경우에 넌 없는 거야." 마법사는 위협적인 목소리로 말했다.

"역시 잘 모르겠어."

"이모리는 분명 이해하겠지. 그걸로 충분해."

"충분하구나. 그런데 이모리의 질문에 대한 답은?"

"이모리는 아마도 마법을 원리가 알려지지 않은 과학기술이라 생각하겠지."

"아아. 분명 그런 생각을 했어."

"'충분히 발달한 과학 기술은 마법과 구별이 되지 않는다.'"

"아아. 그런 말도 했어."

"어쩌면 그럴지도 몰라."

"그럴지도 모르는구나."

"하지만 내 생각은 달라."

"생각이 다르구나."

"애당초 인간은 과학도 제대로 이해하고 있지 못해."

"그래?"

"전구는 왜 빛나지?"

"전기가 흐르니까."

"전기가 흐르면 왜 빛나지?"

"잘 모르겠어."

"보통은 좀 더 버틴다고!" 마법사는 맥이 풀려서 자빠질 뻔한 모양이었다. "열이 발생하기 때문이라거나, 전자의 운동에너지가 열에너지로 변환되기 때문이라거나."

"그럼 그걸로 하자."

"뭐야, 그 말본새는? ……뭐, 됐다. 아무튼 따져보면 인간은 자연현상이 어떤 원리로 일어나는지도 확실히 몰라."

"위대한 물리학자도?"

"암. 몇 가지 법칙은 이끌어내지만 결국 거기에 그쳐. 즉 수학에서 말하는 공리가 과학에도 적용되는 거야. 피타고라스의 정리, 페르마 정리, 괴델의 불완전성 정리 등의 정리는 증명 없이 참으로 인정되지 않지만, 공리는 이유 없이도 옳다고 인정되니까 증명하지 않아도 돼. 예를 들면 '서로 다른 두 점은 직선으로 연결할 수 있다'나 '어떤 자연수든 다음 자연수를 가진다' 같은 거."

"당연한 일이니까?"

"'누구나 알 수 있는 당연한 일이니까'라는 견해도 있고, '규칙이 그러니까'라는 견해도 있는데, 도마뱀에게는 어느 쪽이든 상관없을 테니 지금은 깊이 들어가지 않겠지만, 자연과학의 법칙이나 원리에는 공리적인 측면과 정리적인 측면이 있어. 즉 혹성 궤도에 관한 케플러 법칙은 뉴턴역학과 만유인력의 법칙에서 이끌어낼 수 있지. 특수상대성이론은 광속도 불변의 원리가 바탕에 깔려 있고, 일반상대성이론은 등가원리가 바탕에 깔려 있고, 양자역학은 불확정성원리가 바탕에 깔려 있어. 뭐, 엄밀하게 말하자면 이렇게 단순하지 않지만, 상대가 도마뱀이니만큼 대충 넘어가도 되겠지."

"당연하지."

"자, 모든 법칙을 다른 법칙으로 설명할 수 있다면 무한한 법칙이 필요하든지, 순환논법에 빠지든지 둘 중 하나야. 즉 인간에게는 언제나 설명이 안 되는 법칙이 존재하는 셈이지."

"잘 모르겠지만 그런가보네."

"그렇다면 모든 과학은 이른바 블랙박스*에 의존하는 셈이야. 마법과 조금도 다를 바 없어. 우리 마법사는 정체 모를 '마력'을 이용하지만, 과학자가 사용하는 '에너지'나 '엔트로피'도 진짜 정체가 뭔지는 몰라. 그렇다면 마법사와 과학자는 같은 굴 속의 오소리** 아니겠니?"

"오소리라면 너구리 같은 동물?"

"오소리와 너구리의 차이는 아주 모호해서 재판이 벌어진 적도 있지만, 귀찮으니까 이것도 깊이 들어가지는 않겠어."

"그렇구나. 그런데 지금까지 한 이야기는 이치에 맞는 거야, 아니면 그냥 순 억지야?"

"허 참. 물론 지금까지 들은 이야기를 전부 이해할 수야 없겠지."

"물론이지." 빌은 가슴을 폈다. "날 뭐로 보는 거야?"

"어디부터 모르겠더냐?"

---

*기능을 알기에 사용할 수는 있지만 구조나 작동 원리를 이해할 수 없는 장치나 기구를 가리킨다.
**얼핏 보면 달라 보이지만 실은 동류라는 뜻의 속담.

"도중까지는 이해했어." 빌은 말했다. "하지만 '약사가 다루는 약품은 마법약과 다르다'라는 부분부터 잘 모르겠더라고."

오즈의 마법사는 기운이 쭉 빠진 표정을 지었다. "도대체 몇 분이나 시간을 낭비한 거람?"

"뭐, 그렇게 낙심하지 마." 빌은 마법사를 위로했다. "계속 혼잣말을 했다고 치면 되잖아? 혼잣말은 스트레스를 줄이는 데도 효과가 있대."

마법사는 아무 대답 없이 주변을 둘러보았다.

"뭘 찾아?"

"젤리아 잼."

"왜?"

"널 개한테 맡기려고. 너 요즘 개랑 딱 붙어 다녔잖느냐?"

"그럼 안 되겠다. 젤리아는 중요한 사건을 수사 중이라서 내 상대는 못 해준대."

"나한테도 중요한 일이 있는걸."

"그게 뭔데?"

"마법약 조합."

"마법약이라니?"

"마법의 힘을 띤 약이라고 했잖아!" 마법사는 부아가 치민다는 듯이 말했다. "마법이야, 마법. 난 마법사라고!"

"결국 마법은 뭐야?" 빌은 오즈의 마법사에게 물었다.

20

"일단 정리해보자." 이모리는 말했다.

"정리할 것도 없이 미치오가 달아난 건 분명 내 실수야." 가즈미가 말했다. "어쩐지 감은 왔는데 진짜로 얼굴을 보니 동요했어."

"그런 게 아니라."

"성이 왜 다르냐고? 난 양녀로 보내졌거든. 그래서 그래."

"음. 그런 것도 아닌데." 이모리는 난감하다는 표정으로 말했다.

"일단 뭘 묻고 싶은지 정리해보는 게 어떨까?" 줄리아가 말했다.

"그래서 일단 정리하자고 했잖아."

"스스로에게 말했다고?"

"그게 아니라. ……아니. 그런가?"

"혼란스러워?"

"당연히 혼란스러울 만도 하지." 이모리는 심호흡했다. "즉 로드의 정체는 다나카 가즈미의 남동생 오시나리 미치오가 확실하지?"

"응. 확실해." 가즈미가 말했다.

"여기까지는 크게 전진했어. 자, 다음 질문이야. 그는 누구 아바타라야?"

"몰라."

"동생인데?"

"걔가 누군가의 아바타라는 것도 방금 전에 처음 알았어."

"가족인데?"

"자주 안 보거든. 난 다른 집으로 갔으니까."

"그는 네가 글린다의 아바타라는 걸 알고 있었을까?"

"몰라. 혹시나 해서 말하는데 '모른다'는 말은 '걔가 내 정체를 모른다'는 뜻이 아니라 '나는 걔가 아는지 모르는지 모르겠다'는 뜻이야."

"하지만 그는 나랑 줄리아, 시노다, 지누의 정체를 알고 있었어."

"젤리아 잼과 빌은 오즈의 나라에서 비교적 예사롭게 자신들의 아바타라에 대해 이야기했어. 허수아비와 닉 초퍼도 비밀로 하려는 생각은 없었을 테고." 줄리아가 말했다.

"글린다의 아바타라에 대해서는?"

"나랑 유카, 도로시는 알고 있었어. 하지만 함구령이 내렸으니까 아무한테도 말 안 했지."

"글린다 본인도 마찬가지야. 아무한테도 말 안 했어." 가즈미가 덧붙여 말했다.

"그렇다면 네 정체는 아직 들통나지 않았을 가능성이 크겠군." 이모리가 말했다.

"그럴 수도 있고 아닐 수도 있지. 속단은 금물이야."

"뭐, 네가 우리와 행동을 같이 한다는 걸 들켰으니 누군가의 아바타라일 수도 있겠다는 생각은 했겠지. 네가 우리와 함께 있는 걸 보고 놀랐을까?"

"선글라스랑 마스크 때문에 표정은 확인하지 못했지만 내 모습을 본 순간 움직임이 약간 둔해진 것 같았어."

"그렇다면 역시 몰랐나보네."

"그런 행동 자체가 연기였을지도 몰라." 줄리아가 이의를 제기했다.

"의심하기 시작하면 한도 끝도 없어. 그 문제는 일단 넘어가자. 가즈미, 사적인 질문을 해도 괜찮을까?"

"어떤 질문이냐에 따라."

"로드…… 미치오가 그랬어. 자기는 누나에게 살해당했다고."

"그렇구나!" 줄리아가 외쳤다.

"뭐야, 왜?"

"알아냈어!"

"범인을?"

"로드는 road, 길(道)이야! 즉 미치오(道雄)는 자기 이름을 그대로 말한 거라고!"

"보자, 어디까지 이야기했더라?" 이모리는 머리를 긁적였다.

"미치오가 나한테 살해당했다고 했다는 부분까지."

"아, 맞다. 구체적으로 무슨 일이 있었는지 궁금해."

"난 안 죽였어."

"그럴 것 같았어."

"사고야."

"사고라. 그럼 그때는 아바타라 현상이 일어난 거야?"

"모르겠어. 알았다면 좀 더 기다렸을지도 모르지만."

"잠깐만. 아바타라 현상으로 되살아난 게 아니야?"

"그때 미치오는 아직 아기였어. 설마 기억하고 있었을 줄이야."

"무슨 일이 있었는데?"

"사고라고 했잖아. 내가 눈을 다쳤을 때 같이 다쳤어."

"요전에 네 눈을 봤을 때는 아무렇지도 않았는데?"

"그래 보이겠지."

"미치오도 빈사의 중상을 입었던 것처럼은 안 보였고."

가즈미는 대답하지 않았다.

"왜 그래? 뭔가 숨기는 것 있어?"

"장난감 수리공이라고 알아?"

"아니. 처음 들어보는데."

"그럼 이 이야기는 여기까지. 이번 사건하고는 관계없으니까 잊어버려."

"그렇게 말하니 더 신경 쓰이는걸."

"그럼, 그는 미치오의 상상 속 친구 이름이다. 그는 뭐든지 고칠 수 있다. 미치오는 그렇게 믿었다. 그런 셈 치자. 중요한 건 미치오가 날 원망했다는 사실이니까."

"꼭 그렇게 볼 수는 없지 않을까?" 줄리아가 말했다.

"걔는 나한테 살해당했다고 생각해."

"우리 눈길을 다른 쪽으로 돌리기 위한 술수일지도 몰라."

"미치오, 도로시, 시노다, 지누의 접점은?"

"내가 알기로는 없어." 가즈미가 대답했다. "우리를 경유해서 간접적으로 접점이 있다고 볼 수도 있겠지만."

"지구에서는 아무 관계도 없지만 오즈의 나라에서는 무슨 관계가 있을지도 모르겠군." 이모리는 말했다.

"그럴 가능성이 클 거야." 줄리아가 말했다. "동기도 지구 말고 오즈의 나라에 있을 가능성이 크겠고."

"즉 가즈미에게 품은 원한이 동기라는 건 눈속임이다?" 이모리가 말했다.

"단정할 수는 없지만, 가즈미에게 원한을 품었다면 도로시가 아니라 글린다를 죽이겠지."

"글린다는 강력한 마녀니까 살해하기 힘들 텐데."

"그렇다 해도 가즈미에게 품은 원한이 도로시를 죽일 동기는 못 돼."

"도로시가 글린다와 친하기 때문에 죽였을까?"

"도로시는 오즈마하고는 돈독한 관계지만, 글린다하고는 그 정도는 아니야. 글린다가 사랑하는 건 자기 성에 사는 미소녀들이지."

"소녀는 몇 명이나 돼?"

"몇 십 명은 될걸. 오즈의 나라 방방곡곡에서 모였으니까."

"그 소녀들의 목숨을 노리기는 쉬울까?"

"쉽지는 않겠지. 글린다의 성에 있으니까. 하지만 도로시의 목숨을 노리는 것에 비해 특별히 더 어렵지는 않을 거야."

"그렇군. 만약 글린다를 괴롭히려는 게 동기라면 도로시를 죽이기보다 비슷하게 죽이기가 어려운 글린다 성의 소녀들을 노릴 거다, 그거지?"

"맞아."

"으음. 애매한걸."

"왜?"

"도로시 죽이기와 미소녀 죽이기 중 실제로 뭐가 더 어려운지 판단하기 쉽지 않은 데다 미치오가 어떻게 생각했는지도 모르니까."

"즉 가즈미에게 품은 원한이 도로시를 죽인 동기일 수도 있다는 뜻?"

"뭐, 그럴 수도 있다는 거야. 꼭 그렇다는 보장은 없어."

"의논을 거듭해도 결론은 안 날 것 같네." 줄리아는 말했다. "미치오를 추궁하는 게 가장 빠른 길이겠어. 가즈미, 미치오가 갈 만한 곳이 어딘지 알아?"

가즈미는 고개를 저었다. "요 몇 년간 소원한 관계였거든. 지금 어디 사는지도 몰라."

"부모님이나 친척에게 물어보면 어떨까?"

"부모님은 이미 돌아가셨어. 친척이라고 해봤자 내 양부모님 정도가 다고."

"손쓸 방법이 없나." 이모리가 중얼거리듯이 말했다. "이제 젤리아 잼의 활약에 기대하는 수밖에 없겠군."

줄리아는 이모리의 말에 대답하지 않고 생각에 잠겼다.

21

 젤리아 잼은 오즈마에게 글린다와 오즈의 마법사가 참석한 자리에서 보고를 하고 싶다고 신청했다.
 오즈마의 허락이 떨어지자 오즈마의 방에 사람들이 모였다.
 "회의에 참석하는 사람은 네 명이라고 들었는데?" 마법사가 못마땅한 듯이 말했다. "왜 도마뱀이 여기에 있지?"
 "빌의 아바타라는 우수한 인물이에요. 그의 도움을 외면할 이유는 없죠." 젤리아는 말했다.
 "하지만 지금 여기에 있는 건 얼빠진 도마뱀이야."
 "빌의 기억은 고스란히 이모리에게 전해져요."
 "네 아바타라가 이모리라는 사람에게 회의 내용을 설명하면 되잖느냐."
 "간접적으로 전달하면 정보가 누락되기 십상이에요. 제가 들은 내용을 일일이 이모리에게 다시 전달하다니, 사서 고생하는 셈이잖아요."

"하지만 회의에 이딴 도마뱀이 참석하다니……."

"마법사님." 오즈마가 말을 꺼냈다. "빌이 회의에 참석하면 뭔가 문제라도 생기나요?"

마법사는 움찔 반응했다. "아니요. 아무 문제도 없습니다. 저는 그저 일반론을 말씀드렸을 뿐입니다."

"그럼 빌의 참석을 허락해주지 않겠어요? 빌이 참석해도 그렇게 불편하지는 않을 것 같은데요." 오즈마는 싸늘한 눈으로 마법사를 가만히 쳐다보았다.

마법사는 공포라도 느낀 것처럼 눈을 내리깔았다. "알겠습니다. 빌의 참석에 동의하겠습니다."

"글린다는 어때요?"

글린다는 무표정한 얼굴로 빌을 힐끗 보았다. "저도 딱히 빌을 뺄 필요는 없다고 생각합니다."

"그럼 젤리아, 빌의 참석을 정식으로 인정할게요."

"감사합니다." 젤리아는 머리를 숙였다.

빌은 사람들이 이야기를 나누는 동안 방 안을 촐랑촐랑 돌아다녔다.

"빌, 여왕님이 참석을 허락해주셨어." 젤리아가 빌을 불렀다.

"올림픽 같은 대회에 나가는 거야?" 빌이 돌아다니면서 물었다.

"아니. 이번 회의에 참석하는 거야."

"이거 회의구나."

"응. 물론이지."

"나, 회의에 참석했어?"

"아니. 아직 안 했지."

"그럼 지금 참석할게. ……어, 무슨 선언이라도 해야 하나? 개회선언 같은 거."

"이런 대화가 장황하게 계속될 테지." 마법사가 말했다. "효율이 안 좋을 것 같다만."

"회의를 빨리 끝내는 게 목적이 아니에요. 진실에 도달하는 게 중요하죠." 젤리아가 말했다. "빌, 개회선언을 할 필요는 없어. 우리 이야기를 최대한 잘 들으면 돼. 그게 네가 맡은 가장 중요한 소임이야. 그리고 가능한 한 쓸데없는 소리는 안 해줬으면 해."

"질문도 하면 안 돼?"

"……물론 질문해도 되지."

"이의 제기는?"

"무슨 소린지 모르겠지만 하고 싶으면 하렴."

"이의 있소!" 빌은 손을 들었다.

"그 말을 해보고 싶었어?"

"아니야. 진짜로 이의가 있어."

"지금까지 나온 이야기 중에 이의를 제기할 만한 내용이 있었나?"

"있었어."

"빌, 가능한 한 쓸데없는 소리는 하지 말라고 했지?"

"괜찮아요, 젤리아." 오즈마가 말했다. "빌, 뭔가요. 말해봐요."

"도마뱀에게 이의를 제기할 권리를 인정하는 게 이상해서 이의를 제기했어."

"그건……." 젤리아는 당황했다.

"그렇군요. 단순해 보이면서도 극히 복잡한 이의네요." 오즈마는 말했다. "만약 그 이의 제기를 인정한다면 당신에게 이의를 제기할 권리는 없는 셈이죠. 그렇다면 그 이의 제기는 받아들일 수 없어요."

"봐. 내가 옳잖아." 빌은 가슴을 폈다.

"하지만 그 이의 제기를 받아들이지 않는다면 도마뱀에게도 이의를 제기할 권리가 있는 셈이에요. 그렇다면 당신의 이의 제기를 받아들여야 해요."

"봐. 내가 틀렸잖아." 빌은 가슴을 폈다.

"어휴. 이 대화가 끝날 때까지 제 방에서 쉬었다 와도 되겠습니까?" 마법사가 비아냥거렸다.

"빌, 당신의 이의 제기는 보류할게요." 오즈마가 말했다.

"언제까지?" 빌이 물었다.

"보류기간이 끝날 때까지요."

"그 말은……." 빌은 생각에 잠겼다.

"자, 회의를 진행하죠." 오즈마는 말했다.

"예." 젤리아가 입을 열었다. "일단 범인이 제 발로 나섰다는 사실을 제일 먼저 보고드릴게요."

"압니다." 글린다가 말했다. "미치오. 제 아바타라의 남동생이죠."

"그럼 사건은 거의 해결된 것 아닌가?" 마법사가 말했다. "그

인물이 거짓말을 한 게 아니라면."

"그렇게 간단하지가 않아요." 젤리아는 말했다. "그는 자기 본체가 누구인지는 밝히지 않았어요."

"붙잡아서 자백을 받으면 되잖느냐? 진실을 털어놓게 만드는 마법약은 얼마든지 있어."

"아쉽지만 마법약을 지구로 가져갈 수는 없어요. 그리고 만드는 법을 배워도 지구에서는 재료를 모으기가 불가능하겠죠. 왜냐하면 마력은 조합하는 과정에서 발생하는 게 아니라 원래부터 재료에 함유되어 있으니까요."

"굳이 마력에 의존할 필요는 없겠지. 지구에도 자백제나 고문 같은 수단이 있을 테니."

"제 아바타라가 지구에서 그런 짓을 했다가는 체포될걸요."

"긴급피난*이니까 문제없겠지."

"지구의 경찰과 검찰은 오즈의 나라라는 존재를 인정하지 않으니까 긴급피난도 인정받지 못해요."

"경찰 중에도 아바타라는 있을 텐데."

"있다고 해도 오즈의 나라는 꿈 이야기인걸요. 재판에서는 증거로 못 써요."

"여러모로 성가시군."

"그리고 현재, 미치오의 신병은 확보하지 못했어요."

"그건 엄청난 실수잖나!" 마법사가 성질을 부렸다.

*생명, 신체, 자유, 재산 등의 법익이 위급한 상황을 피하기 위해 부득이하게 취한 행위를 가리킨다.

"제 아바타라 탓입니다." 글린다가 말했다. "그녀가 동요하는 바람에 놓쳤어요."

"뭐, 누구든지 실수는 하는 법이죠." 마법사의 목소리가 점점 작아졌다.

"그의 본체가 누구인지는 짐작이 가나요?" 오즈마가 물었다.

"아직 모르겠습니다. 그 인물을 찾아내기 위해 여러분께 의견을 여쭙고자 해요." 젤리아는 말했다.

"하지만 미치오를 놓쳤다면 단서는 거의 없는 것 아닌가?" 마법사가 지적했다.

"단서가 아예 없지는 않아요. 미치오는 누나에게 원한이 있다고 했어요."

"글린다를 괴롭히기 위해 도로시를 살해했다는 뜻인가요?" 오즈마가 물었다.

"그럴 가능성도 있겠죠."

"글린다는 도로시와 친했다고 해도 되겠죠. 하지만 아무래도 동기로서는 약하게 느껴지네요."

"지구에 있는 줄리아와 이모리도 같은 결론을 내렸어요."

"그럼 그 밖에도 이유가 있다는 건가요?"

"그렇게 보는 게 자연스러워요. 지구에서 미치오와 도로시는 접점이 없다고 추정됩니다. 그렇다면 동기는 이쪽 세계에 있다고 봐야겠죠."

"결국 다람쥐 쳇바퀴 돌리기로군." 마법사가 말했다. "이쪽 세계에서 동기가 있는 사람을 추려내기는 불가능했잖아. 도로시는 오즈의 나라, 그리고 그 밖의 요정의 땅에서도 몇몇 모험을 했어. 그 과정에서 도로시에게 원한을 품은 자는 아주 많을 거야."

"아니요. 새로운 정보로 범인의 범위를 약간 압축할 수 있어요." 젤리아가 말했다.

"정보는 전혀 없었다고 들었다만?"

"분명 미치오에게서는 아무것도 끌어내지 못했어요. 하지만 정보가 없었던 건 아니에요."

"젤리아, 뜸 들이지 말고 가르쳐주지 않겠습니까?" 글린다가 말했다.

"아주 간단해요. 일단 가정을 하나 할게요. 미치오의 고백은 참이다."

"그가 범인의 아바타라는 것 말고 또 뭔가 의미 있는 말을 했던가?" 마법사가 말했다.

"그것도 하나의 정보예요."

"어이가 없군. 결국 아무것도 모른다는 소리잖아."

"미치오가 범인의 아바타라면 미치오를 제외한 다른 사람은 범인의 아바타가 아니라는 뜻이에요."

오즈마가 고개를 들었다. 젤리아의 말에 관심이 생긴 모양이었다.

"즉." 젤리아는 말을 이었다. "지구에 미치오 말고 다른 아바타라가 있는 인물은 범인이 아니라는 뜻이죠. 예를 들어 저와 빌은 지구에 미치오 말고 다른 아바타라가 있어요. 다시 말해 저와 빌은 범인이 아닙니다."

"축하해. 너희들은 무죄야." 마법사는 손뼉을 쳤다. "하지만 그게 그렇게 중요한가? 소거법으로 범인을 찾아내는 건 꽤나 힘들어."

"아니요, 마법사님. 그게 아니에요." 오즈마가 말했다. "소거법으로 직접 범인을 찾아내는 것 말고도 중요한 의미가 있어요. 누구를 믿어야 하는지 알 수 있죠."

젤리아는 고개를 끄덕였다. "예를 들어 저와 빌은 확실히 범인이 아니니까 발언의 신뢰성이 높은 셈이에요."

"글쎄다." 마법사는 팔짱을 끼고 생각에 잠긴 빌을 힐끗 보았다. "과연 이 도마뱀도 신뢰성이 높아졌을까?"

"빌이 범인일지도 모른다고 의심하시는 건가요?"

"아이고, 설마. 빌이 뭘 할 줄 알겠느냐?"

"원래부터 범인으로 의심받지 않았으니 당연히 신뢰성에 변화는 없어요."

"덧붙여 너 자신도 신뢰할 만하다고 주장하고 싶은가보구나."

"그 점은 짚고 넘어가는 편이 낫겠죠. 저는 여왕 폐하께서 수사관으로 임명하신 몸이니까 자신의 결백을 밝히는 건 의무라고도 할 수 있어요."

"홍." 마법사는 재미없다는 듯이 콧방귀를 뀌었다.

"젤리아, 당신과 빌 말고 믿을 수 있는 사람은 누구인가요?" 오즈마가 물었다.

"일단, 닉 초퍼는 믿을 수 있어요."

"녀석을 믿으라고? 시신을 아무 망설임 없이 세로로 쪼개는 녀석이야. 녀석에게는 마음이 없어."

 빌을 제외하고 자리에 있던 모두가 마법사를 보았다.

 "왜요?" 마법사는 당황한 표정으로 말했다.

 "닉 초퍼는 당신에게 따뜻한 심장을 받았다며 늘 자랑해요." 젤리아가 말했다.

 "흠, 그랬지. 최근에 건망증이 심해져서 내가 행한 선행을 잘 잊어버려. 뭐, 평소에 워낙 선행을 많이 하니까 일일이 다 기억하지 못할 만도 하다만."

 "닉은 행동거지가 난폭하지만 바보는 아니에요. 그는 믿어도 되겠죠." 오즈마가 말했다.

 "도로시와 허수아비는 피해자라 애당초 용의자가 아니지만, 이 두 사람의 아바타라도 명확했음을 알려드립니다." 젤리아가 말했다.

 "왜 굳이 두 피해자의 이름을 꺼냈지?" 마법사가 물었다.

 "도로시, 허수아비, 양철 나무꾼 닉 초퍼, 이 세 명은 유명한 그룹의 멤버였어요."

 "아아. 생각났다." 마법사가 말했다. "내게 소원을 빌러 온 자들이지. 그런데 소원은 합쳐서 네 가지였는데."

 "네. 사자도 소원을 빌러 갔죠. 소원을 빌러 간 네 명 중에 아바타라가 명확하지 않은 건 사자뿐이에요."

 "사자가 범인이라고? 그 겁쟁이한테는 무리야."

 "사자는 겁쟁이지만 무지막지하게 강해요."

 "그건 알아."

"만약 그가 마음만 먹으면……."

"사자의 아바타라는 명확합니다." 글린다가 끼어들었다.

"누구인가요?" 젤리아는 물었다.

"아는 줄 알았는데요. 말 안 했습니까?"

"누군데요?"

"고양이입니다. 제 아바타라가 안고 있던, 한쪽 눈이 금속 구슬로 된."

"……그렇군요. 아바타라가 꼭 인간이라는 보장은 없죠."

"사자는 본체도 짐승이지만요."

"즉 오즈의 마법사님에게 소원을 빌러 온 네 명은 전부 범인이 아니라는 뜻이군요."

"그래서 뭐 어떻다는 거냐? 그건 아무 의미도 없어." 마법사가 말했다.

"그렇죠." 젤리아는 말했다. "그리고 누더기 소녀 스크랩스도 지구에 아바타라가 존재해요."

"스크랩스는 허수아비가 불탔을 때 정면에서 이야기를 하고 있었으니까 원래 범인일 가능성은 적었어요." 오즈마가 말했다. "군인들도 보고 있었으니까요."

"한 명 더 있어요." 젤리아가 말했다.

마법사는 의아한 표정을 지었다.

"바로 글린다예요. 글린다의 아바타라는 다나카 가즈미예요."

"그것도 무의미한 지적이야." 마법사가 말했다.

"어째서요?"

"글린다의 아바타라가 지구에 있든 말든 상관없어. 애초에 글린다가 범인일 리 없으니까."

"근거는 뭔가요?"

"젤리아, 글린다를 의심하는 거냐?"

"아니요."

"그럼 근거는 필요 없겠군."

"제가 글린다를 의심하지 않는 건 그녀가 범인이 아니라는 근거가 있기 때문이에요. 바로 글린다의 아바타라가 가즈미라는 사실이죠."

"뭐라고? 네 말이 무슨 뜻인지 이해는 하고 말하는 거냐?"

"예. 저는 근거를 하나씩 들면서 논의를 진행하고 있어요. 만약 미치오가 진실을 말했다면 지금 제가 언급한 사람들은 범인이 아니에요."

"미치오가 거짓말을 했다면 어떻게 되나요?" 오즈마가 물었다.

"미치오가 거짓말을 할 이유가 없죠. 그가 거짓말을 했다면 그는 범인의 아바타라가 아닌 셈이에요. 왜 굳이 그런 거짓말을 하겠어요?"

"진범을 비호하기 위해서 아닐까요? 다른 아바타라를 가진 누군가를 용의선상에서 제외하기 위해."

"표면적으로는 타당하게 느껴지는 가설이지만, 만약 그렇다면 미치오는 정말 바보 같은 짓을 한 거죠. 50만 명에 달하는 오즈의 국민들 중 아바타라가 누구인지 판명된 건 고작 몇 명에 지나지 않아요. 미치오가 아무 말도 하지 않았다면 그 몇 명에게 관심이

가지 않았을 텐데, 오히려 수사대상의 범위가 단숨에 좁혀진 셈이에요. 만약 아바타라를 가진 사람을 비호하고 싶었다면 미치오가 굳이 모습을 드러낼 리 없어요."

"당신이 그렇게 생각할 줄 예상했다면요?"

"그건 불리한 도박이에요. 즉 강도가 집에 침입했을 때 보물이 숨겨진 곳으로 가서 '여기에 보물이 있다'고 말하는 것과 마찬가지예요. 강도가 의심이 많다면 그 말을 의심하고 다른 곳을 찾을지도 모른다는 생각인 거죠. 하지만 그런 짓을 안 했다면 강도는 거기에 아예 관심을 주지 않았을 테니 불리한 도박이랄 수밖에요."

"당신이 틀리지 않았다고 100퍼센트 확신하나요?"

"아니요." 젤리아는 단언했다. "그리고 그런 확신은 필요 없어요. 만약 제가 틀렸다고 느껴지면, 아바타라가 판명된 사람들을 재조사하면 그만이니까요. 지금은 미치오가 거짓말을 하지 않았다는 가설에 입각해 수사를 진행하겠습니다."

정적이 흘렀다.

"알겠어요." 오즈마가 말했다. "당신이 원하는 대로 수사를 진행하도록 해요."

"잠깐만 기다려주십시오." 오즈의 마법사가 끼어들었다. "젤리아는 수사에 큰 진전이 있었다는 듯이 말했지만, 실제로는 진전이 거의 없는 것이나 마찬가집니다. 게다가 글린다를 용의자에 포함시키는 만행을 저질렀습니다."

"저는 글린다를 용의선상에서 제외한다고 했어요. 용의자라고 한 적 없다고요." 젤리아는 반론했다.

"그런 말이 아니야. 애당초 글린다를 의심의 눈으로 보는 것 자체가 잘못이라는 거다."

"어째서요?"

"오즈마 여왕님, 남쪽의 착한 마녀 글린다 그리고 나 오즈의 마법사, 여기 있는 세 사람은 오즈의 나라에서 마법을 사용해도 되는 특별한 존재야. 그건 이 세 사람이 올바른 자이기 때문이지. 따라서 이 세 사람 중 한 명이 범인일 리 만무해."

"세 분이 올바른 자라고 누가 정했는데요?" 젤리아는 물었다.

마법사는 숨을 삼켰다.

글린다는 눈을 크게 뜨고 젤리아를 쳐다보았다.

오즈마는 표정에 변화가 없었다.

마법사는 천천히 숨을 내쉰 후 말했다. "우리 세 사람이 올바르지 않다는 거냐?"

"그런 말은 안 했어요. 누가 정했는지 물어봤을 뿐이에요."

"오즈마 여왕님이 그렇게 판단하셨다."

"그건 알아요." 젤리아는 말했다. "세 분이 올바른 자라고 판단하신 근거를 여쭙는 거예요."

"여왕 폐하의 판단이 바로 근거야."

"만약 정말로 그 논리가 성립한다면 여왕 폐하께서 범인을 결정해주시면 되겠네요. 폐하의 발언은 무조건 옳으니까."

"젤리아, 큰 실수를 범하려 드는구나."

"마법사여, 젤리아의 말을 좀 더 검토해보죠." 글린다가 말했다.

"검토할 가치도 없습니다."

"정말입니까?"

"젤리아는 오즈마 여왕님의 발언에 의문을 제기했습니다. 젤리아는 수사관에 적합하지 않아요. 다른 사람을 임명하시죠."

"상식에 의문을 품는 건 수사관의 자질 중 하나라고 해도 되겠죠."

"그럼 이 여자의 말이 옳다는 말씀이십니까?"

"그걸 판단하는 건 시기상조입니다."

"그럼 이 여자를 내버려두라는 말씀이신가요?"

"젤리아를 어떻게 할지는 오즈마 여왕님께서 결정하실 겁니다." 글린다는 오즈마를 보았다.

오즈마는 젤리아에게 얼음 같은 시선을 주었다.

젤리아는 말없이 오즈마를 마주 보았다.

마법사는 지팡이를 젤리아에게 향하려고 했다.

하지만 글린다가 손으로 제지했다. "오즈마 여왕님께 맡기세요."

"젤리아, 내 판단이 틀렸다는 건가요?"

"아니요. 다만 그 판단이 옳은지 그른지 검증이 필요하다고 생각합니다."

"구체적으로 어떻게 하자는 거죠?"

"신문을 하고 싶습니다."

"누구를요?"

"오즈의 마법사요."

"무례하도다!" 오즈의 마법사가 지팡이를 휘둘렀다.

하지만 글린다도 동시에 지팡이를 휘둘렀고 그러자 마법사의 지팡이에서 뿜어져 나온 뭔가는 공중에서 산산이 흩어졌다.

"젤리아에게 손을 대려 하다니 용납할 수 없습니다." 글린다가 냉담하게 말했다.

"하지만 젤리아가 무례한 소리를 지껄였는걸요."

"누구에게요?"

"그야……." 마법사는 한순간 주저하다 말했다. "오즈마 여왕님께요. 젤리아는 오즈마 여왕님이 올바른 자라고 판단한 저를 의심했습니다."

"그렇다면 그 말이 무례한지 무례하지 않은지는 오즈마 여왕님 스스로 결정하실 겁니다."

"젤리아, 도로시를 죽인 자를 찾아내기 위해 꼭 마법사님을 신문해야 하나요?" 오즈마가 물었다.

"꼭 그래야 한다는 말씀은 못 드리겠네요. 현재 시점에서는 마법사님이 범인인지 아닌지도 단정할 수 없으니까요. 하지만 그렇기 때문에 신문할 필요가 있어요."

"마법사님이 범인이 아니라면 신문해봤자 완전히 헛수고 아닌가요?"

"아니요. 마법사님이 범인이 아니라는 확증을 얻는다면 정보가 하나 더 늘어나는 셈이니까요."

"마법사님." 오즈마는 오즈의 마법사에게 말했다. "젤리아가 당신을 신문하는 걸 절대로 받아들일 수 없나요?"

"저는…… 신문 자체를 거부하는 게 아닙니다. 젤리아가 폐하의 판단에 따르지 않아서 화가 난 겁니다."

"그럼 제가 새로이 어떤 판단을 내렸는지 설명할게요. 젤리아가 당신을 신문하는 게 사건 해결에 도움이 된다고 판단했어요. 그렇다고 제가 당신을 의심한다는 뜻은 아니고요."

마법사는 오즈마에게 머리를 숙였다. "오즈마 여왕님의 판단에 따르겠습니다. 젤리아, 묻고 싶은 게 있다면 빨리 물어보거라."

"여기 말고 별실에서 물어보면 안 될까요?" 젤리아가 말했다.

"오즈마 여왕님과 글린다의 귀에 들어가서 부끄러울 일은 하나도 없다."

"알겠어요. 그럼 여기서 신문을 하도록 하죠. 일단 첫 번째 질문이에요. 지구에 당신의 아바타라는 있나요?"

"그 질문의 의도는?"

"질문은 제가 해요."

"질문에 무조건 대답하겠다고 한 적은 없어. 필요한 질문이라고 느껴질 때만 대답하겠다."

"지구에 당신의 아바타라가 있고, 그게 미치오가 아니라면 당신은 범인이 아니에요. 물론 미치오를 범인의 아바타라로 가정했을 때의 이야기지만요."

"논의가 번잡해지지 않도록 앞으로는 미치오의 말이 옳다고 치고 이야기를 진행해도 상관없어. 그런데 만약 지구에 내 아바타라가 있다고 치고, 그걸 어떻게 확인할 거지?"

"지구에는 제 아바타라가 있어요. 빌, 글린다, 스크랩스의 아바타라도요. 그러니 조사할 수 있겠죠."

"만약 지구에 존재하는 내 아바타라가 미치오가 아니라는 사실이 확실해지면 내 혐의는 풀린다는 뜻이렷다?"

"오해하지 마셨으면 하는데요. 저는 당신을 의심하는 게 아니에요. 그저 정보를 수집하고 싶을 뿐이에요."

"만약 지구에 내 아바타라가 없다면 어떻게 되지?"

"어떻게도 안 돼요. 그 말이 사실이라 해도 당신이 증명하기는 불가능하겠죠. 반대로 제가 그 말을 부정하기도 거의 불가능하니까요."

"그렇군. 그럼 대답하마. 묵비권을 행사하겠어."

"묵비권이라고요?"

"지금, 그렇게 말했을 텐데."

"왜 묵비권을 행사하는데요?"

"내게 묵비권은 없나?"

젤리아는 오즈마를 힐끔 보았다.

오즈마는 무표정을 유지했다.

"당신에게 묵비권이 있는지 없는지는 제가 관여할 일이 아니에요. 하지만 대답을 강요하고 싶지는 않네요. 다만 묵비권을 행사하는 이유는 알고 싶어요."

"난 거짓말을 하기 싫어. 참말도 하기 싫고. 따라서 묵비권을 행사하겠어."

"거짓말을 하기 싫은 이유는요?"

"오즈마 여왕님 앞에서 옳지 않은 짓을 할 수는 없으니까."

"참말을 하기 싫은 이유는요?"

"묵비권을 행사하겠어."

"묵비권을 행사하는 이유를 제가 멋대로 추측할 수도 있어요."

"묵비권을 행사하는 것 자체가 불리한 증거로 작용한다는 거냐?"

"아니요. 그런 말은 안 했어요. 제 심증에 영향을 줄 뿐이에요."

"그렇다면 묵비권을 행사하겠어."

"알았어요. 다음 질문이에요. 누군가에게 원한을 품고 있나요?"

"어려운 질문이로군. 나만큼 오래 살다 보면 감정이 뒤틀리는 일을 여러 번 경험하는 법이지. 하지만 지금 현재, 남에게 살의를 품을 만큼 감정이 뒤틀리지는 않았어."

"세 번째 질문이에요. 남에게 원한을 산 적은 있나요?"

"이거야말로 정말로 어렵군. 내 감정이 아니라 남의 감정에 대해 대답하라는 거냐?"

"추측이라도 상관없어요. 과거에 남한테 원망을 들을 만한 일이 있었나요?"

"짚이는 바가 없는데."

"당신은 소원을 빌러 온 네 명을 속였어요."

"그건 유도신문 아닌가?"

"단순한 질문이에요. 속였나요?"

"단순한 질문이라지만 단순한 일이 아니니까 단순하게는 대답

못 해."

"단순한 대답이 아니라도 괜찮아요."

"허수아비, 나무꾼, 사자의 소원은 정확하게 이루어주지 못했어. 하지만 그들은 내가 준 것에 만족하여 행복해졌지. 즉 소원을 이루어준 거나 마찬가지야. 아니냐?"

"그건 판단할 수 없지만 그들이 만족했다면 원망하지는 않겠죠." 젤리아는 말을 이었다. "그럼 도로시는 어떤가요?"

"도로시의 소원은 진짜로 이루어주려고 했고, 그럴 능력도 있었어."

"하지만 이루어주지 못했죠."

"그건 그렇지만 실제로는 이루어줄 필요가 없었어. 소원을 이룰 힘은 도로시 본인이 가지고 있었으니까."

"그건 결과론이에요. 당신이 소원을 이루어주지 못한 건 사실이죠?"

"뭐, 그렇게 받아들이는 사람이 있을지도 모르지."

"그렇게 받아들이는 사람이 있어도 어쩔 수 없다는 말인가요?"

"약간 유도신문 같기는 하지만, 동의하마."

"만약 도로시가 당신을 원망했다면 그녀가 거추장스럽지 않았을까요?"

"아니. 도로시는 날 원망하지 않았고, 나도 도로시를 거추장스럽게 여긴 적 없어. 지금 질문에 무슨 근거라도 있나?"

"물론 없어요. 저는 그냥 질문을 할 뿐이에요."

"이제 질문은 끝났어?"

"예. 당신 차례는 끝났어요." 젤리아는 심호흡을 했다. "다음은 여왕 폐하 차례예요."

"여왕 폐하를 신문하겠다고?"

"예전에 오즈마 여왕님께 질문해도 문제없다는 답변을 들었는데요."

"평범한 질문과 신문은 완전히 별개야."

"상관없어요." 오즈마가 말했다. "수사는 최우선 사항이에요. 저를 신문할 필요가 있다고 젤리아가 판단했다면 그래야겠죠."

"감사합니다." 젤리아는 허리를 숙여 인사했다. "바로 여쭐게요. 지구에 여왕 폐하의 아바타라는 있나요?"

"이건 비밀사항이니 발설하면 안 돼요."

"예. 물론이죠."

"지구에는 제 아바타라가 있어요."

"누군가요?"

"말할 필요는 없겠죠."

"어째서요?"

"필요 없으니까요. 왜 말할 필요가 있다는 거죠?"

"미치오인지 아닌지 알기 위해서요."

"제 아바타라는 미치오가 아니에요."

"그걸 확인할 방법은 있나요?"

"그럼 만약 내가 지구에 아바타라가 없다고 하면, 그걸 확인할 방법은 있어요?"

"아니요. 없습니다."

"그렇다면 제 말을 믿는 수밖에요. 저는 거짓말을 할 수도 있었어요. 하지만 진실을 말했죠. 오즈의 마법사님도 마찬가지고요."

"알겠습니다. 그럼 질문을 하나 더 드릴게요. 만약 존재하기를 원하지 않는 사람이 오즈에 있다면 여왕님은 어떻게 하시겠어요?" 젤리아는 신중하게 말을 골라가며 물었다.

"질문의 의도가 불명확한데요."

"그럼 질문을 바꿀게요. 오즈의 나라에 존재하면 안 되는 자는 누굴까요?"

"범죄자죠."

"오즈의 나라에 범죄자가 있다면 여왕님은 어떻게 하시겠어요?"

"지금처럼 하겠죠. 수사관을 임명해 범죄자를 찾아낼 거예요."

"만약 범죄자가 발견되면 어떻게 하실 건가요?"

"제가 범죄자를 죽일 거라고 생각하나요?"

"어디까지나 가정의 이야기예요."

"만약 내가 사형을 집행하면 오즈의 나라에서 범죄가 발생했음을 인정하는 셈이에요. 저는 사형을 포함해 어떤 형벌도 집행하지 않을 거예요."

젤리아는 오즈마의 눈을 보았다.

오즈마는 차분하게 젤리아의 눈을 마주 보았다.

"감사합니다. 이것으로 신문을 마치겠습니다." 젤리아는 긴장이 풀렸는지 한숨을 내쉬었다.

"그럼 이만 회의를 마치겠습니다." 오즈마가 말했다. "그 전에

하고 싶은 말이 있는 사람?"

"이의 있소!" 빌이 손을 들었다. "잘 생각해보니 보류기간은 당연히 끝날 때까지가 보류기간이잖아!"

22

"완전히 벽에 부딪혔어." 이모리가 누구에게랄 것도 없이 말했다.

대학교 근처 카페에서 이모리는 세 여자와 테이블을 둘러싸고 앉아 있었다.

대책회의를 연 것은 아니다. 누가 제안한 것도 아닌데 자연스레 모두 모였다.

뜨거운 커피는 이미 식었고, 주스에 든 얼음도 다 녹았다.

"벽에 부딪혔다고?" 가즈미가 말했다. "뭐가 벽에 부딪혔는데?"

"도로시 살해사건의 범인 수사."

"벽에 부딪혔어, 줄리아?"

"잘 모르겠어." 줄리아가 대답했다. "벽에 부딪혔다고 하니 그렇게도 느껴지지만, 수사란 원래 이런 법인지도 모르지."

"내 경험에 따르면." 이모리가 말했다. "예전 사건 때는 좀 더 진전이 있었어."

"그러고 보니 그런 소리를 했었지."

"수수께끼가 단숨에 해명된 건 아니지만, 조금씩 모인 단서를 추리 재료로 삼을 수 있었지. 스토리를 구성하자 다양한 모순점이 도출됐고, 그래서 앞뒤가 맞도록 다시 구성하자 저절로 진상이 보이는 식이었어."

"단서는 이것저것 나오지 않았나?" 유카가 말했다.

"예를 들면 어떤 거?" 이모리는 물었다.

"도로시도 진저도 출입구가 하나뿐인 안채에서 살해당했지?"

"응."

"즉 밀실에 가까운 상태였다고 볼 수 있어."

"밀실은 아니지만."

"하지만 범인이 사용할 출입구는 한 군데로 압축되지. 이건 큰 단서야."

"그러나 출입구를 지키던 진저가 살해당했으니 그 이후에는 출입이 자유로웠을 거야."

"그렇지만 밀실은 오히려 진저가 살해된 후에 완성됐다고 볼 수 있어." 줄리아가 말했다.

"그게 무슨 소리야?"

"안채와 바깥채를 연결하는 통로는 진저가 있던 경비실뿐이었어. 그리고 진저가 살해되자 그 방은 피투성이가 됐지. 즉 그 방을 드나들면 반드시 피 묻은 발자국이 남아."

"피가 퍼지기 전이라면 어떻게 할 수 있지 않았을까?"

"범인은 진저의 머리를 칼로 꼼꼼하게 망가뜨렸어. 그동안 출혈이 계속됐다면 경비실 바닥은 피바다가 될 거야. 그에 비해 도로시의 머리는 틱톡을 사용해 단숨에 뭉갰으니까 바닥이 피로 물들기 전에 방을 나갔다고 볼 수 있어."

"경비실에는 틱톡처럼 안성맞춤인 흉기가 없어서 그랬겠지? 그런데 그 사실에서 뭘 알 수 있다는 거야?"

"중요한 걸 알 수 있어. 바로 살해 순서야."

"순서? 진저와 도로시 중에 누굴 먼저 죽였느냐?"

"응. 만약 진저를 먼저 죽였다면 안채에 피 묻은 발자국이 찍혔겠지."

"과연 그럴까? 경비실에서 신발을 벗고 맨발로 도로시 방에 갔을 수도 있잖아."

"……뭐, 확실히 그럴 가능성도 있네." 줄리아는 기분이 좀 상한 것 같았다. "그렇다 해도 중요한 점은 등을 찔렸다는 거야."

"그야 뒤에서 공격했기 때문이겠지?"

"맞아. 그런데 뒤에서 공격할 기회는 언제일까?"

"진저는 안채 쪽 문을 등지고 앉아 있었어. 그러니 기회는 얼마든지 있었겠지. 진저 앞을 지나쳐 안채 쪽 문을 여는 척하고 뒤에서 찌르든지, 일단 문을 열고 안채로 들어갔다가 문을 조용히 열고 다시 들어와서 찌르든지, 그것도 아니면 도로시를 죽인 후에 문을 열고 재빠르게 찌르든지."

"정리 좀 해줄래?"

"범인은 뒤에서 진저를 찔렀다, 끝."

"누가 진저를 뒤에서 찌를 수 있을까?"

"그야 아무나 다 찌를 수 있겠지?"

"잘 생각해봐. 범인이 스스로 바깥채 쪽 문을 열든 진저가 열든 처음에 진저와 범인은 정면으로 마주 보게 돼. 그리고 그 후에 무슨 방법을 써서 진저 등 뒤로 돌아갈 테고. 범인이 낯선 사람이라면 경비실에 들어온 순간 진저에게 쫓겨났겠지?"

"범인은 진저가 아는 사람이다?"

"아마도."

이모리는 턱을 만지며 생각에 잠겼다.

"무슨 생각을 그렇게 해?"

"네 추리에 구멍이 없는지 생각 중이야." 이모리는 말했다. "범인이 바깥채 쪽 문을 연 순간, 마침 진저가 문에 등을 돌리고 있었을 가능성은 없을까?"

"없어." 줄리아는 즉시 대답했다. "만약 마침 등을 돌리고 있던 진저를 찌를 수 있었다면, 처음부터 진저를 찌를 마음으로 문을 연 셈이야."

"물론 그렇겠지."

"기본적으로 진저는 바깥채 쪽 문을 보고 의자에 앉아 있지 않나?"

"물론 대부분은 그렇겠지만……."

"만약 바깥채 쪽 문을 연 순간에 진저가 그쪽을 보고 있었다면 범인은 어떻게 할 작정이었을까?"

"그때는 포기하지 않았을까?"

"일을 그렇게 주먹구구식으로 하지는 않을걸. 피가 튈 걸 대비해서 에메랄드 시 주민의 옷을 준비했을 정도니까."

이모리는 팔짱을 끼고 눈을 감은 후 말했다. "그래. 진저가 마침 등을 보이고 있었을 가능성은 거의 없겠지. 하지만 진저와 안면이 있다는 사실만으로 범인의 범위를 줄이기는 불가능할 것 같은데."

"줄리아의 의견을 부정하지만 말고 너도 뭔가 실마리를 찾아보는 게 어떨까?" 가즈미가 말했다.

"듣고 보니 맞는 말이지만, 이제 아무 생각도 안 나."

"정말로? 뭐 빠뜨린 거 없어?"

"피해자들과 마지막으로 만난 인물을 한 번 더 조사해보는 건 어떨까?" 유카가 제안했다. "뭔가 생각해낼지도 모르잖아."

"가망성이 희박해." 이모리는 말했다. "도로시와 마지막으로 만난 건 틱톡이야. 그는 로봇이니까 보고 들은 사실을 전부 기억해. 즉 기억하고 있는 사실이 전부니까 더 이상 뭔가 떠올릴 수는 없겠지."

"그럼 진저는?"

"안타깝게도 진저와 마지막으로 만난 건 허수아비야. 도로시를 부르러 가려다가 진저에게 쫓겨났을 때였지. 그때 둘 중 하나가 뭔가 알아차렸더라도, 그게 뭔지 아무 말도 없이 죽었으니 이제 증언을 확보할 방도가 없어."

"잠깐만!" 줄리아가 갑자기 소리쳤다. "그거 진짜야?"

"물론이지. 허수아비 본인이 쫓겨났다고 했으니까. 그는 일부러 거짓말을 할 만한 인물이 아니야."

"그거 말고 '그게 뭔지 아무 말도 없이 죽었다'는 부분. 그게 진짜냐고 묻는 거야." 줄리아는 눈을 동그랗게 뜨고 말했다.

"그때 너도 있었잖아?"

"응. 있었어. 그리고 지금 아주 중요한 말이 생각났어." 줄리아는 흥분한 나머지 몸이 살짝 떨리는 모양이었다.

"허수아비가 한 말이야?"

줄리아는 고개를 끄덕였다. "맙소사. ……도로시를 죽인 범인은 그녀가 분명해!"

23

 궁전 홀에는 수많은 사람들이 모여 있었다. 그중에는 빌이 아는 얼굴도 있었고 모르는 얼굴도 있었다. 물론 얼굴을 모른다고 해서 꼭 처음 만난 것은 아니다. 원래 빌은 사람 얼굴을 기억해야겠다는 생각이 별로 없다. 다만 양철로 되어 있거나, 로봇이거나, 사슴 머리일 경우는 제법 분간하기가 쉬웠다. 하지만 그럴 때도 얼굴을 보고 분간하는 것은 아니다. 전체적인 분위기로 대강 분간하는 데 지나지 않는다. 그러므로 홀 중앙에 화려한 드레스를 입은 여성이 나타났을 때도 오즈마인지 글린다인지 실은 구별이 되지 않았다. 하기야 오즈마든 글린다든 빌에게는 큰 의미가 없었으므로 본인은 전혀 신경 쓰지 않았지만.

 빌이 모르는 얼굴 중에는 늙은 사람도 몇 명 있었다. 한 노부인은 빌을 보자마자 노골적으로 인상을 썼다.

 빌은 자신을 못마땅하게 여기는 건지 궁금해져서 그 노부인에게 다가갔다.

"도마뱀은 정말 징그러워." 노부인은 투덜투덜하며 빌에게서 눈을 돌렸다.

분명 오즈마 여왕이 남자아이였을 때 같이 살았다는 몸비일 것이라고 빌은 추측했다.

"오늘 제 부름을 받고 다들 모여줘서 고마워요." 화려한 드레스를 입은 여자, 오즈마가 말했다. "얼마 전부터 에메랄드 시와 오즈의 나라를 암운처럼 답답하게 뒤덮고 있던 사건을 마침내 해결했다는 젤리아 잼의 보고가 있었습니다."

"'암운처럼 답답하게 뒤덮고 있던 사건'이 뭐야? 무슨 사건이 났는데?" 빌은 노부인에게 물었다.

"뭐긴 뭐야, 도로시와 진저가 살해당한 사건이지."

"이야. 그 사건을 해결했구나." 빌은 감탄했다. "그런데 허수아비는 포함이 안 돼?"

"허수아비는 몰라. 한 번도 만난 적 없어. 더 이상 다가오지 마." 노부인은 내뱉듯이 말했다.

이모리는 사건의 범인을 몰랐다. 즉 누군가가 이모리를 제치고 한발 앞서서 사건을 해결한 셈이다.

뭐, 그래도 상관없어.

빌은 딱히 공명심이 없었으므로 전혀 아쉽지 않았다.

분명 이모리도 마찬가지리라.

"그래서, 범인은 누굽니까? 이름을 알려주시면 단박에 두 동강을 내겠습니다." 닉 초퍼가 도끼를 붕 휘둘렀다.

그러다 옆에 있던 호박 머리 잭을 후려치는 바람에 나무로 된 잭의 몸이 뚝 부러졌다.

 잭의 하반신은 간신히 균형을 유지했지만, 상반신은 바닥에 쿵 쓰러졌고 몸통에서 떨어진 호박 머리가 바닥을 데굴데굴 굴렀다.

 "으아! 무슨 짓이야?" 뒤집힌 잭의 머리가 비명을 질렀다. "내 몸에서 나무로 된 부분은 유서가 깊다고. 이건 호박 머리와 달리 대체품이 없어."

 "아아, 미안. 손이 미끄러졌네. 나중에 끈으로 묶어줄게."

 "그렇게 수선하면 몸통이 중간에 겹쳐서 꼴 보기 싫고 키도 좀 작아지잖아."

 "그럼 아교로 붙이지, 뭐."

 "거기만 약해지잖아."

 "그럼 꺾쇠를 박아서 보강하면 되지?" 닉은 귀찮다는 듯이 말했다.

 "조용히 해요." 오즈마는 소동을 지켜보며 냉정하게 말했다.

 "그래서 범인은 누굽니까?" 닉이 다시 도끼를 쳐들었다.

 나무꾼 근처에 있던 사람들이 부리나케 달아났다.

 "그건…… 저도 아직 몰라요."

 "모르는데 모두를 불러 모았어요?" 사자가 놀란 듯이 말했다.

 홀에 있던 사람들이 웅성거렸다.

 "정숙을 지켜요." 오즈마가 조용히 말했다.

 그 순간 홀이 물을 끼얹은 것처럼 조용해졌다.

 "왜 다들 입을 다물었어?" 빌이 주위를 두리번거리며 물었다.

 하지만 모두 빌을 무시했다.

"수사 책임자 젤리아 잼의 요청에 따라 여러분을 불렀어요. 젤리아, 여기로 와서 모두에게 설명해주도록 해요."

젤리아는 오즈마와 엇갈려 홀 중앙에 서서 인사했다. "저는 이번 사건의 수사 책임자 젤리아 잼입니다. 사건 해결이 임박했으므로 이 자리에서 보고를 드리고자 합니다."

"그러니까 범인은 누구냐고?" 닉은 도끼를 붕붕 휘둘렀다.

도끼 끄트머리가 틱톡의 몸을 스치자 우렁찬 소리와 함께 불꽃이 일었다.

"아직은 말할 수 없습니다. 이유는 크게 두 가지예요. 하나는 범인의 이름을 밝힌 순간 사적 제재를 가할 분위기가 느껴지기 때문입니다." 젤리아는 닉을 쳐다보았다.

"닉, 도끼를 바닥에 내려놔요." 오즈마가 말했다.

"어째서요? 바닥에 내려놓으면 범인이 누군지 알았을 때 당장 두 동강을 낼 수 없지 않습니까."

"이유는 범인이 누군지 알았을 때 당신이 당장 두 동강을 내면 안 되기 때문이에요."

"왜 두 동강을 내면 안 됩니까?"

"좋은 질문이군요." 오즈마는 미소 지었다. "제가 허가하지 않았기 때문이에요."

닉은 경직되어 손에서 도끼를 놓았다.

도끼가 바닥에 떨어지자 시끄러운 소리가 울려 퍼졌다.

"떨어뜨리는 게 아니라 내려놓으라고 했을 텐데요." 오즈마는 조용히 말했다.

"죄송합니다!" 닉이 뒤집힌 목소리로 사과했다.

"알면 됐어요."

"계속해도 될까요?" 젤리아가 물었다.

오즈마는 말없이 고개를 끄덕였다.

"응응응응응……." 오즈마, 글린다, 젤리아, 오즈의 마법사를 제외한 나머지 모두가 무서운 속도로 되풀이해 고개를 끄덕였다.

"두 번째 이유는 범인의 이름을 말하기 전에 제 추리를 여러분께 검증받고 싶어서예요. 몇몇 관계자들뿐만 아니라 많은 분들을 모신 건 그 때문입니다." 젤리아는 홀을 슥 둘러보았다. "그런데 스크랩스는 어디 있죠?"

"스크랩스는 없나보군요." 글린다가 말했다. "반드시 오라고 했는데."

"스크랩스는 총명한 데다 감이 좋아요." 오즈마가 말했다.

"감이라고요?" 젤리아는 궁금하다는 투로 말했다.

"아니요. 감이 아니라 냉정한 분석의 결과일지도 모르죠. 아무튼 문제는 없을 거예요. 스크랩스는 총명하니까 결코 문제는 일으키지 않겠죠."

"문제라고요?"

"마음에 둘 것 없어요."

"알겠습니다. 스크랩스의 냉정한 의견을 참고로 하고 싶었지만, 안 왔으면 어쩔 수 없죠. ……자, 여기에 계신 분들 중에 몇 분은 이미 아시겠지만 얼마 전에 궁전 안에서 큰 사건이 발생했어요." 젤리아는 오즈마와 글린다를 슬쩍 보았다.

오즈마가 고개를 끄덕였다. 글린다는 젤리아를 한 번 힐끗 쳐다보는 데 그쳤다.

부정은 하지 않겠다는 뜻으로 젤리아는 판단했다.

"살인사건입니다."

사람들이 술렁술렁했다.

"살인사건이 발생했다는 걸 알고 계셨던 분은 손을 들어주세요."

오즈마와 글린다, 오즈의 마법사는 손을 들지 않았지만, 이건 들 필요도 없다는 뜻이다.

닉과 사자만 손을 들었다.

이 둘은 쓸데없는 소리를 하지 않는다. 허수아비는 남에게 말했을지도 모르지만, 이제 와서는 알 수가 없다. 문제는…….

"빌, 내 이야기 듣고 있니?"

"응, 듣고 있어."

"아까 내가 뭐라고 했게?"

"'저는 이번 사건의 수사 책임자 젤리아 잼입니다'라고 했잖아?"

"그다음에도 꽤 많이 말했어."

"응, 알아. '빌, 내 이야기 듣고 있니?'라고 했잖아."

"……그래. 지금부터 네가 정답에 도달하기를 기다리려면 상당한 인내력이 필요할 것 같아. 난 그럭저럭 익숙하지만 여기 있는 사람들은 대부분 그렇지 못하니까 후딱 정답을 말해야겠어."

"그게 좋겠어. 나도 슬슬 인내력이 다 떨어져가니까."

"빌, 이 궁전에서 살인사건이 발생했다는 거 알지?"

"알아. 아까도······."

"질문에만 대답하렴."

"응." 빌은 자기 입을 잡았다.

"그 사실을 누군가에게 말했니?"

"어디 보자······."

"쓸데없는 생각은 말고."

"누군가에는 나도 포함돼?"

"물론 아니지."

"그럼······ 어······." 빌은 안간힘을 다해 생각하며 대답하려 했다.

"어렵지 않잖아. 쓸데없는 소리 말고 '응'이나 '아니'로 대답하렴."

"그러니까······ 그······ 내가 포함되지 않는다면 대답은 '아니'야."

"고마워, 빌." 젤리아는 말했다. "자, 여러분, 오즈마 여왕님의 명령으로 살인사건이 발생했다는 사실은 극비에 부쳐졌습니다. 알고 있던 사람은 오즈마 여왕님, 글린다, 오즈의 마법사님, 닉 황제, 사자, 허수아비, 틱톡, 도마뱀 빌, 그리고 저뿐이었어요. 당초에는 이 비밀이 금방 퍼질 줄 알았는데, 예상외로 거의 알려지지 않은 것 같더군요. 아마도 그 후에 허수아비가 금방 불타버렸기 때문이겠죠. 그리고 빌의 이야기를 제대로 듣는 사람이 없었던 것도 이유일 테고요."

"듣자 하니 틱톡도 살인사건이 발생한 줄 알고 있었던 모양인데, 왜 손을 안 든 겁니까?" 옴비 앰비가 물었다.

"행동 태엽을 감지 않았거든." 틱톡이 대답했다. "손을 들고 싶어도 들 수가 없었어."

"오즈마 여왕님, 행동 태엽을 감아서 틱톡을 움직일 수 있게 할까요?" 젤리아가 물었다.

"아니요." 오즈마는 말했다.

"어째서요?"

"지금은 움직일 필요가 없으니까요."

"움직이게 해도 되지 않을까요?"

"움직일 필요가 없으니 행동 태엽을 감을 필요도 없습니다."

"어째서요?"

"사고 태엽이 다 풀리면 골치 아파질 테니까요."

"확실히 그럴지도 모르지만, 움직일 수 없으면 고통스럽지 않을까요?"

"아니야. 난 괜찮아." 틱톡이 대답했다. "어쨌거나 로봇이라서 고통은 안 느끼거든."

"틱톡 말이 맞아요." 오즈마가 말했다.

"주제넘게 나서서 죄송합니다." 젤리아는 머리를 숙였다.

"괜찮아요. 이야기를 계속하도록 해요."

"살인사건 피해자는 도로시와 진저였어요. 두 사람은 오즈마 여왕님의 생일 축하 파티가 진행되는 사이에 살해됐습니다."

"도로시가……."

"설마……."

홀에 있던 사람들은 놀라서 저마다 목소리를 높였다. 훌쩍훌쩍 우는 사람도 있었다.

"그런……. 도로시는 날 도와줬는데……." 빌도 놀라서 말했지만 이제는 아무도 걸고넘어지지 않았다.

"도로시는 자기 방에서 살해당했어요. 진저는 경비실에서 살해당했고요. 둘 다 살해당한 후 머리 부분을 파괴당했다는 공통점이 있어요. 도로시는 틱톡에 깔려서 머리가 짓뭉개졌습니다. 진저는 얼굴을 사정없이 난도질당했고요."

"왜 그렇게 잔혹한 짓을 했을까?" 검프가 말했다. "원한이 아주 깊었나?"

"힌트는 바로 너야, 검프."

"엇? 검프가 범인이야?" 빌은 놀랐다.

"난 범인 아니야!" 검프는 화들짝 놀라 애써 부정했다.

"봐. 화들짝 놀라는 게 수상해. 그치, 젤리아 잼."

"난 검프가 범인이라고 한 적 없어. 범인이 머리를 망가뜨린 이유를 알아낼 힌트가 검프라고 했을 뿐이야."

"그거 같은 뜻 아니야?"

"전혀 달라."

"그런 발상은 못 했네." 빌은 감탄하여 말했다.

"그런데 내 뭐가 힌트인데?" 검프가 젤리아에게 물었다.

"넌 살해당한 적이 있어."

"뭣? ……아아. 그러고 보니 난 원래 보통 사슴인데 총에 맞아 죽었어."

"죽기 전의 일은 기억나니?"

"그야 물론이지."

"죽었는데 어째서 살아 있니?"

"마법 가루를 사용했거든."

"우와. 정말?" 빌이 말했다. "그거 신기하다! 정말 깜짝 놀랐어!" 빌은 젤리아에게 윙크했다. "이렇게 말해주면 좋아하지?"

"빌, 다 들려." 검프가 말했다.

"너, 귀에는 문제가 없나보다." 빌은 고개를 끄덕였다.

"분명 범인은 마법 가루를 알고 있었겠죠. 두 사람을 살해해도 마법 가루를 뿌리면 되살아나서 범인의 정체를 말할 거예요. 그런 사태를 피하고자 두 사람의 뇌를 파괴한 겁니다. 그러면 기억이 상실될 테니까요."

"아마 그렇겠죠." 오즈마가 말했다. "만약 원한이 동기라면 머리 말고 다른 곳도 망가뜨렸을 거예요."

"즉 범인은 마법 가루가 뭔지 알고 있는 녀석이구나." 배고픈 호랑이가 말했다.

"그런 녀석은 수두룩하게 많아. 오즈의 나라에 산다면 누구나 알고 있을 가능성이 있어." 닉이 말했다.

"다시 말해 범인은 오즈의 나라에 사는 사람인가?"

"아니. 오즈의 나라에 산다면 누구나 알고 있을 가능성이 있다고 했을 뿐이야. 오즈의 나라 사람이 아니면 모른다는 의미는 아니지."

"그럼 네가 제공한 정보는 아무 도움도 안 되는군. 오즈의 나라에 살든 살지 않든 알 수도 있고 모를 수도 있으니까."

"난 마법 가루가 범인 찾기의 결정적인 단서라고 한 적 없어. 오히려 반대 의미로 말했다고."

"그것보다 도로시와 진저의 시체는 어떻게 됐어? 수사가 끝났으면 먹어도 되겠지?"

"먹으면 안 돼." 젤리아는 말했다. "시신은 매장해야지."

"그럼 너희는 정글에서 호랑이가 죽으면 제대로 묻어줄 거야? 아니잖아. 야생동물은 죽어도 방치돼. 인간만 특별 취급하는 건 불공평하잖아."

"그럼 네가 죽으면 제대로 묻어줄게."

"그럼 됐어." 배고픈 호랑이는 납득한 것 같았다.

"아무튼 범인이 피해자가 되살아날 것을 두려워해 이런 짓을 했다면, 이번 살인사건은 계획적이었을 가능성이 농후하다는 뜻입니다."

"고작 그 정도 이유로 계획적이었다고 할 수 있을까?" 암탉 빌리나가 미심쩍다는 듯이 말했다.

"범인은 이 녹색 옷과 신발을 벗어서 경비실 밖에 버렸어요." 젤리아는 피로 물든 옷을 꺼냈다. "피를 뒤집어쓸 것을 미리 예상한 셈이에요."

일동이 술렁거렸다.

"두 사람에게 원한이 있는 인물이 범인이네." 빌리나가 말했다.

"꼭 그렇다는 보장은 없지." 젤리아가 말했다. "둘 중 하나가 목표였을 가능성도 있어."

"이야기하는 도중에 미안하지만." 캔디맨이 끼어들었다. "우리는 외국인이야. 이 사건과는 아무 관계도 없어. 이제 그만 가봐도 될까?"

산타클로스와 다른 외국인들도 찬성의 뜻을 표했다.

"그렇게는 안 돼요. 스크랩스 말로는 허수아비가 불타기 전에 '살인자는 밖에서 왔어'라고 했다는군요."

"허수아비라면 요전에 불타 죽었다는 그 녀석? 그 녀석의 말을 믿어야 할 이유가 있나?"

"허수아비는 뭔가 알아냈어요. 그래서 범인에게 살해된 거예요."

"무슨 소리야. 그건 사고라고. 오즈마 여왕님이 그렇게 선언했어. 아니면 뭐야, 여왕님이 거짓말을 했다는 거야?"

"캔디맨." 오즈마 여왕이 나지막하게 말했다. "거짓말이 아니라 방편이에요."

"예?"

"제가 사고라고 말한 건 방편이라고요."

"오즈마 여왕님이 거짓말을 하신 겁니까!"

"거짓말이 아니라 방편이라고 했을 텐데요. 진실을 올바르게 설명하기 위해 일시적으로 취한 수단이에요."

"진실이 아니라면 거짓말이죠. 의도적으로 허위 사실을 유포하셨다면, 이건 외교 문제입니다."

"외교 문제로 삼고 싶다면 말리지는 않겠어요." 오즈마는 말했다. "저희는 선의로 방편을 사용한 거예요. 그걸 비난하겠다니, 오즈의 나라를 적대하겠다는 뜻으로 간주해도 상관없겠죠?"

"예? 아니요. 적대하겠다거나 그런 게 아니라 그저 외교상의 관례 위반이랄까……."

"관례라면 법률도 조약도 아니라는 뜻인가요?"

"물론이죠. 관례는 관례입니다."

"그럼 관례 위반은 어떻게 하면 수습할 수 있을까요? 오즈의 나라 여왕인 제가 당신에게 머리를 조아리면 될까요?" 오즈마는 캔디맨에게 다가가려고 했다.

"당치도 않습니다." 캔디맨은 허둥지둥 무릎을 꿇고 엎드렸다. "오즈의 여왕님께서 저한테 머리를 숙였다는 소문이 퍼지면 저는 귀국도 못 하게 될 겁니다."

"그럼 어떻게 하면 될까요?"

"으음. 제가 오즈마 여왕님의 설명을 듣고 납득한 것으로 처리해주시기 바랍니다."

"납득했나요?"

"물론이죠."

오즈마는 만족스러운 듯이 미소 지었다.

"자." 문제가 해결된 것을 보고 젤리아는 다시 설명을 시작했다. "허수아비가 남긴 '밖에서 왔다'는 말은 무슨 뜻일까요? 궁전 밖? 에메랄드 시 밖? 오즈의 나라 밖?"

"'궁전 밖'이라고 해석하는 건 부자연스러워." 닉이 말했다. "오히려 범인은 원래부터 궁전 안에 있었다는 쪽이 더 놀랍잖아."

"맞습니다." 젤리아는 고개를 끄덕였다. "에메랄드 시 밖도 마찬가지고요. 그렇다면 범인은 오즈의 나라 밖에서 왔을 가능성이 크다고 할 수 있겠죠."

"난 범인이 아니야!" 캔디맨이 외쳤다. "맞다, 알리바이가 있어! 난 그날 내내 파티장에 있었어. 거기서 도마뱀한테 손가락을 먹혔지. 이걸 봐봐." 캔디맨은 자기 손을 보여주었다.

그 손에 빌이 매달려서 나머지 손가락을 먹어 치우려 하고 있었다.

캔디맨은 절규했다.

"조용히 하세요. 당신이 범인이라는 말은 한마디도 안 했으니까요." 젤리아는 차분한 목소리로 말했다.

"나도 아니야!" 산타클로스가 소리쳤다. "애당초 허수아비 따위가 한 말을 곧이들을 필요가 있나?"

젤리아는 고개를 끄덕였다. "물론 허수아비의 말만 근거로 삼아 범인을 추려낼 생각은 없어요. 그저 외국인이 의심을 받아도 어쩔 수 없는 상황임을 알리고 싶었습니다."

"냉정하게 생각해보자." 검프가 말했다. "도로시도 진저도 안채에서 살해당했다면, 거기는 일종의 밀실 아닌가?"

"진저를 죽이고 침입했을지도 모르지." 바닥에 널브러진 잭이 의견을 내놓았다.

"진저는 뒤에서 찔렸습니다." 젤리아는 말했다. "범인이 바깥채 쪽 문을 열었을 때 우연히 뒤를 보고 있었을지도 모르지만, 계획적인 범행이니만큼 그 같은 우연에 기댔으리라고 보기는 힘들어요. 정면으로 밀고 들어가면 진저는 반드시 저항할 겁니다. 즉 범인은 진저에게 제지받지 않고 떳떳하게 안채로 들어가 도로시를 살해한 후, 진저도 죽여서 입막음했다고 보는 게 자연스럽겠죠."

"범인은 떳떳하게 안채로 들어갈 수 있는 인물이로군." 빌리나가 말했다. "누구랑 누굴까? 참고로 난 못 들어갔어. 진저에게 쫓겨났거든."

"그 이야기는 금시초문인데, 빌리나." 젤리아는 말했다. "그리고 그 이야기를 안 하길 잘 했어. 혹시 말했다면 허수아비랑 같은 운명을 맞았을지도 몰라."

"나도 쫓겨났어." 잭이 말했다.

"나도." 검프가 말했다.

"나도." 사자가 말했다.

"나도." 닉이 말했다.

"나도." 배고픈 호랑이가 말했다.

"전부 금시초문이야. 왜 말 안 했어?" 젤리아는 어처구니없다는 듯이 말했다.

"하지만 말했으면 범인에게 살해당했을지도 모르잖아?" 배고픈 호랑이가 말했다.

"뭐, 어떻게 됐을지는 모를 일이지. 이렇게 많은 줄 알았다면 범인이 포기했을 수도 있으니까."

"이상해. 틱톡은 도로시의 방에 들어갔잖아?" 빌은 캔디맨의 손가락을 냠냠 먹으면서 말했다.

"난 도로시와 함께 안채에 들어갔어. 그래서 진저가 아무 말도 하지 않았을 거야." 틱톡이 대답했다.

"틱톡은 무고하다고 봐도 되겠죠. 그가 범인이라면 밖에 남아 있던 녹색 옷에 대해 설명할 수 없으니까요." 젤리아는 말했다.

"그럼 누가 그랬는데?" 빌은 물었다. "그때 안채에는 오즈마도 있었지, 참."

모두가 오즈마를 보았다.

오즈마는 전혀 동요하는 기색 없이 사람들을 쭉 둘러보았다.

"오즈마 여왕님, 그리고 글린다와 오즈의 마법사 세 명은 제일 먼저 용의자 목록에서 제외했어요." 젤리아가 말했다.

"정치적으로 배려한 거야?" 빌이 물었다.

모두의 안색이 변했다.

"잠깐, 빌……." 옴비 앰비가 나무라려고 했다.

"아니야, 빌." 젤리아는 대답했다. "그런 배려는 안 했어. 논리적으로 생각했을 때 이 세 명이 그런 짓을 할 리가 없기 때문이야."

"동기가 없어서? 하지만 아무도 모르는 동기가 있을지도 모르잖아."

"동기는 상관없어. 세 사람은 강력한 마법을 쓸 수 있어. 만약 도로시가 거치적거린다면 죽음의 사막 한복판으로 순간이동시키든지, 돌멩이로 바꾸어서 우물 바닥에라도 버리면 그만이야. 굳이 이렇게 눈에 띄는 방법으로 죽일 필요는 없어."

"마법을 못 쓰는 사람의 범행으로 위장하려고 했을 수도 있잖아."

"마법을 사용하면 범행 자체가 발각되지 않으니까 남의 짓으로 위장할 필요조차 없겠지."

"그럼 범인은 누구야?"

"허수아비는 '진저의 말이 무슨 뜻인지 겨우 알았어. 난 얼간이야. 살인자는 밖에서 왔어'라고 했어."

"진저가 뭔가 말했구나. 하지만 허수아비밖에 못 들었으니까 그 말이 뭔지는 영원히 알 수 없어."

"그렇지 않아. 허수아비는 불타기 전에 누군가에게 말했어."

"그러고 보니 불타기 전에 누더기 소녀와 이야기를 했지, 참. 하지만 걔는 아무것도 모른다고 했어. 여기에도 안 온 걸 보면 거짓말을 했나?"

"아마 걔는 못 들었을 거야."

"그럼 누가 들었는데?"

"우리야, 빌."

"허수아비는 범인 이름을 말한 적이 없는데."

"직접 말하지는 않았지. 하지만 범인의 이름을 말한 셈이나 마찬가지야. 우리가 그 말에 담긴 특별한 의미를 알아차리지 못했을 뿐."

"허수아비가 뭐라고 했더라?"

"허수아비는 이렇게 말했어. '부르러 갔는데 경비를 맡은 진저 장군에게 쫓겨났어. 오늘 왕족을 만날 수 있는 건 식구뿐이래.'"

"그 말에 특별한 의미가 담겨 있어?"

일동은 고개를 기웃했다. 오즈마와 글린다를 제외하고. 두 사람은 서로 얼굴을 마주 보고 살짝 놀란 듯한 표정을 지었다.

"모르겠네. 왕족은 누군데?" 빌이 물었다.

"오즈마 여왕님과 도로시 공주." 젤리아가 대답했다.

"그럼 식구는?"

"그 명령은 제가 내렸어요." 오즈마가 말했다. "제가 말한 식구는 오즈의 나라와 다른 나라에서 저랑 도로시와 고락을 함께한 동료를 뜻해요. 즉 글린다, 오즈의 마법사, 닉, 허수아비, 사자, 잭, 검프, 틱톡이죠."

"나는?" 빌이 물었다.

"아. 당신은 생각이 안 났네요." 오즈마는 솔직하게 대답했다.

"그래서, 난 어느 쪽인데?"

"아. 어느 쪽이든 상관없을 것 같은데요."

"적당히 중간쯤인가?"

"예. 적당히 중간쯤이에요." 오즈마는 빙긋 웃었다.

"하지만 저희는 쫓겨났는걸요." 닉이 말했다.

"맞아요. 즉 진저는 오즈마 여왕님의 말을 오해한 겁니다. 식구를 '사이좋은 친구'로 받아들이지 않은 거죠." 젤리아가 말했다.

"무슨 소리야? 식구에 해당하는 사람은 없다는 뜻?"

"만약 해당하는 사람이 없다면 진저는 이상하게 여겼겠죠. 하지만 진저는 명령을 받아들였어요. 그렇죠, 여왕 폐하?"

"그래요. 진저는 명령에 모순을 느끼지 않고 순순히 받아들였어요. '알겠습니다. 식구의 얼굴은 알고 있습니다.' 진저는 그렇게 말했어요."

 "그렇다면 해당하는 사람은 한 명뿐이에요. 그 사람만 진저에게 쫓겨나지 않고 안채에 들어갈 수 있었어요. 그리고 그 사람이 바로 도로시와 진저, 허수아비를 살해한 범인입니다."

 "범인은 누구야? 짐작도 안 가는걸." 빌은 말했다.

 "아니. 이쯤 되면 다들 알 텐데." 사자가 말했다. "살인귀와 같이 있다는 생각만 해도 너무 무서워서 날뛰고 싶을 정도야."

 사람들은 썰물 빠지듯이 사자 주위에서 물러났다.

 "진저는 '식구'라는 말을 좁은 의미, '가족'으로 받아들였어요. 그리고 여기에 있는 도로시의 가족은 한 명뿐이죠. ……예, 당신이에요." 젤리아는 방금 전에 빌을 징그러워했던 노부인을 가리켰다. "이만 단념해요, 엠 숙모."

 "으에에에에에엥!" 빌은 놀란 나머지 소리를 질렀다.

 "뭘 그렇게 야단스럽게 굴어?" 닉이 기분 나쁘다는 듯이 말했다. "범인은 엠 숙모밖에 없잖아. 젤리아 잼의 설명 안 들었어?"

 "들었어. 하지만 이건 예상외야."

 "어째서? 엠 숙모는 도로시의 진짜 가족인걸?"

 "하지만 아바타라의 기본 규칙에서 벗어났어."

 "어떤 규칙?"

 "지구에 있는 인간은 이 세계에 올 수 없어. 아아, 기억은 공유할 수 있지. 하지만 물리적인 실체를 유지한 상태로는 절대로 못 와. 이제 와서 그 규칙을 무시한다면 그거야말로 규칙 위반이야."

"무슨 소린지 모르겠는데, 누가 그런 규칙을 만들었다는 거야?"

"아니, 법칙이니까 누가 만든 게 아니라······."

"애당초 아바타라는 관계없잖아?"

"그런데 엠 숙모는 지구에서 여기로 어떻게 왔지?"

"지구? 캔자스 말이야? 아마 오즈마 여왕님께서 마법 허리띠 같은 걸 사용했겠지?"

"난 또 요정의 땅 안에서만 마법이 통하는 줄 알았네."

"내 생각도 그래."

"하지만 캔자스에서도 통하잖아?"

"그야 캔자스도 요정의 땅에 속하니까."

빌은 잠시 멀뚱히 있다가 느닷없이 고함을 질렀다. "으어어어어어어어어어어어어어어어어어어어어어어어어어어어엇!"

"왜 놀라고 그래?"

"난 엠 숙모가 지구에 있는 줄만 알았어."

"도대체 왜 그렇게 얼토당토않은 생각을 한 거야? 도마뱀 대가리라서 그런가?"

"하지만 보통은 그렇게 생각할걸?"

"머리를 조금만 쓰면 알 텐데. 도로시가 어떻게 캔자스에서 오즈의 나라에 왔는지 몰라?"

"그거, 못 들었는지도 모르겠다."

"회오리바람에 휘말려서 날아왔어. 즉 오즈의 나라와 캔자스는 틀림없이 물리적으로 잇닿아 있는 거야."

"그게 무슨 뜻이야?"

"이런 뜻이지. 도로시는 캔자스에서 헨리 숙부와 엠 숙모와 함께 살고 있었어. 그러던 어느 날, 회오리바람에 휘말려서 오즈의 나라까지 날아왔지. 그 이후로는 마법의 힘으로 오즈와 캔자스를 왕래했어. 이 이야기에 아바타라는 아무 관계도 없다고."

"그랬구나. 내가 큰 오해를 했네. 지구에 있는 캔자스에 도로시의 아바타라가 사는 줄 알았어."

"도로시의 아바타라는 일본의 대학에 다녔지."

"응, 알아. 하지만 걔가 캔자스에서 온 줄 알았어."

"왜 그런 착각을 한 거야? 뭐, 도마뱀이 무슨 착각을 하든 아무도 신경 쓰지 않겠지만."

엠 숙모는 놀란 듯한 표정으로 젤리아를 보았다. "도대체 아까부터 무슨 소리를 하는 거니, 아가씨?"

"시치미는 그만 떼세요. 범인은 당신밖에 없습니다. 그리고 저는 아까 당신이 빌과 나눈 이야기도 들었어요. 당신은 아무에게도 못 들었을 텐데도 도로시와 진저가 살해당했다는 사실을 알고 있었어요."

"아니, 그건 오해……." 엠 숙모는 도중에 말을 멈췄다. 그리고 눈을 한 번 꼭 감았다 뜨더니 크게 웃음을 터뜨렸다. "맞아. 내가 로드, 미치오야."

"왜 그런 짓을 했나요?"

"참을 수가 없었거든. 걔는 요행으로 모든 걸 손에 넣었어. 아무 노력도 없이 그저 운만으로 이런 꿈같은 나라를 다스리는 독재자의 일족이 됐다고."

"도로시는 갖은 고생을 다 했어요." 오즈마가 말했다.

"그게 뭐 그리 대수라고. 내 고생에 비하면 동화 나라 속 모험은 아무것도 아니야."

"엠 숙모, 와주셔서 기뻐요." 도로시는 느닷없이 방을 찾아온 엠 숙모에게 말했다. "그런데 왜 그렇게 헐렁헐렁한 녹색 옷을 입고 계세요?"

"이 나라에서는 보통 이렇게 입고 다니잖니?"

"예. 에메랄드 시에 사는 사람들은 대개 그런 옷을 입죠. 하지만 그건 서민의 옷차림이에요. 우리 왕족은 그런 옷을 안 입어도 돼요."

"'우리'라……. 나도 왕족이야?"

"예? 아. 그러게요. 오즈마에게 한번 물어봐야겠네."

"뭘 물어보려고?"

"엠 숙모를 왕족으로 대해도 되는지요. 그리고 헨리 숙부도. ……숙부가 병으로 못 오셔서 아쉽네요."

"오즈마한테 물어봐야 되는 거야? 공주의 숙모니까 왕족 아니니?"

"그렇게 간단하지가 않아요. 흐름이 반대니까."

"반대?"

"보통은 선조가 왕족이니까 자손도 왕족이 되는 거잖아요. 그런데 이번에는 반대로, 조카인 제가 먼저 왕족이 됐잖아요. 그럴 때도 윗대를 왕족으로 대해도 될는지, 게다가 숙부와 숙모는 방계니까요."

"그런 예는 없어?"

"글쎄요, 역사를 뒤져보면 그런 예도 있지 않을까요. 하지만 사실 전례는 아무래도 상관없어요."

"아무래도 상관없다고? 그게 무슨 뜻이니?"

"전례가 있고 없고를 떠나서 여기서는 오즈마의 결정이 절대적이거든요."

"오즈마가 결정하면 검은색도 흰색이 된다는 뜻?"

"그럼요. 당연하죠. 독재자는 그런 거예요."

"오즈마가 널 왕족으로 정했으니까 왕족이 된 거구나."

"걱정하지 마세요. 제가 숙부와 숙모도 왕족으로 만들어달라고 부탁해볼게요."

"네가 부탁하면 난 틀림없이 왕족이 될 수 있는 거야?"

"으음. 글쎄요? 독재자는 제가 아니라 어디까지나 오즈마니까요. 하지만 분명 될 거예요. 최악의 경우, 왕족이 되지 못해도 수석 시녀로는 삼아줄 거예요. 왜, 젤리아 잼이라고 아시죠? 그런 애들의 우두머리가 될 수 있어요."

"넌 공주고 난 수석 시녀라고?"

"걱정 마세요, 최악의 경우에 그렇다는 거니까. 오즈마가 평소처럼 기분이 좋다면……."

"난 옛날에 아역이었단다." 엠 숙모가 불쑥 말했다.

"무슨 말씀이세요?"

"우리 아버지는 보드빌* 배우였지. 어머니는 변두리의 피아노 연주자였어. 난 아버지의 동료에게 꽃같이 예쁘다는 칭찬을 받았단다. 그러던 어느 날, 난 영화 프로듀서의 눈에 들었지."

"그 이야기는 처음 듣네요, 엠 숙모."

"말 안 했으니까. 하지만 너하고도 관계있는 이야기니까 끝까지 들으렴.

그 프로듀서가 내게 그랬어. '넌 뚱뚱해서 볼품이 없어. 이대로는 계약 못 해'라고.

난 '어떻게 하면 되나요?' 하고 물었어.

'걱정 마라. 살이 빠지는 특별한 약을 놔줄 테니까.'

프로듀서는 내게 이상한 약을 놨어. 그 약을 맞으면 머리가 이상해지고 모든 일이 다 즐거워져. 프로듀서는 머리가 이상해진 나를 가지고 놀았지. 난 지금의 너보다 훨씬 어린아이였는데 말이야."

"숙모, 도대체 무슨 말씀을 하시는 거예요? 그 이야기랑 제가 무슨 상관인데요?" 도로시는 불안한 듯이 말했다.

"하지만 난 아주 즐거웠어. 이상한 약을 맞으면 뭐든지 할 수 있을 것 같은 기분이 들었지. 기운이 펄펄 넘쳐서 노래하고 춤추고 프로듀서를 상대하기도 했어. 잠도 자지 않고 계속, 계속. 난 영화 스타가 됐어. 하지만 그건 진짜가 아니었을지도 모르겠네. 그건 이상한 약이 보여준 꿈이었을지도 모르지. 정신을 차리자 난

---

*vaudeville. 노래와 춤을 곁들인 가볍고 풍자적인 희극.

늙은이가 되어 있었어. 잘 모르는 가난뱅이 시골 남자와 살고 있었지. 남자는 나와 부부라고 했지만 실은 기억이 잘 안 나. 언제부터인가 우리 집에는 여자아이가 있었어. 그것도 진짜인지 아닌지는 모르겠다만. 어느 날 그 아이가 한동안 없어진 적이 있었지. 그러다 돌아오더니 희한한 소리를 하기 시작하더구나. 아아, 이 아이도 나쁜 어른한테 이상한 약을 맞았구나 싶었어. 아니면 그 아이는 나일지도 몰라. 분명 이상한 약이 이상한 꿈을 자꾸 만들어내는 바람에 머릿속에서 넘쳐흐른 거야. 아아, 그래. 분명 그거야. 그러니까 넌 나야."

"숙모, 장난치는 거예요? 좀 무서워요."

"그러니까 이 행복을 내놔. 원래는 내 거니까. 원래는 내가 공주가 되어야 했어. 넌 이상한 약이 만든 환상이니까 진짜 내게 행복을 내놔야 해."

"숙모, 틱톡의 태엽을 감아야겠네요. 우리 둘만 있는 건 좋지 않겠어요."

"틱톡?" 엠 숙모는 눈을 가늘게 떴다.

"예. 이 로봇이요. 태엽을 감으면 움직여요."

"난 이딴 로봇 몰라. 안 움직여도 돼."

"아니요. 지금 당장 태엽을 감을 테니 거기서 비키세요."

"로봇이 왜 필요하니? 이 나라에는 그게 있잖아. 왜, 뿌리면 무엇에든 생명을 불어넣는다는."

"마법 가루?"

"그게 있으면 되살아나지?"

"예. 맞아요. 검프는 죽기 전의 일을 기억하더군요."

"그럼 확실히 부숴야겠네. 이 로봇은 도움이 될지도 모르겠다."

"뭘 부수시려고요?"

"내가 부술 테니 신경 안 써도 된단다, 도로시."

"숙모, 지금 틱톡을 깨울 테니 거기서 비키세요."

"어머, 도로시. 그렇게 서두를 것 없단다. 진정하렴." 엠 숙모는 도로시를 끌어안았다.

"숙모, 무슨······." 도로시가 움직임을 멈추었다.

엠 숙모는 도로시에게서 떨어졌다. 손에는 식칼을 쥐고 있었다.

"왜?" 도로시의 명치에서 피가 펑펑 흘러나왔다. 하얀 드레스가 순식간에 새빨갛게 물들었다.

"아아. 네가 로봇을 깨우기 전에 처리하려고."

도로시는 기침을 했다. 입에서도 피가 뿜어져 나왔다.

엠 숙모의 옷도 빨갛게 물들었다.

"왜 찔렀어요?"

"가짜 주제에 나보다 행복해졌으니까, 이 멍청아." 엠 숙모는 상냥하게 미소 짓더니 도로시의 이마를 손가락으로 가볍게 탁 튕겼다.

"무슨 소린지 모르겠어요."

도로시는 눈알을 되록되록 굴리다가 흰자위를 드러내며 뒤로 쿵 쓰러졌다.

엠 숙모는 적절한 위치에 오도록 틱톡을 질질 끌어당겼다. 틱톡은 아주 무거웠지만 엠 숙모는 인내심 있게 위치를 조정했다. 바로 여기다 싶은 위치를 잡자 엠 숙모는 온 힘을 다해 틱톡을 밀었다.

틱톡은 겉보기와 달리 불안정하여 간단히 쓰러졌다.

퍼석, 하는 가벼운 소리와 함께 흘러나온 피가 점점 퍼져 나갔다.

엠 숙모는 신발이 더러워지기 전에 밖으로 뛰쳐나가서 문을 닫았다.

아아. 속 시원해라. 아무도 이 일을 모르니까 안심이야.

아니지. 한 명 있어. 개도 없애야겠다.

"진저를 잊어버리다니 미리 계획했던 것치고는 허술하군요." 젤리아는 말했다.

"어디까지나 도로시를 없애는 게 목적이었으니까. 제일 중요한 건 그거야. 하지만 이왕이면 범죄가 발각되지 않길 바랐지. 오즈의 나라에 대해 이런저런 이야기를 들었지만, 범죄자를 어떻게 처벌하는지는 몰랐거든."

"괜한 걱정을 했군요." 오즈마가 말했다. "바로 상의하러 왔다면 죄를 더 짓지 않아도 됐을 것을."

"뭐, 이미 저질렀으니 어쩔 수 없지." 엠 숙모는 주눅 드는 기색 없이 말했다.

"그럼 이어서 진저를 어떻게 살해했는지 설명해주세요." 젤리아는 말했다.

엠 숙모는 옷 속에 다시 식칼을 숨기고 조심조심 복도를 걸었다.

누구와 마주치든 처리할 각오는 했지만, 마법을 사용하는 녀석은 버거울지도 몰라. 뭐, 늙은이라고 방심할 테니 아까처럼 다가가서 푹 찌르면 어떻게든 되겠지. 그것보다도 맹수나 양철로 만들어진 녀석이 문제겠어. 뭐, 맹수야 급소를 노리면 어떻게든 되겠지만, 양철 인형은 어떻게 한담? 그때는 옷과 식칼을 버리고 비명을 지르자. 그러면 양철 인형에게 누명을 씌울 수 있어. 아무도 늙은이가 범인이라고는 생각지 않겠지.

아아. 여기가 출구였어.

문을 열자 진저는 등을 돌린 채 등받이 없는 의자에 앉아 뭔가 장부 같은 것을 보고 있었다.

입실과 퇴실 기록이라면 난감하겠는데.

"고생이 많네요." 엠 숙모는 뒤에서 말을 걸었다.

"아아. 이제 돌아가세요?" 진저는 돌아보려고 했다.

식칼은 진저의 등에 푹 박혔다. 딱 갈비뼈 사이를 뚫고 들어간 모양이다.

"힉." 진저는 딸꾹질하듯이 작게 숨을 내뱉었다.

엠 숙모는 식칼을 뽑았다.

"앗." 진저는 뭔가 생각난 것처럼 소리를 지르며 일어서려고 했다.

엠 숙모는 조금 위쪽을 노려서 한 번 더 찔렀다.

이번에는 갈비뼈에 닿았는지 깊이 박히지 않았다.

진저는 손으로 더듬더듬하여 식칼을 잡으려고 했다.

격투가 벌어지면 승산이 없을지도 몰라.

엠 숙모는 약간 초조해졌다.

하지만 상처가 깊으니 분명 더는 저항하지 못하겠지.

"너, 이름이 뭐더라?"

"진저." 어째서인지 순순히 대답했다.

그래. 진저였다.

"잘 가렴, 진저." 엠 숙모는 한 번 더 깊숙이 찔렀다.

진저도 도로시처럼 쿨럭거리며 피를 왈칵 토해냈다.

휴. 폐에 피가 고인 모양이니 이제 끝났군.

진저는 달아나려고 등에 식칼이 박힌 채 한두 걸음 나아가다가 풀썩 쓰러졌다.

엠 숙모는 진저의 등에서 식칼을 뽑았다.

철철 흘러나온 피가 엠 숙모의 옷과 신발을 흠뻑 적셨다.

엠 숙모는 진저의 몸을 뒤집어 똑바로 눕혔다. 진저가 눈을 부릅뜨고 엠 숙모를 노려보았지만 목소리는 나오지 않는 모양이었다.

"아직 살아 있구나. 미안하지만 네 뇌를 부숴야 하니까 아파도 좀 참으렴."

진저는 숨이 안 쉬어지는 것 같았지만, 그래도 몸을 비틀며 달아나려고 했다.

엠 숙모는 진저의 콧방울 언저리를 식칼로 찔렀다.

이미 칼날의 이가 빠져서 쉽지는 않았지만 겨우 코를 얼굴에서 젖혀 올리는 데 성공했다.

얼굴 한가운데 구멍이 뻥 뚫렸다.

이렇게 보니 얼굴 속은 아주 징그럽구나.

구멍 안에 피가 점점 차올랐다.

진저는 어떻게든 피하려고 머리를 바닥에 쾅쾅 찧었다.

하지만 이제 일어날 힘도 없는 모양이로군.

엠 숙모는 비강에 쑤셔 넣은 식칼을 비스듬히 위쪽으로 밀어 올렸다.

"끄으으응." 진저는 강아지 울음 같은 소리를 내더니 움직임을 멈추었다.

엠 숙모는 맥박을 확인하느라 시간을 낭비하지 않았다. 여기는 통로의 일부니까 언제 누가 올지 모른다. 엠 숙모는 식칼로 뇌를 찔렀다. 잘게 저며질 때까지 몇 번이고.

그리고 엠 숙모는 식칼을 쥔 채 복도로 나갔다.

복도에는 아무도 없었다.

엠 숙모는 재빨리 녹색 옷과 신발을 벗었다. 얼굴에 살짝 튄 피는, 피에 젖지 않은 녹색 옷 안쪽 부분으로 닦아냈다.

피가 묻지 않도록 조심해서 식칼을 숨겨 들고 정원으로 나갔다.

정원에는 사람이 많았지만, 노부인을 유의해서 보는 사람은 물론 아무도 없었다.

엠 숙모는 정원에 있는 샘으로 다가가서 아무도 몰래 식칼을 던져 넣었다.

"왜 식칼만 다른 곳에 버렸나요?" 젤리아는 물었다.

"만약에 대비해서. 오즈의 나라에서 DNA 검사는 못 하겠지만, 지문 정도는 채취할 수 있지 않을까 싶었거든."

"하려고 들면 할 수도 있었겠죠." 젤리아는 말했다.

"아니요. 젤리아, 오즈의 나라에서 그런 수사는 인정하지 않아요."

"어째서요?"

"그런 수사방법이 있다는 게 알려지면 국민은 지문을 남기기를 두려워하겠죠. 저는 국민에게 불안을 안겨주고 싶지 않아요. 따라서 그런 수사는 결코 하지 않겠다고 맹세합니다."

"……알겠습니다. 앞으로도 지문 조사는 하지 않을게요."

"하지만 샘에 식칼이 있다면 엠 숙모의 증언을 뒷받침할 수 있겠죠. 옴비 앰비, 그리고 군인 여러분." 오즈마가 말했다.

"예." 군인들은 기운차게 대답했다.

"정원에 있는 샘에 가서 식칼을 찾아와요. 그리고 샘물도 주전자에 열 잔쯤 받아 오고요."

"예. 분부를 받잡겠습니다." 군인들은 부리나케 뛰쳐나갔다.

"엠 숙모, 허수아비를 어떻게 살해했는지도 설명해주세요." 젤리아는 재촉했다.

엠 숙모는 파티장에 들어가려다가 허수아비와 부딪쳤다.

"이거 실례했습니다, 엠 숙모님." 허수아비는 3미터쯤 튕겨 나갔다가 허둥지둥 되돌아왔다.

"넌 분명 도로시의……."

"예. 저는 도로시의 친구입니다. ……어? 도로시랑 같이 계신 거 아니었어요?"

"응. 그 아이는…… 아직 자기 방에 있지 않을까. 불러오지 그러니?"

"그게, 10분쯤 전에 부르러 갔었거든요. 그런데 진저가 '오늘 왕족을 만날 수 있는 건 식구뿐'이라면서 쫓아내더라고요."

엠 숙모는 흠칫 놀랐다.

진저가 말한 '식구'는 나다. 허수아비, 양철 인형, 사자가 아니다. 누군가 그 사실을 눈치채면 내가 도로시를 죽인 범인임이 들통난다.

어떻게든 해야 해.

엠 숙모가 파티장에 들어가자 마침 빌이 캔디맨에게 덤벼드는 중이었다.

엠 숙모는 너무나 역겨운 광경에 구역질이 나서 자리를 떴다.

"설마 그 후에 그 멍청이가 진저에게 들은 말을 나불나불 떠들 줄은 몰랐어." 엠 숙모는 내뱉듯이 말했다.

"그건 당신의 판단 착오예요. 허수아비는 뭐든지 생각나는 대로 다 이야기하거든요." 오즈마는 말했다. "하지만 진저가 허수아비에게만 식구에 대한 이야기를 했을 거라 지레짐작한 것이 가장 큰 실수죠."

"그 계집애도 입이 너무 가벼워."

"아니요. 안채에 들어오려는 사람을 돌려보낼 때는 당연히 이유를 말해야겠죠. 진저를 나무라려면 제 말을 정확하게 이해하지 못한 점을 나무라야 해요. 그리고 만약 진저가 올바르게 이해했다면 당신이 한창 범행을 저지르고 있을 때 여러 사람이 도로시 방을 찾아왔을걸요."

"흥. 몇 명이 오든 전부 처리하면 그만이지."

"사람을 아주 우습게 보는군." 닉이 말했다. "날 어떻게 처리하겠다는 거야?"

"양철은 양철 나름대로 처리할 방법이 있어!" 엠 숙모는 부아가 치민다는 듯이 말했다.

"들었어, 사자야? 너도 이런 늙은이에게 호락호락 당하지는 않겠지?"

"응. 칼을 든 할머니가 덤비면 무서워서 단숨에 달아날 테니까. 분명 안 당했을 거야." 사자는 몸을 부들부들 떨었다.

"원통해라, 그 후에 파티장에 남아 있었어야 했어. 만약 남아 있었다면 허수아비의 이야기를 들은 녀석도 전부 처리했을 텐데." 엠 숙모는 말했다.

"아무튼 당신은 진저가 허수아비에게만 식구 운운했다고 오해한 거로군요." 젤리아는 말했다. "그리고 그를 살해하기로 결심했어요."

허수아비는 궁전의 큰 응접실에서 스크랩스와 이야기를 나누고 있었다. 허수아비는 상당히 흥분한 것 같았다. 평소에도 그의 이야기는 종잡기가 힘들지만, 오늘은 평소보다 더 종잡을 수가 없었다.

하지만 누더기 소녀는 허수아비를 진정시켜 조리 있는 이야기를 끌어내려고 노력하는 것 같았다.

엠 숙모는 눈치채지 못하도록 우연을 가장하여 두 사람에게 다가갔다.

딱히 할 일이 없어 한가한 주민들이 모여들어 응접실은 몹시 붐볐으므로 두 사람에게 다가가도 그렇게 부자연스럽지 않았다.

엠 숙모는 두 사람의 대화를 엿들었다.

"진저의 말이 무슨 뜻인지 겨우 알았어. 난 얼간이야. 살인자는 밖에서 왔어." 허수아비는 말했다.

엠 숙모는 혀를 찼다.

이 녀석, 아무 쓸모도 없는 주제에 묘하게 감이 좋잖아. 이제 한시도 미룰 수 없어. 꾸물대다가는 이 누더기 인형에게 내가 살인범이라는 사실을 말할지도 몰라. 그럼 이 인형도 죽여야 해. 뭐, 몇 명을 죽이든 똑같고, 인간 말고 인형을 죽이는 건 심리적으로도 거부감이 덜하겠지만 귀찮은 일이 늘어나면 골치 아파. 그런데 허수아비를 죽이려면 어떻게 해야 하지? 이 녀석은 짚으로 만들어졌으니까 칼로 찔러도 멀쩡하지 않을까?

엠 숙모는 호주머니를 뒤졌다.

캔자스에서 입고 온 너덜너덜한 작업복 호주머니에는 다양한 물건이 들어 있었다. 시침바늘, 단추, 작은 나무 수저, 채소 씨앗, 그중에 딱성냥이 있었다.

엠 숙모는 히죽 웃으며 성냥을 들고 허수아비 바로 뒤를 지나갔다.

여러 사람과 괴물들이 연신 허수아비에게 말을 거는 터라 누가 다가가든 아무도 신경 쓰지 않았다.

엠 숙모는 물건을 줍는 척하며 바닥에 딱성냥을 그었다.

아주 작게 불이 붙는 소리가 났지만 응접실의 소음에 묻혔다.

엠 숙모는 불이 꺼지지 않도록 신중하게, 하지만 재빨리 성냥을 허수아비의 바지 속에 던져 넣었다.

잠시 후에 허수아비의 하반신에서 연기가 피어올랐다.

허수아비는 그런 줄도 모르고 이야기를 계속했다.

"진저가 남긴 말로 도로시를 죽인 범인이 누구인지 똑똑히 알았어. 진저는 입막음을 당한 거야. 이대로 있다가는 나도 입막음을 당하겠지." 허수아비는 열심히 스크랩스에게 이야기했다.

엠 숙모는 조금 안달이 났다.

이 인형한테 다 말하겠네, 빨리 좀 불타!

"무슨 말인데?" 스크랩스가 허수아비에게 물었다.

"그건 말이지. 오늘 왕족을 만날 수 있는 건⋯⋯." 허수아비는 갑자기 입을 다물었다.

"왕족을 만날 수 있는 건?"

"⋯⋯뭔가 타는 냄새가 나는데." 허수아비는 공기 냄새를 킁킁 맡았다.

"그러고 보니 그러네." 스크랩스도 코를 움찔움찔했다.

"그리고 뭔가 타닥타닥 타들어가는 소리도 나."

"그러게. 나도 들려." 스크랩스는 귀에 손을 댔다.

"점점 뜨거워지는걸."

"그래?" 스크랩스는 잠시 생각에 잠겼다. "그리고 보니 좀 따뜻한 것 같기도…… 잠깐, 허수아비야. 네 몸에서 연기가 나!"

"으악! 불이다! 내 몸에 불이 붙었어!"

"그런 것 같아. 진정해. 아직 작은 불이니까 빨리 끄면 분명 괜찮을 거야."

"뜨거워. 뜨겁다고. 누가 빨리 물 좀 가져와."

스크랩스는 도움을 청하려고 주위를 둘러보았다.

옴비 앰비를 비롯한 경비병들이 그들을 가만히 보고 있었다.

"거기, 물 좀 갖다주지 않을래?" 스크랩스는 도움을 요청했다.

"죄송합니다. 아가씨." 옴비 앰비가 모두를 대표해서 대답했다. "저희는 오즈마 여왕님께 응접실을 경비하라는 명령을 받았습니다. 결코 맡은 위치를 떠나서는 안 됩니다."

"당신들, 뭣 때문에 경비를 서는 거야?"

"물론 오즈의 나라 국민의 생명과 재산을 지키기 위해서죠."

"허수아비는 오즈의 나라 국민이 아니야?"

"물론 오즈의 나라 국민입니다. 뿐만 아니라 아주 중요한 인물 중 한 명이죠."

"그럼 허수아비에게 붙은 불을 꺼야 하지 않을까?"

군인들은 둥글게 둘러서서 상의했다. 그리고 몇 분 후에 원래 위치로 돌아와서 차렷 자세를 취했다.

"결론은 났어?" 스크랩스는 물었다.

"예. 허수아비는 결국 한 명입니다. 그리고 이 응접실에는 허수아비보다 많은 국민이 있습니다. 따라서 허수아비 한 명을 위해 이 자리를 떠나는 건 합리적이지 못하다는 결론에 다다랐습니다. 이른바 '대를 위한 소의 희생'입니다."

"그래서 뭐 어쩌겠다는 건데?"

"간단히 말하면 고작 허수아비 한 명을 위해 물을 길으러 가기는 귀찮다는 뜻입니다." 대위 한 명이 말했다.

스크랩스는 허수아비를 보았다.

이제 거의 다 불탔다.

"이미 늦었으니 물은 됐어."

"저희도 동의합니다." 옴비 앰비는 시원시원한 태도로 경례했다.

엠 숙모는 간신히 웃음을 삼키며 그 자리를 뒤로했다.

"이로써 공술은 다 끝났나요?" 젤리아는 엠 숙모에게 물었다.

"그래. 이제 할 말 없어." 엠 숙모는 거침없이 말했다.

"그럼 지금까지의 공술을 바탕으로 지금부터 본격적인 신문을 시작······."

"그럴 필요 없어요." 오즈마가 말했다.

"무슨 말씀이신지······."

"신문은 필요 없다고 했어요." 오즈마는 되풀이해 말했다.

"이유를 말씀해주시겠어요?"

"범인을 알아냈으니 더 이상의 수사는 불필요해요."

"하지만 재판을 열려면 증거와 서류를 갖추어야 할 텐데요."

"오즈의 나라에 재판은 없습니다. 전부 제 지시에 따라 결정되니까요."

"……알겠습니다." 젤리아는 많은 말을 꿀꺽 삼킨 것 같았다. "그럼 엠 게일에게 무슨 벌을 내리실 생각이신가요?"

"벌은 안 내릴 거예요."

"어째서요?"

"오즈의 나라에는 범죄가 없으니까요. 범죄가 없으므로 범죄자도 없죠. 즉 엠 숙모는 범죄자가 아니에요. 따라서 벌도 없어요."

오즈마의 말에 일동은 숙연해졌다.

"저기." 빌이 끼어들었다. "'죄는 미워하되 사람은 미워하지 말라' 그거야?"

"아마 아닐 거야." 젤리아가 대답했다. "여왕 폐하, 엠 게일에게 벌을 내리지 않으시겠다는 결정을 받아들일게요. 대신에 부탁이 하나 있어요."

"젤리아, 네게 오즈마 여왕님의 결정을 무조건 받아들이는 것 말고 다른 선택지는 없어." 오즈의 마법사가 말했다.

"괜찮아요." 오즈마가 말했다. "무슨 부탁인가요, 젤리아."

"엠 게일에게 묻고 싶어요. 도로시와 진저, 허수아비를 죽인 걸 후회하는지."

"알겠어요. 하지만 이게 마지막이에요. 이후로 엠 숙모를 범죄자 취급해서는 안 돼요. 오즈의 나라에 범죄는 없으니까요. 지금까지도 그리고 앞으로도."

젤리아는 엠 숙모에게 물었다. "자신이 저지른 짓을 후회하나요?"

"후회하느냐고?" 엠 숙모는 깔깔 웃었다. "왜 내가 후회해야 하지? 도로시는 당연한 대가를 치렀을 뿐이야. 진저라는 계집애와 허수아비는 뜻하지 않게 말려든 거고. 하지만 어쩌겠니? 두 사람은 운이 나빴어."

"도로시가 대가를 치러야 할 짓을 했다는 건가요?"

"그년은 내 미래를 가로챘어. 무지개 저편에는 내가 가야 했는데, 그걸 자신의 운명으로 만들었지. 그딴 년은 죽어 마땅해."

"할 말 다 했나?" 닉 초퍼가 발을 쿵쿵 구르며 엠 숙모에게 다가왔다.

"뭐야, 양철 인형 주제에 불만이라도 있어?"

"난 인간이야."

엠 숙모는 큰 소리로 웃었다. "인간은 무슨. 순 고물 깡통이면서."

닉이 도끼를 휘둘렀다.

엠 숙모의 오른팔이 허공으로 날아갔다.

팔은 천장에 부딪쳤다가 바닥에 떨어졌다. 펄떡펄떡 튀지는 않았다. 두세 번 움찔움찔 경련하는 게 다였다.

엠 숙모는 기이하다는 표정으로 자기 오른쪽 어깨를 바라보았다.

규칙적으로 피가 쭉쭉 뿜어져 나왔다.

엠 숙모는 도움을 요청하듯이 주변을 둘러보았다.

하지만 아무도 입을 열지 않았다.

사람들은 대부분 피를 뒤집어써서 빨갛게 변했다.

하지만 오즈마와 글린다, 오즈의 마법사는 마법으로 보호한 듯 깔끔했다.

엠 숙모는 다시 자기 어깨를 보았다. 잠시 조용히 있다가 느닷없이 비명을 질렀다.

"시끄러워, 이 할망구야!" 닉은 다시 도끼를 휘둘렀다.

엠 숙모의 왼팔이 날아갔다.

엠 숙모는 또 목이 찢어져라 비명을 질렀다.

"시끄럽다고 했잖아." 닉은 도끼를 수직으로 내리쳤다.

엠 숙모의 배가 세로로 쭉 찢어지고 내장이 주르르 흘러내렸다.

엠 숙모는 자기 몸을 가만히 내려다보다가 갑자기 뒤로 돌아 달아나려고 했다.

"놓칠까보냐." 닉은 도끼를 수평으로 휘둘렀다.

엠 숙모의 두 다리가 날아갔다.

엠 숙모는 바닥에 고꾸라졌다.

닉은 엠 숙모의 몸통을 걷어찼다.

엠 숙모는 위를 향해 벌렁 뒤집혔다.

닉은 피 칠갑이 된 모습으로 다시 도끼를 쳐들었다.

"닉, 그만해!" 젤리아가 외쳤다.

"이 할망구는 도로시를 죽였으니 그에 합당한 대가를 치러야 해." 닉은 웃음을 지었다. "그렇죠, 여왕 폐하?"

"닉, 제가 말했을 텐데요. 오즈의 나라에 범죄자는 없다고."

"그럼 제가 이 살인귀의 목을 쳐도 죄를 묻지 않으시겠군요. 이 나라에는 범죄자가 없으니 저도 범죄자일 리 없습니다."

"맞아요." 오즈마는 상냥하게 말했다.

엠 숙모는 노래를 불렀다.

언젠가 어떤 소원이라도 이루어지는 무지개 저편의 나라로 가고 싶다는 내용의 노래였다.

모두 입을 다물고 그 노래에 귀를 기울였다.

하지만 귓등으로도 듣지 않는 인물이 하나 있었다.

"어설픈 노래도 이제 끝이다." 닉은 도끼를 내리치려고 했다.

"무서운 짓 하지 마!" 단숨에 몸을 날려 닉 바로 옆에 착지한 사자는 닉을 말리려고 앞발을 뻗었다.

하지만 너무 힘껏 뻗은 탓에 닉의 머리가 발톱에 걸렸다. 몸통에서 떨어져 나온 머리가 공중에 붕 떴다.

요란한 소리와 함께 닉의 머리는 보석이 박힌 궁전 벽에 내동댕이쳐졌다. 머리가 폭삭 찌그러지며 축축한 뭔가가 튀어나왔다.

머리를 잃은 닉은 도끼를 쥔 채 쿵 쓰러져 엠 숙모의 눈 바로 밑부분을 절단했다. 닉의 몸은 움직임을 멈추고 경직됐다.

노래가 갑자기 뚝 끊기고 엠 숙모의 머리 윗부분이 바닥에서 왔다 갔다 흔들렸다.

"우와악!" 사자가 비명을 질렀다. "사고 쳤네!" 혼란에 빠진 사자는 네 다리를 마구잡이로 휘둘러댔다. 홀에 있던 많은 주민들이 차례차례 고기 조각으로 변했다.

"사자를 어쩌면 좋담?" 빌이 조급하게 말했다. "보통 인간은 먹으면 되지만, 양철 나무꾼은 못 먹을 테니 죄가 돼."

"노력하면 못 먹을 것도 없지 않을까? 도와줄까?" 배고픈 호랑이가 입맛을 다셨다.

"그럴 필요 없어요. 이건 사고니까요." 오즈마가 말했다.

군인들이 되돌아왔다.

"여왕 폐하, 샘에 잠겨 있던 칼과 샘물을 가져 왔습니…… 으악!" 옴비 앰비는 너무나 처참한 광경을 보고 졸도하여 피바다에 푹 엎어졌다.

"물은 무사한가요?" 오즈마는 물었다.

"예. 저희가 가지고 있으니까요." 군인들이 입을 모아 대답했다.

"다 잘됐군요." 오즈마는 만족스러운 듯이 말했다.

"잘됐다고요?" 젤리아는 놀라서 목소리를 높였다.

"예. 사건은 무사히 해결됐어요."

"하지만 새로운 살인사건이 발생한걸요."

"그건 경위가 확실하니 발생과 동시에 해결했다고 할 수 있겠죠."

"그렇지만……."

"아무 문제 없어요. 자, 젤리아. 건배를 할 테니 모두에게 잔을 나누어주도록 해요. 당신의 본업은 시녀잖아요?"

젤리아는 돌아다니며 피투성이가 된 사람들에게 잔을 나누어주었다. 하지만 캔디맨을 먹어 치우느라 정신이 없는 빌에게는 잔을 주지 않았다.

불쌍하게도 캔디맨은 빌에게 온몸의 절반도 넘게 먹혔고, 나머지 절반도 빌의 침에 반쯤 녹아 꿈틀거리는 물엿처럼 변했다.

"젤리아, 모두의 잔에 군인들이 길어온 물을 따라줘요. 이 물은 탄산수라서 아주 맛있답니다."

물을 다 따른 후 젤리아는 오즈마에게 물었다. "이래도 될까요?"

"그럼 반대로 물어볼게요. 뭐가 안 된다는 거죠?"

"살인사건의 범인이 죽고, 범인을 죽인 인물도 죽었어요."

"사건은 해결됐어요. 그 사실은 흔들리지 않아요."

"하지만 오즈의 나라에서도 사람들이 잘못을 범한다는 사실이 밝혀졌어요."

"뭐라고요?" 오즈마는 신기하다는 듯한 표정을 지었다.

"범인이 오즈의 나라 출신이 아니니까 문제없다는 말씀이신지?"

"그건 관계없어요. 오즈의 나라에 범죄는 없으니까요. 범인의 출신은 문제가 아니에요."

"하지만 실제로 범죄가 일어났는걸요."

"아니요. 오즈의 나라에 범죄는 없어요. 왜냐하면 오즈의 나라에서는 아무도 죽지 않으니까요."

"무슨 말씀이세요? 그럴 리 없어요. 오즈마 여왕님도 아버님이신 패스토리아 국왕님이 돌아가셔서 왕위를 물려받으신 거잖아요."

"아니요. 저는 패스토리아의 딸이 아니에요."

"도대체 무슨 말씀을 하시는 거예요?"

"먼 옛날, 이 나라에 아직 마법이 없었을 무렵에 요정 여왕 럴라인이 이끄는 요정 무리가 이 나라 상공을 지나갔어요. 그때 럴라인은 이 나라를 생물들이 영원한 생명을 누리는 마법 나라로 바꾼 후 여기를 다스리라며 요정 하나를 남기고 갔죠. 그때 오즈의 나라를 다스리라는 명령을 받은 요정이 저 오즈마 여왕이에요. 그러니까 저 이전에 여기를 다스린 왕은 없어요. 처음부터 제 왕국이었으니까요."

"지금 그건 무슨 이야기인가요?"

"새로운 신화예요."

"하지만 그런 이야기는 아무도 안 믿을걸요."

"그럴까요?"

"여기에 증거가 있어요." 젤리아는 엠 숙모의 시체를 가리켰다.

"다 방법이 있답니다." 오즈마는 말했다. "마법사님, 다른 것들도 여기로 가져와서 함께 처리해주세요."

"알겠습니다." 오즈의 마법사는 지팡이를 휘둘렀다.

도로시와 진저의 시체가 홀연히 나타났다.

"원상 복구하도록 해요." 오즈마가 명령했다.

마법사는 기묘한 동작을 취하며 주문을 외우고, 마법풀을 사용해 홀에 널브러진 무수한 시체를 원상 복구하기 시작했다. "……니와 이라토테후……."

마법사가 복구 마법을 사용하자 경이롭게도 시체들이 기묘하게 변형되기 시작했다. 상처가 점점 작아졌다. 뿔뿔이 흩어진 엠 숙모의 머리와 팔다리가 원래 위치로 되돌아가 마치 잘린 적이 없었다는 것처럼 깔끔하게 달라붙었다.

"이건……." 젤리아는 눈이 휘둥그레졌다.

"이제 마법 가루를 뿌리면 원래대로 움직이겠죠." 오즈마는 말했다.

"하지만 예전과 같지는 않을 텐데요."

"똑같이 생겼으니 똑같은 인물이에요."

"하지만 기억은요? 뇌가 파괴됐으니 기억은 안 돌아오는 것 아닌가요?"

"오히려 잘된 일이죠." 오즈마는 말했다. "마법사님, 틱톡의 처리도 부탁해요."

마법사 주변에 불꽃이 튀었다.

몸에서 연기가 피어오른 틱톡이 작동을 멈추었다.

"지금 저건 뭔가요?"

"과학 용어를 사용하자면 전자기 펄스예요. 이로써 틱톡의 기억도 지워졌어요. 닉 초퍼의 머리와 캔디맨의 몸을 새로 만드는 것도 어렵지는 않아요. 그리고 새 호박도 얼마든지 있고요." 오즈마는 책의 머리를 밟아 으깼다.

"누더기 소녀는 눈치챈 모양이지만, 뭐 그 아이는 머리가 좋으니까 제 한 몸을 지키기 위해 올바른 행동을 취할 거예요."

"오즈마 여왕님, 그들은 기억을 잃고 되살아나겠죠? 하지만 사람의 입에 자물쇠는 채울 수 없어요. 여왕님이 새로운 신화를 퍼뜨려도 이 자리에 있던 사람들은 진실을 전해나갈 거예요."

"당신도 그럴 생각인가요?"

"……죄송해요, 여왕 폐하. 저는 스스로를 속이며 살아갈 만큼 약삭빠르지 못해요."

"당신보다 스크랩스가 현명하다는 걸 알았어요. 하지만 저는 별로 걱정하지 않는답니다."

"국민들이 여왕님을 믿으리라고 생각하세요?"

"굳이 지금 논쟁을 벌일 필요는 없겠죠. 일단은 건배가 먼저예요." 오즈마는 말했다. "젤리아. 당신이 건배사를 선창하도록 해요."

젤리아는 오즈마의 진의를 가늠하기 힘들었다. 하지만 더 이상 오즈마를 거역한들 득이 될 것은 하나도 없다. 지금은 물러서자. 그리고 언젠가 진실을 밝히러 나서면 된다.

"그럼 외람되지만…… 사건 해결을 축하하며…… 건배!"

젤리아와 사람들은 탄산수를 들이켰다.

"이로써 문제는 해결됐어요." 오즈마는 말했다.

"무슨 말씀이세요?"

"그 샘은 망각의 샘이라고 불리거든요." 오즈마는 물을 뱉었다.

글린다와 오즈의 마법사도 물을 뱉었다.

홀에 있던 사람들이 차례차례 털썩 쓰러졌다.

젤리아는 급히 목구멍에 손가락을 집어넣었다.

"아. 이미 늦었어요."

젤리아는 머리를 감싸 안고 바닥에 웅크려 앉았다.

"걱정하지 말아요." 오즈마는 말했다. "아무 고통도 없으니까요. 그냥 잊어버릴 뿐이에요. 모든 것을."

"사라진다!" 젤리아는 비통하게 소리쳤다.

"저항은 그만둬요. 어차피 못 이겨요."

"내 안의 모든 것이 사라져!"

"그래요. 이제 곧 당신들은 말은 할 줄 알지만 갓난아기나 다름없는 상태가 될 거예요. 하지만 걱정 말아요. 저희가 처음부터 가르칠게요. 당신 이름과 삶의 내력, 그리고 이 나라의 역사도."

"그건 진실이 아니야."

"아니요. 진실이에요."

"아아아!" 젤리아는 절규했다. 그리고 조용해졌다.

"젤리아, 내가 누군지 알겠어요?" 오즈마는 부드럽게 물었다.

"젤리아가 누구예요?" 젤리아는 희미한 웃음을 지었다.

"당신 이름이에요. 당신은 이 궁전의 시녀고, 통역도 하고 있어요."

"당신은 누구예요?"

"저는 오즈마 여왕이에요. 요정 여왕 럴라인의 명령으로 여기 오즈의 나라를 다스리고 있답니다."

"저는 누구인가요?" 마법 가루를 뿌려서 부활한 도로시가 물었다.

"당신은 도로시예요. 캔자스에서 회오리바람에 휘말려 여기 오즈의 나라로 왔죠." 오즈마가 대답했다. "그리고 이 노부인은 당신의 다정한 엠 숙모고요."

"알았어. 네 덕분에 기억이 났어." 도로시가 말했다.

빌은 살그머니 홀에서 나가려고 했다.

"빌, 당신은 물은 마시지 않았군요." 글린다가 빌을 보지 않고 말했다.

"미안해. 일부러 그런 건 아니야. 캔디맨을 먹는 데 정신이 팔려서 그만." 빌은 허둥지둥 말했다.

"괜찮습니다. 지금이라도 이 물을 마시도록 하세요."

"하지만 그 물을 마시면 기억상실에 걸리잖아?"

"그게 어쨌다는 겁니까? 어차피 당신 머리에는 지식도 얼마 담겨 있지 않을 텐데."

"안 돼. 그걸 마시면 이상한 나라에 대해서도 잊어버려. 앨리스와의 추억도."

"우리가 다시 가르쳐주겠습니다."

"다들 이상한 나라에 대해 하나도 모르잖아."

"물론이죠. 적당히 꾸며내서 이야기를 해주겠습니다. 어차피 당신은 이상한 나라에 돌아가지 않을 테니 가짜 기억으로 충분하겠죠."

"싫어. 그건 안 돼."

"왜 안 되죠? 논리적으로 설명할 수 있겠습니까?"

"그만 됐어요, 글린다." 오즈마가 말했다. "빌에게 기억이 남아 있다 한들 아무도 진지하게 받아들이지 않을 테니까."

"지당하신 말씀입니다." 글린다는 물러섰다.

"다만." 오즈마가 말을 이었다. "최대한 빨리 오즈의 나라에서 나가도록 해요. 성가신 잡초의 싹은 초장에 뽑아버려야 후환이 없거든요."

"알았어. 그런데 어떻게 하면 돼?"

"그건 저한테 맡겨요." 오즈마는 허리띠에 손을 댔다. "목적지를 가리지만 않으면 당장에라도 여행을 보내줄 수 있어요."

좀비처럼 비틀비틀 걸어 다니는 도로시와 진저, 엠 숙모를 보며 빌은 깊이 생각하지도 않고 고개를 끄덕였다.

24

역 앞에서 도로시 일행을 보았을 때 이모리는 그만 말을 걸 뻔했다. 하지만 도로시와 줄리아가 알아차리기 전에 가즈미가 먼저 눈치채고 노려보았기 때문에 이모리는 다가가지도 못하고 엉겁결에 눈을 돌렸다.

오즈의 나라에서 거행된 기억 소실 마법이 지구에 얼마나 영향을 미치는지는 모르지만, 생과 사의 관계로 추측하건대 아바타라의 기억이 본체의 백업으로 기능한다고 보기는 힘들었다. 즉 오즈의 나라에서 얻은 기억과 지구에서 오즈의 나라에 관해 얻은 기억은 사라졌다고 보는 것이 합리적이리라. 그렇다면 도로시와 줄리아는 이모리에 관한 기억을 전부 잃었다고 봐야 할 것이다.

물론 글린다는 기억이 지워지지 않았으므로 가즈미도 기억이 남아 있을 것이다. 다만 기억을 지운 목적상 가즈미는 무슨 일이 있었는지 도로시와 줄리아에게 알려주지 않으리라.

"저기, 죄송한데요." 젊은 남자가 말을 걸었다. "여기서 제일 가까운 카페는 어딘가요?"

그 남자는 로드, 미치오였다.

이모리는 바로 대답하지 않고 미치오의 얼굴을 빤히 쳐다보았다.

"왜 그러세요?" 미치오는 의아하다는 표정을 지었다.

정말로 기억을 잃은 모양이다.

"아니요. 아는 사람을 닮아서요. 제가 잘못 본 모양이네요." 이모리는 대답했다.

"어머. 이런 데 있었니?" 가즈미가 다가왔다. "카페에서 기다리다가 하도 안 와서 찾으러 나왔어."

"안녕하세요." 이모리는 가즈미에게 말했다.

"안녕하세요." 가즈미가 눈에 분노가 서렸다.

친근하게 말 걸지 말라는 뜻이리라.

"혹시 저희 구면이던가요?" 미치오가 물었다.

"아니." 가즈미가 먼저 대답했다. "처음 보는 사람이야."

"그렇구나. 저 최근에 사고를 당해서 어쩐지 기억이 모호하거든요. 그래서 아는 사람인가 싶었어요."

"사고?" 이모리가 물었다.

"예, 돌풍에 절단된 고압전선이 제 몸을 정통으로 때렸어요. 목격자 말로는 제 머리랑 팔다리가 다 떨어져 나간 줄 알았대요."

"그건 착각이야. 만약 그랬다면 이렇게 살아 있을 리가 없잖니." 가즈미가 지체 없이 말했다.

더 이상 쓸데없는 소리 하지 마. 가즈미가 눈빛으로 그런 뜻을 전했다.

미치오는 죽음으로 대가를 치렀다. 그러나 본체에게도 아바타라에게도 죽음은 아예 없었던 일로 처리됐다. 아마도 여느 때의 아바타라 리셋 현상과는 별개의 힘이 작용한 듯하다. 어쩌면 미치오가 말했던, 이 세계에 존재하는 마법의 힘일지도 모른다.

하지만 그 힘을 추구하기는 불가능하겠지.

더 이상 우리에게 관여하면 가만두지 않겠다, 가즈미가 눈빛으로 그런 뜻을 전했다.

글린다가 지구에서 어떤 힘을 지니고 있는지는 모른다. 하지만 더 이상 깊이 파고들면 돌이킬 수 없는 일이 벌어진다. 이모리의 직감이 그렇게 알렸다.

"약속 상대를 만난 모양이군요. 그럼 저는 이만 실례하겠습니다. 실은 저도 급한 볼일이 있어서요."

"아아. 바쁘신데 죄송합니다." 미치오는 공손히 머리를 숙였다.

이모리는 가즈미의 시선에서 달아나듯이 자리를 떴다.

두 사람의 모습이 시야에서 사라지자 전신주에 손을 짚고 호흡을 가다듬었다.

"잘했어." 뒤에서 목소리가 들렸다.

깜짝 놀라 돌아보자 유카가 서 있었다.

그렇구나. 스크랩스도 기억이 지워지지 않았다.

"다행이다. 이제부터는 너랑 정보를 교환하면 되겠군."

"안 돼."

"왜?"

"이번에는 오즈마가 우리를 묵인하고 넘어갔어. 하지만 우리에게 무슨 꿍꿍이가 있다고 여겨지면 단번에 처단하겠지."

"처단? 어떻게 한다는 거야?"

"빌은 운이 좋으면 오즈의 나라로 소환되어 망각의 물을 마시는 정도로 그칠지도 몰라. 하지만 스크랩스는 비참해. 인형은 물을 못 마시니까 산산이 분해되든가 허수아비처럼 불타겠지. 그리고 나랑 똑같이 생긴 누더기 인형에다 마법 가루를 뿌려서 스크랩스로 만들 거야."

"혹시 허수아비도 다시 만들어졌어?"

"응. 그리고 새 허수아비가 도로시와 모험을 한 허수아비로 통하지."

"양철 나무꾼도 다시 만들어졌고?"

"머리만. ……아무튼 난 그냥 충고하러 온 거야. 앞으로는 절대로 나한테 말 걸지 마. 나도 절대로 너한테 말 안 걸 테니까."

"오즈마가 그렇게 무서워?"

"넌 어때?"

"그야 무섭지."

"그렇게 안 무서워해도 돼요." 누군가가 말했다. 어느 틈엔가 근처에 초로 여성이 서 있었다.

"음. 처음 뵙는군요…… 여기서는." 이모리는 경계하며 말했다.

"저는 오즈마의 아바타라예요. 그리고 도로시의 숙모이기도 하고요." 여자는 말했다.

"아아. 지구에서 도로시의 숙모라는 뜻이군요. 엠 게일은 요정의 땅에서 숙모고요. 저와 빌은 두 숙모를 혼동하는 바람에 혼란에 빠졌습니다."

"저는 캔자스에 살지 않아요. 그리고 '도로시'는 본명이 아니라 별명이고요. 어릴 적에 늘 진흙투성이로 놀아서 붙은 별명*이죠."

"참고로 지구에 있는 도로시의 본명은 뭔가요?"

"당신은 몰라도 돼요. 아무 관계도 아닌 여자의 이름을 알 필요는 없겠죠."

"앞으로 우연히 아는 사이가 될 수도 있을 텐데요."

"관여하지 말라는 뜻이에요. 앞으로 당신과 이야기할 일은 평생 없겠죠. 저도, 도로시도, 가즈미도, 유카도."

이 여자의 말을 거스르면 안 된다.

논리적인 이유는 생각나지 않았지만 이모리는 확신했다.

"어…… 저어……."

무슨 말이라도 해서 분위기를 바꾸고 싶었지만 말이 전혀 나오지 않았다.

여자는 이모리를 가만히 쳐다보았다.

이모리는 눈조차 돌릴 수가 없었다.

유카는 못 본 척 외면했다.

그녀는 오즈마의 성미를 건드리지 않고 살아가겠구나 싶었다.

"숙모, 아는 사람이에요?" 도로시가 조금 떨어진 곳에서 말을 걸었다.

"아니. 길을 물어보기에 잠깐." 여자는 대답했다.

---

*일본어 '도로(泥)'는 '진흙'이라는 뜻이고, '시이(しい)'는 명사 따위에 붙어 '그러한 성질을 가진다'는 뜻을 만드는 접속사다.

"숙모는 이 부근 지리를 모르시잖아요."

"응. 그래서 이분에게도 그렇게 말하고 사과했어."

"죄송해요. 숙모는 이 부근을 잘 모르세요." 도로시가 다가왔다. "어디 가시는데요?"

"어, 그게…… 역 앞 카페에서 사람을 만나기로 했는데 위치를 깜빡해서……." 이모리는 간신히 말을 꾸며냈다.

"제가 안내할까요?"

"아니요. 괜찮습니다." 이모리는 노부인을 힐끔 보았다. "대강 방향만 가르쳐주시면 알아서 찾아갈게요."

"알겠어요." 도로시는 이모리 바로 옆에 섰다. 그리고 조금 떨어진 곳을 가리켰다. "분명 저쪽에 카페가 하나 있을 거예요."

"앗. 감사합니다."

"이만 가자꾸나." 노부인은 약간 조바심을 내며 말했다.

"그럼 이만." 도로시는 고개를 숙였다.

이모리도 따라서 머리를 숙였다.

도로시는 고개를 들면서 재빨리 이모리의 귓가에 조용히 속삭였다.

"난 '데고나'*야."

이모리는 깜짝 놀라 얼굴을 들었다.

거기에는 이미 아무도 없었다.

---

*《장난감 수리공》에 등장하는 인물.

25

　학생 휴게실로 가자 구리스가와 아리와 다나카 리오가 이야기를 나누고 있었다.
　"이야. 둘이 같이 있었네." 이모리는 방금 있었던 찜찜한 일을 떨쳐내듯이 일부러 쾌활하게 말했다. "어. 구리스가와. 오늘은 상당히 졸려 보이는 얼굴인데."
　"어제 밤늦게까지 이야기를 좀 해서 그래." 아리의 눈에는 정말로 졸음이 가득했다.
　"밤에 나가 노는 것도 적당히 해야지."
　"안 나가 놀았어. 계속 집에 있었다고."
　"응? 난 네가 혼자 자취하는 줄 알았는데. 집에서 학교 다녀? 아니면 남자 친구? 설마 결혼했다던가……."
　오늘은 액일일지도 모르겠다.
　"난 혼자 살아."
　"그럼 어젯밤에는 우연히 손님이 왔구나."

아리는 고개를 저었다. "아니야. 가족이야."

"너, 아까 혼자 산다고 하지 않았어?"

"햄순이는 내 가족이야."

"이름을 듣자 하니 햄스터?"

"응. 맞아."

"햄스터랑 몇 시간이나 이야기를 나눴는데?"

"글쎄. 한 두세 시간쯤?"

"늘 그래?"

"뭐가?"

"햄스터랑 이야기하는 거."

"매일 그러는데."

"여기 이상한 나라 아니고 현실 세계지?" 이모리는 확인했다.

그렇다. 여기는 절대로 마법이 지배하는 세계가 아니다. 과학이 발달한 현실 세계다.

"이제 딴청 좀 그만 부리시지!" 아리는 입을 삐죽 내밀었다. "네가 한심하게 구는 바람에 일이 번거로워졌잖아."

으음. 듣고 보니 그런 기분도 든다. 미치오에게도 보기 좋게 당했고······.

아니다. 자신감을 상실하면 안 된다.

"한심해? 내가?"

난 빌을 이상한 나라로 데리고 돌아갈 거야.

반드시.

《오즈의 마법사》 간단한 가이드

※본 작품의 경향과 결말을 언급하는 부분이 있으니
반드시 책을 먼저 읽어주십시오.

《도로시 죽이기》의 주요한 모티프는 미국 아동문학 작가 라이먼 프랭크 바움이 쓴 아동서 《오즈의 마법사》와 그 속편들입니다. 방대한 인물과 다양한 나라가 등장하는 오즈의 나라 이야기를 조감하실 수 있도록 이야기의 개요와 《도로시 죽이기》에 등장하는 주요 캐릭터를 간단히 소개하겠습니다. 원점인 '오즈 시리즈'는 지금 읽어도 참신한 상상력과 기발한 아이디어로 꽉 찬 멋진 이야기입니다. 아동서부터 성인을 대상으로 한 문고와 전자서적에 이르기까지 다양한 형태로 입수할 수 있으므로 꼭 참조하셔서 《도로시 죽이기》 구석구석에 담긴 에센스를 만끽하시기 바랍니다.

*

《오즈의 마법사》는 미국 캔자스의 농장에 사는 소녀 도로시 게일이 마법의 나라 오즈에서 모험을 하는 이야기로, 현재도 전 세계 독자들에게 사랑받고 있다.

　무대인 오즈의 나라는 국민이 50만 명 이상(마법생물도 포함) 이며, 그들은 병이나 사고로 목숨을 잃지 않는다. 또한 화폐라는 개념이 없고, 모든 재산은 통치자의 소유물이며, 통치자가 국민을 돌본다. 풍작이 들면 생산물은 전부 국민에게 공평하게 분배된다. 《환상의 나라 오즈》 이후의 통치자는 오즈마다.

　오즈의 나라는 뭉크킨의 나라(동쪽), 쿼들링의 나라(남쪽), 윙키의 나라(서쪽), 길리킨의 나라(북쪽) 등으로 구성되며, 중심에는 대리석에 보석을 박아서 만든 에메랄드 시가 있다. 그 주변에는 전원지대가 펼쳐져 있지만, 인적이 드문 산과 숲속에는 위험한 종족과 짐승들이 숨어 있다. 오즈의 나라는 '죽음의 사막'에 둘러싸여 있으므로 침략하기가 쉽지 않다. 사막 밖에는 에브의 나라, 익스 왕국, 놈의 땅속 나라 등 다른 나라의 영토가 존재한다.

*

　바움은 1856년 뉴욕에서 태어났다. 어렸을 때부터 상상력이 풍부했던 바움은 10대 이후로 연극 활동에 열중한다. 네 아들에게 들려준 공상을 이야기로 엮은 《오즈의 마법사》는 윌리엄 월리스 덴슬로의 삽화를 곁들여 1900년에 출간된다. 발표 이후 속편을 바라는 요청이 끊이지 않자, 결국 바움은 장편 열세 편과 단편집 한 권을 집필한다.

　《오즈의 마법사》를 원작으로 한 뮤지컬 영화 〈오즈의 마법사》(1931)는 주제가 〈오버 더 레인보우〉와 함께 큰 인기를 얻는다. 뮤지컬의 여왕이라 칭송받는 주디 갈랜드가 주인공 도로시를 연기했고, 그녀의 출세작으로도 일컬어진다. 하지만 평전《주디 갈랜드》(데이비드 십먼)에 따르면 화려하게 성공한 표면적 모습과는 달리, 당시 다이어트 약으로 할리우드에 만연했던 각성제에 빠진 데다 어렸을 적부터 프로듀서들에게 성적학대를 당한 탓에 일찍부터 정신적으로 문제가 있었다고 한다.

오즈 시리즈

오즈의 마법사(The Wonderful Wizard of Oz, 1900)

환상의 나라 오즈(The Marvelous Land of Oz, 1904)

오즈의 오즈마 공주(Ozma of Oz, 1907)

도로시와 오즈의 마법사(Dorothy and the Wizard of Oz, 1908)

오즈로 가는 길(The Road to Oz, 1909)

오즈의 에메랄드 시(The Emerald City of Oz, 1910)

오즈의 누더기 소녀(The Patchwork Girl of Oz, 1913)

오즈의 틱톡(Tik-Tok of Oz, 1914)

오즈의 작은 마법사 이야기(Little Wizard Stories of Oz, 1914) 단편집

오즈의 허수아비(The Scarecrow of Oz, 1915)

오즈의 링키팅크(Rinkitink in Oz, 1916)

오즈의 사라진 공주(The Lost Princess of Oz, 1917)

오즈의 양철 나무꾼(The Tin Woodman of Oz, 1918)

오즈의 마법(The Magic of Oz, 1919)

오즈의 착한 마녀 글린다(Glinda of Oz, 1920)

등장인물

도로시

헨리 숙부와 엠 숙모와 함께 캔자스의 농장에 사는 소녀. 어느 날 도로시와 강아지 토토는 회오리바람에 휘말려 오즈의 나라로 날아가서 동쪽의 나쁜 마녀를 판잣집으로 깔아뭉개고, 마녀의 독재에 신음하던 요정 뭉크킨들에게 영웅 대접을 받는다. 그 후 나타난 북쪽의 착한 마녀에게 마법 구두를 받지만 캔자스로 돌아갈 방법을 찾지 못해 애를 먹는다. 북쪽의 착한 마녀의 조언을 받아들여 에메랄드 시의 주인인 오즈의 마법사에게 도움을 청하지만, 소원을 들어주는 대신에 서쪽의 나쁜 마녀를 퇴치하라는 요구를 받는다. (처음 등장하는 작품 《오즈의 마법사》, 이하 (마)로 표기.)

허수아비

뭉크킨의 농민이 만들어서 밭에 꽂아둔 허수아비. 에메랄드 시로 향하던 도로시에게 구조된다. 까마귀들에게 바보 취급당한 것을 계기로 진짜 뇌를 가지고 싶다는 소망을 품고 도로시와 함께 서쪽의 나쁜 마녀를 퇴치하러 나선다. 《환상의 나라 오즈》에서는 오즈마가 돌아올 때까지 오즈의 국왕을 맡기도 한다. (마)

양철 나무꾼

비바람을 맞고 녹슬어 움직일 수 없게 되었을 때 도로시가 관절에 기름을 쳐주어 다시 움직이게 된다. 원래는 마음씨 다정한 젊은이 닉 초퍼였지만, 동쪽의 나쁜 마녀의 저주를 받아 온몸이 양철로 변한다. 심장을 잃자 약혼자를 사랑하는 마음도 사라지는 바람에 새로운 심장을 얻기 위해 서쪽의 나쁜 마녀를 퇴치하는 데 동참한다. 나중에 윙키의 나라 황제가 된다. (마)

겁쟁이 사자

도로시, 허수아비, 양철 나무꾼이 에메랄드 시로 향하는 도중에 마주친 커다란 사자. 마주친 순간 위험을 느낀 도로시가 따귀를 때리자 겁 많은 본성을 드러낸다. 살아가기 위한 용기를 가지고 싶다면서 일행에 합류한다. 서쪽의 나쁜 마녀와 싸운 후에 남쪽 숲에 사는 짐승들의 왕이 되었고, 친구 배고픈 호랑이와 함께 오즈마의 경호대장을 맡는다. (마)

오즈의 마법사

에메랄드 시에 사는 오즈의 왕으로 강대한 마력을 지녔다고 일컬어진다. 《오즈의 마법사》에서 의외의 정체가 밝혀진 후 왕위를 허수아비에게 양보한다. 나중에 글린다의 제자가 되어 오즈마를

섬긴다. (마)

글린다

남쪽의 착한 마녀. 강대한 마력을 지녔으며 여자로만 편성된 특별 호위대를 거느리고 있다. (마)

오즈마

오즈의 나라의 지배자. 오즈의 마법사가 찾아오기 전에 왕이었던 패스토리아의 딸이다. 마법에 의해 남자아이로 바뀌었지만, 글린다의 도움으로 원래 모습을 되찾고 왕위에 오른다. 도로시와는 절친한 친구이며, 도로시를 오즈의 공주로 대우한다. (처음 등장하는 작품《환상의 나라 오즈》, 이하 (환)으로 표기.)

진저

허수아비가 오즈의 왕이 되자 반란을 일으킨 소녀 장군. 에메랄드 시의 재산으로 자신이 거느린 군대의 미소녀들을 치장하려고 하지만, 우여곡절 끝에 오즈마에게 왕좌를 넘겨준다. (환)

호박 머리 잭

오즈의 북쪽 지방, 길리킨의 나라에 사는 소년 팁이 같이 사는 할머니 마술사 몸비를 놀래주기 위해 만든 호박 머리 인형에, 몸비가 생명의 가루를 뿌려서 생명을 부여한 마법생물. (환)

젤리아 잼

오즈의 궁전에서 일하는 시녀. 허수아비와 잭의 통역관으로 등장한다. 장난기가 많고 재치가 뛰어나다. (환)

검프

하늘을 나는 마법생물. 진저에게 감금당한 팁이 궁전에서 탈출하기 위해 만들어낸다. (환)

틱톡

자기 힘으로 사고할 수 있는 로봇. 원래는 에브의 나라 왕을 섬겼다. 동작이 정지된 상태였지만 도로시와 빌리나가 태엽을 감아서 깨우자 여행길을 함께 하기로 한다. (처음 등장하는 작품 《오즈의 오즈마 공주》, 이하 (공)으로 표기.)

빌리나

말하는 암탉. 도로시가 두 번째로 오즈의 나라로 가게 되었을 때 행동을 함께한다. (공)

놈 왕 로쾃

바위 요정들의 지배자. 에브의 왕이 팔아넘긴 여왕과 자식 열 명을 지하궁전에 유폐한다. 마법 허리띠를 도로시 일행에게 빼앗긴 후 오즈를 침략해 호시탐탐 복수할 기회를 노린다. (공)

누더기 소녀(스크랩스)

뭉크킨의 마술사 핍 박사의 아내가 누더기로 만든 소녀 인형에 '생명의 가루'를 뿌려서 만들어낸 마법생명체. 뇌에 순종, 애교, 정직, 총명함 그리고 시심(詩心)이 배합됐다. (처음 등장하는 작품《오즈의 누더기 소녀》.)

팜파즘

오즈를 침략하기 위해 놈 장군 구프가 악의 세력과 동맹을 맺고자 찾아간 종족 중 하나. 온갖 마물 중에서도 가장 강력하고 냉혈하다고 일컬어지는 일파에 속하며, 수천 년 동안 다른 종족들에게 공포의 대상이었다. 몽환의 산에 살며 환영을 다루는 능력이 있다. (처음 등장하는 작품《오즈의 에메랄드 시》.)

역자 후기

 사실《앨리스 죽이기》가 나왔을 때까지만 해도 '죽이기 시리즈'가 계속될 줄은 몰랐다. 동화의 설정을 유지한 채 전혀 다른 맛이 나는 이야기를 연출하는 것이 쉬운 일도 아니거니와, 시리즈의 연속성을 유지하기도 힘들기 때문이다.
 하지만 내가 이야기꾼 고바야시 야스미를 너무 얕보았다. 고바야시 야스미는 '떠버리 도마뱀 빌'이라는 캐릭터를 활용해 시리즈의 연속성을 유지하면서 세계관을 확장시키고, 그 속에 방대한 동화의 내용을 뭉뚱그려 넣는 데 성공했다.
 전작《앨리스 죽이기》와《클라라 죽이기》에 이어 이번《도로시 죽이기》의 모티프가 된 동화는 '오즈 시리즈'다. 독자들에게는《오즈의 마법사》가 가장 유명하겠지만,《도로시 죽이기》는《오즈의 마법사》한 편을 변주하는 데 그치지 않고 후속작들의 등장인물들도 총출동시키는 호화 캐스팅을 자랑한다.
 동화의 주요인물들이 우르르 등장하여 빌과 함께 경묘한(얼빠진?) 대화를 나누며 이야기를 진행하고 살인사건을 해결하는 방식은 전작과 다를 바 없다. 하지만 이번에는 고바야시 야스미의 이전 작품에 등장한 캐릭터들도 주요인물로 재등장하여 독자들에게 의외의 반가움을 선사한다. 전작을 읽지 못한 국내 독자들에게는 낯설 수도 있으니 잠깐 언급하고 넘어가기로 하겠다.

등장인물들 중 다나카 가즈미와 오시나리 미치오는 고바야시 야스미의 데뷔작《장난감 수리공》에 등장하는 인물이다.《장난감 수리공》을 요약하자면 무엇이든 고쳐준다는 '장난감 수리공'에게 시체를 맡겨서 되살려낸다는 이야기인데, 끔찍하면서도 선명한 이미지를 상세하게 묘사하여 독자에게 공포를 안겨주는 작품이다. 그 이야기에서 가즈미와 미치오가 중요한 한 축을 담당한다. (한쪽 눈이 금속 구슬인 고양이도 중요한 요소다).

한편 지누 소지와 시노다 다케오는《장난감 수리공》에 수록된 〈술에 취해 비틀거리는 남자〉에 등장한다. 지누 소지와 시노다 다케오는 죽은 연인을 되살리기 위해 시간여행을 되풀이한다. 과학의 결정체라 할 수 있는 '시간여행'을 호러로 만들어버리는 고바야시 야스미의 재주를 엿볼 수 있는 작품인데,《도로시 죽이기》 결말부에서 작은따옴표로 강조된 이름이 바로 그들이 애타게 그리던 연인의 이름이다.

그리고 온몸이 수술 흉터투성이인 유카는 고바야시 야스미의 두 번째 작품《인수세공(人獸細工)》에 등장하는 인물이다. 태어날 때부터 몸이 약했던 유카는 인간의 유전자를 조합한 돼지 장기를 이식받으며 살아온다. 유카는 봉합 흔적이 수두룩한 몸을 보며 자신은 과연 인간인지 돼지인지 고민에 빠진다. 이 작품 역시 결말의 반전이 인상적이다.

이처럼 고바야시 야스미는 무려 20여 년 전에 발표한 작품의 등장인물들을 최신작에 무리 없이 녹여낸다(특히 누더기 소녀 스크랩스가 유카라는 점이 인상적이다). 《장난감 수리공》은 국내에도 출간되어 있으니 그 작품을 먼저 읽고 《도로시 죽이기》를 읽으면 재미가 더해지겠지만, 먼저 읽지 않는다고 해서 《도로시 죽이기》의 재미가 반감되지는 않으니 안심하시기 바란다.

시리즈 3편 《도로시 죽이기》의 번역도 맡게 되어 기쁘기 그지없다. 여전히 건재한 등장인물들의 입담을 상대하려니 진이 빠지기도 했지만, 그게 이 시리즈의 특징이자 재미이니만큼 이번에도 맛깔나게 번역하고자 노력했다. 덧붙여 이야기가 정신없이 진행되는 와중에도 '오즈 시리즈'의 정수를 놓치지 않고 잡아낸 작가의 노고에 다시 한 번 박수를 보낸다.

그럼 '오즈 시리즈'를 잘 아는 독자도, 잘 모르는 독자도 고바야시 야스미가 재창조한 '오즈의 나라'에서 빌과 함께 신나는 모험을 즐기시길 바란다.

여담으로 번역가이자 한 명의 독자로서 고바야시 야스미가 한국 전래동화에도 흥미를 가져서 훗날 《심청이 죽이기》나 《춘향이 죽이기》 같은 작품을 써주면 얼마나 좋을까 은근슬쩍 기대해본다.

2018년 5월

김은모

옮긴이 **김은모**

일본 문학 번역가. 경북대학교 행정학과를 졸업했다. 아직 국내에 알려지지 않은 다양한 작가의 작품을 소개하고자 노력하고 있다. 옮긴 작품으로 《테후테후장에 어서 오세요》를 비롯해 미쓰다 신조의 '작가 시리즈'와 《별 내리는 산장의 살인》《앨리스 죽이기》《여자 친구》《검찰 측 죄인》《달과 게》《밀실살인게임》 등이 있다.

도로시 죽이기

초판 1쇄 발행일 2018년 5월 18일
초판 19쇄 발행일 2023년 7월 18일

지은이 고바야시 야스미
옮긴이 김은모

발행인 윤호권
사업총괄 정유한

편집 박윤희 **디자인** 박지은 **마케팅** 정재영, 윤아림
발행처 ㈜시공사 **주소** 서울시 성동구 상원1길 22, 6-8층(우편번호 04779)
대표전화 02-3486-6877 **팩스(주문)** 02-585-1755
홈페이지 www.sigongsa.com / www.sigongjunior.com

이 책의 출판권은 (주)시공사에 있습니다. 저작권법에 의해
한국 내에서 보호받는 저작물이므로 무단 전재와 무단 복제를 금합니다.

ISBN 978-89-527-9071-2 04830
ISBN 978-89-527-7787-4 (세트)

*시공사는 시공간을 넘는 무한한 콘텐츠 세상을 만듭니다.
*시공사는 더 나은 내일을 함께 만들 여러분의 소중한 의견을 기다립니다.
*검은숲은 ㈜시공사의 브랜드입니다.
*잘못 만들어진 책은 구입하신 곳에서 바꾸어 드립니다.

WEPUB 원스톱 출판 투고 플랫폼 '위펍' _wepub.kr
위펍은 다양한 콘텐츠 발굴과 확장의 기회를 높여주는
시공사의 출판IP 투고·매칭 플랫폼입니다.